HARALD SCHNEIDER

Festakt

MÖRDERISCHES JUBILÄUMSJAHR Kurz vor Beginn der 1250-Jahr-Feier der Stadt Sinsheim findet ein Wissenschaftler ein bisher unbekanntes Pergament, das das Jubiläum infrage stellt. Doch bevor sein Fund veröffentlicht werden kann, wird dieser bei einer Buchvorstellung in der Sinsheimer Stadthalle ermordet. Im Auftrag seines Chefs Klaus P. Diefenbach muss Kommissar Reiner Palzki den gewieften Mörder jagen. Insbesondere die Ermittlungen innerhalb der örtlichen Politprominenz stellen Palzki vor ungeahnte Schwierigkeiten. Während er den Oberbürgermeister sowie den Dührener Ortsvorsteher verdächtigt, kommt es zu weiteren unerwarteten Todesopfern. Doch auch die Rollen des ansässigen Buchhändlers Klaus Gaude und der Leiterin der Stadtbücherei Daniela Kemmet sind äußerst nebulös. Und zu guter Letzt taucht auch noch der Geschäftsführer eines Krimiverlags mit seiner Programmleiterin stets in Tatortnähe auf …

Harald Schneider, 1962 in Speyer geboren, wohnt in Schifferstadt und arbeitet als Betriebswirt in einem Medienkonzern. Seine Schriftstellerkarriere begann während des Studiums mit Kurzkrimis für die Regenbogenpresse. Der Vater von vier Kindern veröffentlichte mehrere Kinderbuchserien. Seit 2008 hat er in der Metropolregion Rhein-Neckar-Pfalz den skurrilen Kommissar Reiner Palzki etabliert, der neben seinem mittlerweile achtzehnten Fall »Festakt« in zahlreichen Ratekrimis in der Tageszeitung Rheinpfalz und verschiedenen Kundenmagazinen ermittelt. Im Jahr 2017 erreichte Schneider bei der Wahl zum Lieblingsautor der Pfälzer den 3. Platz nach Sebastian Fitzek und Rafik Schami.

HARALD SCHNEIDER

Festakt

Palzkis 18. Fall

GMEINER

Immer informiert

Spannung pur – mit unserem Newsletter informieren wir Sie regelmäßig über Wissenswertes aus unserer Bücherwelt.

Gefällt mir!

Facebook: @Gmeiner.Verlag
Instagram: @gmeinerverlag
Twitter: @GmeinerVerlag

MIX
Papier aus verantwortungsvollen Quellen
FSC® C083411
www.fsc.org

Besuchen Sie uns im Internet:
www.gmeiner-verlag.de

Im Ehnried 5, 88605 Meßkirch
Telefon 07575/2095-0
info@gmeiner-verlag.de

1. Auflage 2020

Lektorat: Claudia Senghaas, Kirchardt
Herstellung: Julia Franze
Umschlaggestaltung: U.O.R.G. Lutz Eberle, Stuttgart
unter Verwendung eines Fotos von: © JBarth
Druck: CPI books GmbH, Leck
Printed in Germany
ISBN 978-3-8392-2571-4

Personen und Handlung sind frei erfunden.
Ähnlichkeiten mit lebenden oder toten Personen
sind rein zufällig und nicht beabsichtigt.

INHALT

PERSONENGLOSSAR

Reiner Palzki	Kriminalhauptkommissar
Klaus P. Diefenbach	Palzkis Chef, Dienststellenleiter der Kriminalinspektion
Dr. Matthias Metzger	Not-Notarzt
Günter Wallmen	Oberarzt und Azubi von Dr. Metzger
Hubertus Kleinmann	Vermessungstechniker im Ruhestand
Erika Müller	Expartnerin von Kleinmann
Daniela Kemmet	Leiterin der Stadtbibliothek Sinsheim
Klaus Gaude	Inhaber der Buchhandlung Doll
Irene Deck	Mitarbeiterin von Klaus Gaude
Claudia Senghaas	Programmleiterin eines Krimiverlags
Armin Gmeiner	Inhaber eines Krimiverlags
Jörg Albrecht	Oberbürgermeister Sinsheim
Alexander Speer	Ortsvorsteher Ortsteil Dühren
Herr Appenzeller	Museum Lerchennest, Vermieter von Kleinmann
Karl Schramm	Künstler, experimentelle Musik
Ulla Huxel	Joggerin

Special Effects:

Frau Ackermann	Palzkis Nachbarin. Die Frau, die schneller spricht als ihr Schatten

PROLOG

Vor fünf Wochen.

Er spürte, dass er nah dran war. Viele Jahre harter Arbeit lagen hinter ihm, nun war endlich der Erfolg greifbar. Längst war er aus dem Berufsleben ausgeschieden, doch das würde seinen Erfolg eher noch aufwerten. Hubertus freute sich darauf, demnächst seinen ehemaligen Vorgesetzten aufzusuchen und ihm die Wahrheit zu präsentieren. Was hatte ihn dieser verhöhnt und vor den Kollegen lächerlich gemacht. »Hubertus Kleinmann, was wollen Sie sich damit beweisen?«, hielt er ihm häufig vor. »Denken Sie, dass Sie die Geschichte umschreiben können? Das haben schon ganz andere versucht. Wohlbemerkt, Spezialisten und keine Hobbydilettanten wie Sie.«

Im Laufe der Zeit war sein komplettes Leben aus dem Ruder gelaufen. Die abgebrochene Schule, später die fehlende Anerkennung im Beruf, die Rosenkriege mit seinen beiden Ehefrauen, der Unfalltod seiner Zwillingskinder und, gerade aktuell, die Eigenbedarfskündigung seiner Wohnung durch den Vermieter in der letzten Woche. Kein Wunder, dass er in seinem privaten Umfeld als psychisch labil galt. Seit er einer ambulanten Dauertherapie zugestimmt hatte und regelmäßig seine Medikamente einnahm, ging es ihm ein wenig besser.

Die früheren Gewaltexzesse, die in mehreren Vorstrafen mündeten, gehörten seitdem der Vergangenheit an. Seit seiner Frühverrentung hatte er sein Leben halbwegs im Griff. Die Gefahr war groß, sozial zu versacken und bis mittags im Bett liegen zu bleiben. Doch Hubertus Kleinmann hatte seine selbst gestellte Aufgabe noch nicht beendet. Sein komplettes Leben war darauf fokussiert. Viele Regalmeter mit historischen Geschichtsbüchern über Sinsheim und den Kraichgau standen in seinem Wohnzimmer, pedantisch katalogisiert nach seinem eigenen System. Hinter einer durchgesessenen Ledercouch befand sich in einem abschließbaren Schränkchen sein größter Schatz: historisches Kartenmaterial und jahrhundertealte Schriften, die er während seines Berufslebens als Vermesser der Stadt Sinsheim an diversen Einsatzorten, im Stadtarchiv sowie mehreren Museen hatte mitgehen lassen.

Nun stand er kurz vor dem Erfolg. Ironischerweise genau in dem Jahr, in dem seine Heimatstadt ihr 1.250-jähriges Jubiläum feierte. Der Veranstaltungskalender war rappelvoll, die Begeisterung in der Bevölkerung immens. Nicht nachvollziehbar, dachte Kleinmann und schüttelte nicht zum ersten Mal verärgert seinen Kopf. Wie konnte man dieses Stadtjubiläum nur anhand einer simplen und eigentlich unbedeutenden Urkunde festlegen? Lorscher Codex – wenn er das schon hörte! Ein gewisser Hagino soll dem Schutzpatron Nazarius des Klosters Sunnisheim einen Hof geschenkt haben. Dabei war doch bekannt, dass die Manuskriptsammlung des Lorscher Codex, die im Staatsarchiv Würzburg aufbewahrt wurde, aus dem späten zwölften Jahrhundert stammte. In dieser Sammlung wurden Abschriften von Rechtsurkunden ab dem Jahr 764, deren Originale meist verschollen waren, stark verkürzt wiedergegeben. Und mehr als eine Quelle in diesem Codex war schlichtweg fehlerhaft oder komplett falsch. Einen Festakt aufgrund einer Kopie zu feiern, empfand Kleinmann mehr als fahrlässig. Zumal längst belegt war, dass zu der auserkorenen Jubiläumszeit ein neben der heutigen Carl-Orff-Schule entdeckter Friedhof existierte. Funde belegen, dass Sinsheim beziehungsweise Sunnisheim bereits im achten Jahrhundert kein unbedeutendes Dorf war, auch wenn aus dieser Zeit keine originalen Schriftstücke erhalten waren. Nach neuesten Forschungen existierte Sunnisheim bereits zur fränkischen Frühzeit um das Jahr 550. Und auch das war noch nicht die komplette Wahrheit, wie Kleinmann wusste. Als er vor ein paar Jahren als Vermesser in der Nähe der Autobahn in der Gewanne »Breites Bäumchen« zu tun hatte, wusste er, dass dort Jahrzehnte zuvor Urnengräber gefunden wurden. Er selbst hatte an dieser Stelle Brandspuren aus der Jungsteinzeit aufgespürt, die seine Kollegen und sein Chef schlichtweg ignorierten. Zu dieser Zeit hatte Kleinmann längst Blut geleckt. Weitere Beweise einer frühen Besiedlung gab es in seinen Augen zuhauf. Der heute noch erkennbare Ringwall auf der Burghälde wurde von den Helvetiern 400 Jahre vor der Zeitwende als Zufluchtsort angelegt.

Hubertus Kleinmann wusste, dass dies alles niemand interessierte. Was zählte, war ein schriftlicher Beleg, wenn auch nicht zwangsläufig ein Original. Da die Kelten keine Schrift kannten, konzentrierte er sich auf die mutmaßliche Gründerzeit Sunnisheims. Außer dem Friedhof war eine Steinkirche aus dem achten Jahrhundert auf dem Michaelsberg verifiziert. Kleinmann war endlich am Ziel. Unlängst hatte er nicht nur heimlich Teile eines bisher unbekannten Fundaments neben der Kirche freigelegt, sondern auch den Rest eines Kellergewölbes entdeckt. Heute, in der eiskalten und stockdunklen Januarnacht war es endlich so weit. Kein zufälliger Spaziergänger würde sich um diese Uhrzeit hierher verirren. Generalstabsmäßig hatte er alles geplant. Bereits am frühen Nachmittag brachte er mit seinem klapprigen VW Polo eine Kiste an diesen Ort und versteckte sie hinter einem Baum in einer künstlich aufgeschütteten Schneewehe. Der Schneefall war Fluch und Segen zugleich. Niemand würde zufällig über die Früchte seiner Arbeit stolpern. Die Teile des Fundaments hatte er nach dem Fotografieren wieder zugeschüttet, doch der Zugang zu dem Gewölbe bereitete ihm Sorgen. Das kleine Loch, das er zunächst fälschlicherweise als Kaninchenbau deutete, stürzte bei seiner ersten Begutachtung ein und offenbarte den Zugang zu etwas Unbekanntem. Erst dachte er weiter in die falsche Richtung und vermutete eine großflächige Unterspülung, wie er sie in seiner Berufszeit mehr als einmal unter Straßen und Gehwegen aufgespürt hatte. Doch als er die grob in Stein gehauenen Stufen wahrnahm, wusste er, dass er mit ein bisschen Glück am Ziel seiner Reise sein konnte. Mit eilig herbeigeschafften Dachlatten und Plastikplanen überbaute er das Loch und deckte es provisorisch mit Gestrüpp ab. Zur Abschreckung unliebsamer Waldwanderer, er dachte insbesondere an Geocacher, nutzte er einen Trick aus seiner Zeit als Vermesser: Um nach Feierabend im freien Gelände abseits von befahrbaren Wegen nicht die kompletten Gerätschaften kilometerweit schleppen zu müssen, hatten er und seine Kollegen bis zum nächsten Morgen die Geräte versteckt und in einem großzügigen Radius rund um das Versteck mit einer Spritze hochkonzentrierte Buttersäure verspritzt. Die Buttersäure hatte den zusätzlichen Effekt, dass sich weder Wildschweine noch sonstiges Wild in der Nähe blicken ließen.

Nachteilig an dem Schneefall war nur die Spurenlage. Kleinmann hoffte, dass er seinen Fund mit einem einzigen Versuch vollständig untersuchen konnte. Noch wusste er nicht, ob es neben den drei oder vier behauenen Steinstufen überhaupt etwas zu sehen gab. Im schlimmsten Fall gab es überhaupt kein Gewölbe, und die Stufen waren nur der zugewachsene Eingang zu dem früheren oberirdischen Bau, dessen Fundamente er entdeckt hatte. Aufgeregt legte er den Zugang frei. Schnell erkannte er mithilfe seiner Stabtaschenlampe, dass sich die Steinstufen zu einem größeren, in Fels gehauenen Raum erweiterten.

1. DAS NEUE WERK

Es hätte so ein schöner Tag werden können.

»Palzki, Sie können stolz auf mich sein! Jawohl!«

Ich verspürte nicht den Hauch eines Stolzes. Im Gegenteil, ich wäre am liebsten sofort im Erdboden versunken. Da unsere Kriminalinspektion auf einem aus statischen Gründen sehr dicken Betonfundament errichtet wurde, war dies leider nicht möglich.

Der Tag hatte so gut begonnen, selbst die Sonne schien, als ich mich gegen zehn Uhr mit dem Auto auf den 600 Meter langen Weg zur Arbeit machte. Für Anfang März war es ungewohnt warm, endlich schien der kalte Winter für eine weitere Saison besiegt. Selbst zu Hause herrschte zurzeit Friede, Freude, Eierkuchen. Der neunjährige Paul hatte gerade eine heftige Erkältung überstanden und fiel daher als Schadensverursacher von irgendwelchen misslungenen Streichen aus. Ich spekulierte sogar, ob ich für die Zeit seiner Krankheit eine Prämiengutschrift der Haftpflichtversicherung erhalten könnte. Seine ältere Schwester Melanie war vor einem halben Jahr ernährungstechnisch konvertiert und eiferte seitdem meiner Frau Stefanie nach, die sich mit meiner Meinung nach ungesundem und wenig schmackhaftem Obst und Gemüse gesund zu ernähren versuchte. Im Moment berieten die beiden täglich in einer Dauerschleife, welche Pflanzen sie in Bälde in dem geplanten

Nutzgarten unseres ehemaligen Rasens setzen wollten. Da sie meinen nichtgrünen Daumen kannten, selbst das Rasenmähen endete oft genug in einem Fiasko, ließen sie mich bei der Planung außen vor.

»Ich bin ja auch stolz auf mich!«

KPD riss mich aus meinen Gedanken. Der Dienststellenleiter Klaus P. Diefenbach, wie KPD mit korrektem Namen hieß, stellte sich breitbeinig vor mich in Positur und drückte seine Brust heraus.

Kaum hatte ich vorhin die Dienststelle betreten, um mich seelisch und moralisch auf ein oder zwei Stündchen Zeitunglesen vorzubereiten, war es mit dem guten Tag vorbei. Und auch mit meiner guten Laune. KPD kam in dem Moment aus meinem Büro, als ich hineingehen wollte. Ich wunderte mich nur für eine Sekunde, woher er wusste, wo sich mein Büro befand.

»Palzki, Sie kommen jeden Tag später zum Dienst. Das kann so nicht weitergehen. Demnächst werde ich eine Stechuhr einführen. Kommen Sie, kommen Sie.«

Ich folgte meinem Chef in dessen Büro. Büro war eigentlich der falsche Begriff, nahm doch sein persönliches Reich inzwischen mehr als zwei Drittel des Obergeschosses ein. Wir Untergebene, wie er uns Mitarbeiter nannte, mussten immer weiter zusammenrücken. Stellenweise bestand mein Büro aus einem kleinen Kabuff im Untergeschoss zwischen den Ausnüchterungszellen und dem Lagerraum für die Reinigungskräfte.

KPDs Thronsaal, so der interne Sprachgebrauch bei uns Untergebenen, hatte gerade die letzte Renovierungsrunde hinter sich. Mit einem einfachen Tapetenwechsel war es da nicht getan. Da unser Chef wegen der momentanen Negativzinsen große Teile seiner Schwarzgeldkasse nicht wie üblich banksicher anlegen konnte, investierte er in die Ausstattung seines Büros. »Das ist ja immerhin auch ein bleibender Wert«, begründete er die Umbaumaßnahme. Den Fußboden und sämtliche Wände ließ er für 6.000 Euro je Quadratmeter mit einem edlen Onyx Bianco Extra Classico Marmor belegen. Der Arbeitslohn und die Umsatzsteuer waren in diesem Preis noch nicht enthalten. »Die Autofahrer sind selbst schuld«, sagte unser Chef dazu. »Wenn die ordentlich fahren würden so wie ich, dann würde die Schwarzgeldkasse nicht mit den vielen Bußgeldern überlaufen.« KPD und Autofahren, zwei Welten prallen aufeinander.

KPD setzte sich nicht wie gewöhnlich auf seinen peinlich dick gepolsterten Krokodilsledersessel, sondern blieb vor dem riesigen Schreibtisch stehen. Mein Blick fiel sofort auf die Gegenstände, die auf dem Tisch lagen. Schon länger ging auf der Dienststelle ein diesbezügliches Gerücht um, doch nun hatte ich Gewissheit: KPD hatte seine Drohung wahr gemacht.

Da mein zweiter Vorname Spontanität war, hatte ich sofort ein Kontra zu seinem geforderten Stolz. »Herr Diefenbach, meine Kollegen und ich helfen Ihnen selbstverständlich bei der Entsorgung des Altpapiers. Der Gauner, der diesen Abfall auf Ihren kostbaren Schreibtisch gelegt hat, den fassen wir ruckzuck. Da Sie den Staatsanwalt und die meisten Richter kennen, sollte derjenige schnell ein paar Jahre außer Gefecht gesetzt sein.«

»Wovon faseln Sie da?«, unterbrach mich KPD harsch. Er drehte sich um und besah sich den Stapel. »Altpapier, was für ein Affront. Aber ich hätte mir ja denken können, dass dies für Ihren Intellekt ein paar Nummern zu groß ist. Ich wüsste nur zu gern, wie es Ihnen gelungen ist, sich in den Polizeidienst hineinzuschmuggeln. Aber nun gut, ich muss mal wieder mit den gegebenen Mitteln arbeiten, was für mich eine extreme Herausforderung sein wird. Palzki, Sie werden mich begleiten!«

»Begleiten?« Ich hatte keine Ahnung, was er meinte.

»Natürlich nur den ersten Abend, alles andere wäre völlig abwegig. Auf die große Tour gehe ich selbstverständlich ohne Sie.«

»Sie machen Urlaub? Eine Weltreise?« Ein oder mehrere Funken Hoffnung machten sich in mir breit.

»Urlaub? Wer spricht denn von Urlaub? Das wird richtig harte Arbeit werden, die ich aber mit Bravour meistern werde. Ich bin schließlich der gute Dienststellenleiter der Schifferstadter Kriminalinspektion.«

Er ging zu der Wand zwischen einer der Panoramafensterscheiben und dem Regal mit seiner Schnapsglassammlung. Mit Tesafilm war an dieser Stelle eine Deutschlandkarte auf den Marmor gepinnt.

»Na, was sagen Sie dazu?«

»Haben Sie keine andere Karte gefunden, Herr Diefenbach? Diese ist ja völlig mit Filzstift verschmiert. Hat da ein Kleinkind seine ersten Malversuche unternommen?«

KPD schnappte mehrmals nach Luft, bis er sich

beruhigt hatte. Meine unqualifizierten Kommentare hatten natürlich ein Ziel: Ich hoffte, dass es sich mein Chef anders überlegte und ich ihn nicht irgendwohin begleiten musste, wo irgendetwas Unbekanntes auf mich wartete. Bestimmt 30 Städte in Deutschland waren mit einem roten Filzstiftkringel umrandet. Diese Kringel hatte er mit Strichen verbunden, sodass die Karte gewisse Ähnlichkeiten mit dem Spiel »Deutschlandreise« hatte, das ich aus meiner Kindheit kannte.

»Das ist der aktuelle Stand meines Tourneeplans«, sagte KPD selbstbewusst. »Es wird wohl noch kleinere Ergänzungen geben, da ich den einen oder anderen Veranstalter noch nicht von der Unabdingbarkeit meines Auftritts überzeugen konnte, doch das wird noch. Auch da unten, schauen Sie genau hin, Palzki, damit Sie ausnahmsweise mal etwas lernen: Das da unten ist Österreich und links daneben die Schweiz. Die beiden kommen im Anschluss dran.«

»Diese beiden Städte sind ja gar nicht so weit weg von uns«, unterbrach ich ihn, wobei ich mit mir zu kämpfen hatte, um nicht laut herauszuprusten.

»Städte?« KPDs Stimme überschlug sich. »Das sind Länder, Palzki, Länder!« Mürrisch winkte er ab. »Das hat ja doch alles keinen Sinn.« Seine Stirn legte sich in Falten. »Na ja, bis Sinsheim werden wir es gemeinsam schaffen.«

Das war das erste Mal, dass mein Chef konkret wurde. Sinsheim kannte ich natürlich wegen des Technik Museums, zu dem es in Speyer ein Pendant gab. »Sinsheim, liegt das bei Österreich oder bei der Schweiz?«

Ich merkte, dass ich nah dran war, KPD restlos in die Verzweiflung zu stürzen. Er oder ich, das war an dieser Dienststelle seit seinem Dienstantritt Passion.

»Was für ein Glück, dass ich meine Planung selbst erstelle«, meinte er kopfschüttelnd. »Samstagfrüh geht es los. Ich hoffe, dass Sie keine familiären Verbindlichkeiten an diesem Wochenende haben.«

»Sa… Samstag?«, stotterte ich. »Das kommt sehr unerwartet. Da muss ich erst meine Frau fragen.«

»Papperlapapp«, entgegnete KPD. »Der Samstag ist gesetzt. Da wir mit meinem Wagen fahren und ich wegen der anschließenden Diskussion, die sicherlich ihre Zeit dauern wird, in Sinsheim übernachten muss, gilt dies leider auch für Sie, Palzki.«

»Wir kommen erst am Sonntag zurück?«

»Sonntagnachmittag«, ergänzte er selbstbewusst. »Da in dem Übernachtungspreis des Hotels die Wellnessangebote inkludiert sind, werde ich den Sonntag nutzen, um mich vor dem Beginn meiner Tournee ein letztes Mal so richtig zu entspannen.«

Das klang bitter. KPD hatte sicherlich das beste Haus am Ort gebucht. Mit Sicherheit war das so exklusiv und etikettenbehaftet, dass von den Gästen erwartet wurde, bereits zum Frühstück mit Anzug und Krawatte zu erscheinen. Solche Widrigkeiten bereiteten mir unsäglichen Stress. Zu Hause galt bei mir die Devise, dass Besuch, den man nicht im Jogginganzug empfangen konnte, kein Besuch, sondern ein Termin war. Außerdem musste ich mit großer Wahrscheinlichkeit mit meinem Chef gemeinsam Mittagessen, quasi der Super-GAU in meinem Leben.

»Sie erwarten aber hoffentlich nicht von mir, dass ich Sie in die Sauna begleite?« Mir lief es eiskalt über den Rücken.

»Sauna?« Mein Chef klang perplex. »In der Jugendherberge gibt es so etwas nicht.«

»Wir übernachten in einer Jugendherberge?« Ich verstand die Welt nicht mehr.

»Was heißt wir, Sie natürlich«, bellte KPD. »Ich kann doch mit Ihnen nicht gemeinsam in einem Luxushotel erscheinen. Das würde ja meine Reputation im Ansatz schädigen. Nein, Sie übernachten in einem Hostel, das ist so etwas Ähnliches wie eine Jugendherberge, die es in Sinsheim leider nicht gibt. Wir treffen uns am Sonntagnachmittag zwei Block neben meinem Hotel zur gemeinsamen Heimfahrt. Sie können froh sein, dass ich für Sie das letzte Einzelzimmer gebucht habe. Sonst müssten Sie in einem Mehrbettzimmer mit anderen Gästen schlafen. Ein eigenes Bad hat Ihr Zimmer leider nicht.«

Auf der einen Seite war ich ebenso wie mein Chef froh, nicht mit ihm gemeinsam in seinem Was-weiß-ich-wie-viele-Sterne-Hotel übernachten zu müssen, auf der anderen Seite war ein Hostel nicht so sehr das, was meinem Lebensstil entsprach. »Ich kann doch am Samstagabend mit dem Zug heimfahren und am Sonntag zurückkommen.«

»Das habe ich mir auch überlegt«, meinte KPD. »Aber die Zugfahrkarte wäre teurer als die Nacht ohne Frühstück im Hostel. Ich habe da Sonderkonditionen heraushandeln können. Immerhin kenne ich die Besitzerin von früher. Denken Sie daran, eigene Bettwäsche mitzunehmen.«

KPD ging zurück zu seinem Schreibtisch und nahm eines der Bücher in die Hand, die auf ihm lagen. »Effektive Polizeiarbeit zur Verbrechensbekämpfung«, las er vor. Der Untertitel folgte: »Das neue Standardwerk für den leitenden Kriminalbeamten. Na, was sagen Sie dazu? Haben Sie den Namen des Autors gesehen?«

KPDs Name stand doppelt so groß wie der Titel auf dem Cover.

»Für den Anfang habe ich 50.000 Exemplare drucken lassen. Ich habe mir während meiner Tournee in der Druckerei ein paar Zeitslots reservieren lassen, sodass sie auf meinen Anruf sofort die Nachauflage produzieren können. Nichts ist schlimmer als ein Buch, das nicht lieferbar ist.«

»Fast so schlimm wie ein Buch, das nur im Selbstverlag gedruckt wurde«, ergänzte ich böse. »Wollte Ihr Werk kein renommierter Verlag haben?«

KPD druckste herum, die Antwort war mir sofort klar. »Letztendlich ging es nur um die Konditionen. Die Angebote der großen Publikumsverlage waren einfach lächerlich. Einer wollte mein neues Standardwerk nur als Taschenbuch veröffentlichen, das geht gar nicht. Nur so ein bizarrer Krimiverlag aus der Bodenseegegend hat sich gemeldet und das komplette Manuskript angefordert. Irgendwann kam dann die Absage, da die Handlung zu dünn sei und viel zu viel unverständliches Fachkauderwelsch enthalten sei. Die da unten haben wirklich keine Ahnung von qualitativ hochwertiger Literatur.«

»Sie haben Ihr Manuskript einem Krimiverlag angeboten?«

Wieder wand sich KPD. »Na ja, das muss mir bei meiner Adressenrecherche irgendwie durchgerutscht sein. Wobei die großen Verlage meiner Meinung nach viel zu engstirnig und kleinbürgerlich mit ihren Programmschwerpunkten umgehen. Bei solch einem wichtigen und grandiosen Werk der zukünftigen Weltliteratur wie dem meinen sollten die Verlage eigentlich flexibel die Möglichkeiten erkennen und ihre Programmausrichtung an meinem Werk ausrichten.«

Ich seufzte und besah den Stapel auf seinem Schreibtisch. »Das sind höchstens 200 von den Dingern. Wo haben Sie die anderen 49.800?«

»Die Logistik und den Versand habe ich voll und ganz im Griff, Palzki. Diese Exemplare hier sind für die Beziehungspflege: Landrat, Bürgermeister, Staatsanwalt und so weiter. Halt die ganzen wichtigen Personen in meinem persönlichen Umfeld. Auch das Innenministerium wird ein paar Bücher bekommen, auch wenn die mich sehr verärgert haben.«

Ich sah ihn fragend an und er erzählte weiter.

»Ich habe beim Innenministerium für einen Zuschuss zu den Druckkosten angefragt. Immerhin wird mein Werk in den nächsten Jahren Auswirkungen auf die Statistiken der Verbrechensbekämpfung haben. Das Leben für die Bürger wird damit sicherer, Palzki.« Er schüttelte energisch den Kopf. »Die haben das einfach nicht kapiert in Mainz. Alles verbohrte Beamte, die in der Vergangenheit leben. Aber jetzt bricht in der Polizeiarbeit eine neue Zeitrechnung an. Sie können stolz auf sich sein, dass Sie mich persönlich kennen, Palzki! Wenn das Wochenende in Sinsheim sich wegen Ihnen nicht in ein Desaster verwandelt, dann bekommen Sie nächste Woche eine von mir persönlich handsignierte Autogrammkarte zum Sonderpreis. Die können Sie sich dann gerahmt in Ihr Wohnzimmer hängen. Ihre Besucher werden neidisch werden.«

KPD steigerte sich wieder in einen seiner wohlbekannten Größenwahnanfälle hinein. Ich könnte ihn jetzt stundenlang über sich selbst reden lassen, doch ich hatte noch etwas vor. In einer halben Stunde traf der Pizzalieferant am Empfang der Dienststelle ein. Bei uns Untergebenen war der Dienstalltag knallhart durchgeplant. Ich musste meinen Chef weiter provozieren, um das Gespräch zu einem Ende zu bringen.

»Stehen Ihre Bücher bereits in allen Buchhandlungen? Sind die Großhändler auf den Ansturm vorbereitet?« Ich schaute KPD mit einem Hauch von gemeinem Lächeln an.

»Das kostet doch alles Geld, Palzki. Ich muss verantwortungsvoll mit dem Schwarzgeld der Bürger umgehen. Wissen Sie, wie viel Prozent der Buchgroßhandel von der Handelsspanne auffrisst?« KPD ließ die Goldkronen an seinen Backenzähnen blitzen. »Die komplette Auflage befindet sich gut gesichert in meinem Privathaus.« Er machte eine kleine Pause. »Na ja, dadurch sind zurzeit zwar die 300 Quadratmeter Wohnfläche plus das

Kellergeschoss etwas beengt, doch das ist nur von kurzer Dauer. Mein neues Werk wird sich wie geschnitten Brot verkaufen.«

Wahnsinn, mein Chef hatte annähernd 50.000 Bücher in seiner Wohnung gelagert. Das waren schätzungsweise mehr als zwei Dutzend voll beladene Europaletten. »Und wie kommen die Bücher zu den Käufern?«

»Machen Sie sich da mal keine Sorgen, Palzki. Ich habe das alles im Detail durchgeplant. Meine Frau wird den Versand übernehmen und auch das Verpacken und alles, was so dazugehört. Die ist ja nur Hausfrau, da kann sie sich jetzt ausnahmsweise mal ein bisschen bewegen und vier- oder fünfmal am Tag zur Post fahren und die Pakete verschicken.«

Diese Aussage war typisch KPD. Ich bereitete den Rückzug vor. »So wie ich es verstanden habe, findet am Samstag in Sinsheim Ihre Premierenlesung statt. Dann weiß ich jetzt Bescheid und freue mich auf das übernächste Wochenende.«

»Das nächste, Palzki. Nicht das übernächste.«

»Ich weiß«, antwortete ich verbittert.

2. DAS HOSTEL

Meine Familie war über die Pläne meines Chefs mäßig begeistert.

»Du wolltest doch am Samstag mit mir und Melanie in den Baumarkt fahren, um ein paar Säcke Pflanzenerde zu kaufen«, meinte Stefanie enttäuscht. »Und mein Fahrrad hat auch wieder einen Platten«, ergänzte Melanie. Nur Paul äußerte keinen Wunsch, wie er mich am Wochenende verplanen wollte. Ich fühlte mich mal wieder richtig fremdbestimmt.

Wenn ich zu Hause etwas zu sagen hätte, wäre ich mit einem kleinen Rucksack, in dem das Nötigste für die Übernachtung hineingestopft war, nach Sinsheim gefahren. Als verheirateter Familienvater war dies leider undenkbar.

»Du kannst doch deinen Ruf nicht vollends zerstören«, motzte Stefanie, als ich ein verzogenes T-Shirt mit dem Spruch »Lächle, denn du kannst nicht alle töten« und ein altes Hemd in den Koffer pfefferte. Es handelte sich um den größten Koffer in unserem Haushalt. »Nimm lieber etwas zu viel mit als zu wenig. Dann bist du für alle Eventualitäten gerüstet.« Letztendlich packte Stefanie den Koffer, der nur mit Mühe zu verschließen war. Ich hatte bis dahin keine Ahnung, dass ich so viele Kleidungsstücke besaß. Zusätzlich zu dem Koffer stellte mir meine Frau zwei große Tüten dazu.

»In der einen sind zwei Paar Ersatzschuhe, in der anderen dein dicker Wintermantel. Vielleicht kommt es zu einem Wetterumschwung.«

Endlich war der Zeitpunkt der Abreise gekommen. KPD war so zuvorkommend, mich zu Hause abzuholen. Kürzlich hatte er zwar bei den Mannheimer Kollegen seinen Führerschein abgeben müssen, nachdem er alkoholisiert einen Oberleitungsmast der Straßenbahn umgemäht und dadurch den öffentlichen Nahverkehr im Mannheimer Zentrum für zwei Tage zum Erliegen gebracht hatte. Ob er ihn mittlerweile auf legalem oder illegalem Weg zurückerhalten hatte, war mir egal.

»Kommen Sie, Palzki, wir müssen los.«

KPD stand vor unserer Haustür und klimperte mit seinen Orden, die im Übermaß an der maßgeschneiderten Uniform hingen. Dass er sich zu solchen Anlässen, bei denen er sich repräsentieren durfte, extrem übertrieben in Schale schmiss, war ich längst gewöhnt. KPDs Outfit passte eher zu einem mittelklassigen Fasnachtsumzug in der Provinz.

»Was ist denn das?«, blökte er mich an, als ich ihm die zwei Tüten in die Hand drückte.

»Den Koffer trage ich selbst«, antwortete ich. Schnell verabschiedete ich mich von Stefanie mit einem Kuss und zog von außen die Haustür zu. KPD schleppte sichtlich überfordert die Tüten zu seinem Dienstwagen, es war sein zweiter in dem gerade begonnenen Jahr, während ich ängstlich zum Nachbarhaus schielte. Wackelte der Vorhang? War meine gefürchtete Nachbarin, Frau Ackermann, bereits auf dem Weg zur Haustür, um mich mit einem nie endenden Redeschwall zu begrüßen? Nein, ich hatte Glück. Normalerweise ließ sie es sich nicht entgehen, generell jeden Passanten, der es wagte, den Gehweg vor ihrem Haus zu benutzen, in einen Monolog zu verwickeln, der jeden spätestens nach dem zweiten oder dritten Satz an Suizid denken ließ. Ob sie krank war? Meine Gedankengänge wurden schroff unterbrochen.

»Ich wusste nicht, dass Sie es mit Ihrem Gepäck so übertreiben, Palzki.« Die beiden Tüten stellte er neben das Vorderrad. Ich schaute durch die Seitenscheibe in die Luxuskarosse hinein. Der Fond war bis zum Fahrzeughimmel mit Büchern vollgestopft. Ob KPD wusste, dass es ein zulässiges Gesamtgewicht gab?

»Kofferraum?«, fragte ich, obwohl ich die Antwort längst vermutete. KPD drückte auf einen Knopf der Fernbedienung, und der Deckel des Kofferraums glitt geräuschlos nach oben. »Da sind mein Koffer drin und ein paar meiner Werke.«

Sein Koffer war genauso groß wie der meinige. »Dann lassen wir halt ein paar Bücher da«, sagte ich. »Meine Frau wird gut darauf aufpassen.« Und Paul hätte was zum Basteln, dachte ich gehässig.

»Nein, das geht auf keinen Fall, Palzki. Ich denke, dass ich die bei meiner Veranstaltung heute Abend allesamt verkaufen werde. Wahrscheinlich reichen die gar nicht, und meine Frau muss morgen welche mit dem Zug nachbringen.«

Mister Bean hätte über uns ein Drehbuch in eigener Sache schreiben können. Nachdem ich auf dem zugegebenermaßen großzügig gestalteten Beifahrersitz Platz genommen hatte, quetschte mir KPD die beiden Tüten zwischen die Beine, sodass ich im Fußbereich keinerlei Bewegungsfreiheit mehr hatte. Zum krönenden Abschluss stellte er mir den Koffer hochkant auf den Schoss.

»Sie können ja zur Seitenscheibe rausschauen«, meinte er wegen des eingeschränkten Sichtfeldes.

Da KPD schon eine Weile Dienststellenleiter in Schifferstadt war, hatte ich meine Leidensfähigkeit längst mehrfach zur Genüge bewiesen. Die Fahrt nach Sinsheim setzte einen neuen Höhepunkt. Wenn mein Chef Auto fuhr, müsste man aus Sicherheitsgründen den öffentlichen Verkehr ausschließen. Neben seiner generellen Unfähigkeit in allen Bereichen und speziell beim Autofahren, lag das vor allem an seiner Eitelkeit. Ohne Brille war KPD im Fernbereich so gut wie blind.

Mein Gesicht wurde aufgrund KPDs unvorhersehbaren Bremsverhaltens kaum mehr als ein Dutzend Mal mit aller Wucht in den Koffer-Airbag gedrückt. Und dann, dann hatten wir Sinsheim auch schon erreicht.

»Irgendwo muss doch diese Dr.-Sieber-Halle gewesen sein«, schimpfte KPD mit sich selbst. »Die kann sich doch nicht in Luft auflösen.«

»Soll ich mal im Atlas nachschauen?«, nuschelte ich, da für eine saubere Aussprache zu wenig Platz war.

»Ich kann das schon alleine«, konterte KPD. »Ich bin schließlich in Sinsheim aufgewachsen.«

»Was? Sie kommen aus dem baden-württembergischen Ausland? Warum haben Sie keine Polizeilaufbahn auf der rechten Rheinseite genossen?«

KPD knurrte zunächst etwas Unverständliches, bevor er konkret wurde. »Ich habe es ja versucht. Aber die Mentalität der Vorgesetzten im Polizeidienst hatte mir nicht behagt. Immer haben die alles besser gewusst als ich. Die waren einfach unbelehrbar.«

»Und wo haben Sie damals gewohnt?«

»Zuerst in der, äh, Dingsgasse, äh, gleich neben dem äh, wie hieß das noch?«

»Dr.-Sieber-Halle?«

»Dr.-Sieber-Halle, wo?«

»Hier ist keine Dr.-Sieber-Halle. Ich habe gemeint, ob Sie neben der Dr.-Sieber-Halle aufgewachsen sind.«

»Nein, natürlich nicht. Ich und meine Eltern sind, als ich noch ein Kleinkind war, vom Zentrum in den Stadtteil Ehrstädt standesgemäß neben das Schloss Neuhaus gezogen.«

»Sie haben in einem Schloss gewohnt?«

»Beinahe, Palzki, beinahe. Meine Eltern hatten neben dem Schloss ein Wirtschaftsgebäude angemietet. Als Kind habe ich gerne in dem Park gespielt. Es handelt sich um einen historischen Herrensitz, der den Freiherren von Gemmingen gehört. Leider hatten meine Eltern keine direkten Beziehungen zu den Eigentümern, sodass die Freiherren nicht zu meinen persönlichen Kontakten gehören, was sehr bedauerlich ist. Inzwischen kann man in dem Schloss heiraten, was sehr rege genutzt wird.«

KPD legte eine Vollbremsung hin. »Da ist sie ja, die Dr.-Sieber-Halle. Ist das nicht ein Prachtbau?«

Na ja, für mich sah es wie ein großer grauer Betonklotz aus, nicht anders als viele andere Stadthallen auch.

Der Name des Gebäudes, Dr.-Sieber-Halle, war prominent und von Weitem sichtbar angebracht.

»Die Halle wurde gerade generalsaniert …«, ereiferte sich KPD. »Bis vor Kurzem hieß sie noch Stadthalle. Meine Lesung wird die erste Veranstaltung nach der Eröffnungsfeier sein. Alles topmodern, Palzki. Wie gemacht für meinen wichtigen Premierenabend. Das, was Sie da sehen, hat einige Milliönchen gekostet. Ursprünglich wollte man die Halle abreißen und neu bauen. Da der Boden in diesem Gebiet wegen der Nähe des Flusses Elsenz sehr morastig ist, wurde die Halle beim Bau in den 70er-Jahren auf fast hundert Pfählen, die zwölf Meter in die Tiefe reichen, gesetzt. Bei einem Neubau hätte man diese Fundamentpfähle neu setzen müssen. Aber das ist ja jetzt egal, ich halte direkt vor dem Eingang. Dann können Sie meine Bücher schon mal in den Saal tragen, während ich die Location inspiziere und mit dem Fachpersonal rede.«

Schneller als ich reagieren konnte, stand der Wagen vor der Halle und mein Chef war verschwunden. Wegen der Einschränkung des Bewegungsumfangs meines rechten Armes dauerte es eine gewisse Zeit, bis es mir gelang, den Türöffner zu betätigen. Als zusätzliche Hürde erwies sich die Höhe des Koffers, der sich zwischen Oberschenkel und Türoberseite verhakte. Nach ein paar zirkusreifen Kunststücken war auch diese Aufgabe gemeistert. Ohne groß darüber nachzudenken, ließ ich KPDs Bücher dort, wo sie waren, und zog stattdessen meinen Rollkoffer zum Eingang. Ich folgte dem Wegweiser zur Stadtbibliothek. Solch eine große

Bibliothek hatte ich bisher noch nicht gesehen. Es roch nach frischer Farbe.

»Palzki, wo bleiben Sie denn?«, rief es von weit hinten. Ich kämpfte mich an der Krimiabteilung vorbei und fand nach kurzer Suche KPD, der sich mit einer jüngeren Dame unterhielt, die einen genervten Eindruck machte.

»Was soll das denn schon wieder?«, schnauzte mich mein Vorgesetzter an. »Wollen Sie hier übernachten? Bringen Sie sofort den Koffer ins Auto und holen Sie meine Werke.«

Ich stand da wie ein Depp. Ausnahmsweise, es musste das erste Mal sein, musste ich KPD recht geben. Völlig unüberlegt und ohne nachzudenken, hatte ich meinen Koffer hier heruntergeschleppt. Da ich meine Fehlleistung nicht zugeben wollte, antwortete ich frech: »Ich wollte meine Wertsachen nicht ungesichert im Wagen lassen, solange er ausgeladen wird.«

KPD bekam eine Maulsperre, was mir aufgrund meiner Dreistigkeit schon öfters gelungen war. »Und meine teuren Bücher? Was denken Sie, was die für einen Wert haben? Damit meine ich nicht nur die Druckkosten. Los, beeilen Sie sich mit dem Ausladen.« Er zeigte zornig auf den Koffer. »Und nehmen Sie das Teil wieder mit.«

Freundlich lächelnd trat nun die anwesende Frau auf mich zu und gab mir die Hand. »Ich bin Daniela Kemmet, die Leiterin der Bibliothek. Sie müssen Reiner Palzki sein, ich habe schon viel von Ihnen gehört. Wir haben alle Krimis im Verleih, in denen Sie als Protagonist mitspielen.«

KPD unterbrach sie schroff. »Protagonist dieser Regionalkrimireihe bin noch immer ich, Frau Kemmet. Palzki ist nur mein Untergebener, ein Statist, zuständig für die falschen Spuren und die Störfeuer gegenüber seines guten Chefs.« Er blickte mit stechendem Blick zu mir. »Und jetzt beeilen Sie sich, Palzki.«

Daniela Kemmet ließ nicht locker. »Warten Sie, Herr Palzki, ich gebe Ihnen einen Schiebewagen, damit geht's einfacher.« Nach wenigen Augenblicken kam sie mit dem Wagen zurück. Sie zeigte schräg nach hinten. »Dort finden Sie den Aufzug. Ohne Treppe geht's noch einfacher.«

Ich nickte ihr dankend zu und wuchtete meinen Koffer auf den Schiebewagen. Der Aufzug war schnell gefunden, auch KPDs Wagen stand noch unversehrt vor dem Eingang. Schade, nicht einmal eine Politesse war in der Nähe. Ob es in Sinsheim so etwas überhaupt gab? Ziemlich unsanft pfefferte ich die Bücher aus dem Kofferraum auf das Transportwägelchen und legte meinen Koffer zu dem meines Chefs in den Kofferraum. Wütend und ohne Eile ging ich zurück zur Halle. Zwei Bücher fielen mir bis zum Lift von dem Schiebewagen herunter, da ich sie zugegeben recht unstrukturiert gestapelt hatte. Ich ließ die Bücher auf dem Boden liegen, es waren ja mehr als genug.

»Was soll das?«, herrschte mich KPD erneut an, als ich ihn erreicht hatte. Dieses Mal war ich mir keiner Schuld bewusst.

»Hätte ich als Erstes Ihren Koffer in den Keller bringen sollen?«

KPD verstand nicht. »Welcher Keller? Ach so, Sie

meinen die Bibliothek. Das ist das Untergeschoss und kein Keller, Palzki.« Er suchte Augenkontakt zu Frau Kemmet und schüttelte den Kopf. »Mein Untergebener hat leider einen sehr eingeschränkten Wortschatz. Ich bitte dies zu entschuldigen.« Sofort lenkte er den Blick wieder zu mir. »Jetzt bringen Sie die Bücher endlich nach oben, Palzki! Und bitte ordentlich stapeln. Das sieht ja aus, als wären es irgendwelche x-beliebigen Bücher von nichtssagenden Autoren. Ich erbitte mir ein bisschen mehr Respekt.«

»Nach oben?«, fragte ich hilflos. »Sie haben doch vor ein paar Minuten gesagt, dass ich die Bücher zu Ihnen bringen soll.«

KPD rollte mit den Augen. »In den Saal, habe ich gesagt, Palzki, in den Saal. Denken Sie vielleicht, ich halte meine Premierenlesung hier unten in dieser kleinen Bibliothek ab? Hier ist doch alles mit Regalen vollgestellt und höllisch verwinkelt. Wie sollen wir da dem Ansturm der Zuhörer Herr werden?« Er holte tief Luft. »Selbstverständlich habe ich den großen Saal gemietet. Auf eigene Kosten. Ich meine, natürlich aus dem Schwarzgeldetat der Bußgeldkasse. Immerhin kommt meine Lesereise der nationalen Kriminalitätsaufklärung zugute.«

Eine halbe Stunde später hatte ich die meisten Bücher in den Saal gekarrt. Der Rest säumte wie bei einer Schnitzeljagd für Anfänger den Weg zu KPDs Dienstwagen. Nachdem ich ein wenig verschnauft hatte, nahm ich den Lift nach unten, um der Bibliotheksleiterin das Wägelchen zurückzubringen. Daniela Kemmet stand mit KPD vor einem größeren Tisch. Mein Chef streichelte sanft über die Tischplatte.

»So ein Prachtstück könnte ich in meinem Büro gut gebrauchen«, sagte er zu Kemmet. »Ich wollte schon länger eine kleine Leseecke einrichten für meine Sammlung historischer Erstausgaben.«

»Das wird nicht billig, Herr Diefenbach. Dieser Tisch wurde in Eppingen aus einer Buche vom Buchenauerhof handgeschreinert. Ich kann Ihnen aber unseren neuen Lesegarten zeigen, der sich, von einer doppelten Hecke abgegrenzt, in Richtung Ilvesbach zieht.«

»Geld spielt keine Rolle«, antwortete KPD, ohne auf den Lesegarten einzugehen. »Die werden wohl in diesem Hof eine weitere Buche für meinen neuen Tisch haben.«

Kemmet seufzte und lenkte vom Thema ab, in dem sie mich ansprach. »Danke, Herr Palzki, dass Sie mir den Schiebewagen zurückgebracht haben. Kann ich Ihnen einen Kaffee anbieten?«

»Keine Zeit«, knurrte KPD. »Wir müssen den Saal für die Veranstaltung vorbereiten und anschließend mein Hotel aufsuchen. Und das äh – Ding für Palzki.«

Er ging in Richtung Aufzug, die Bibliotheksleiterin folgte. »Was ist, Palzki, wollen Sie hier Wurzeln schlagen?«

Mit der Ausrede eines unaufschiebbaren Toilettengangs konnte ich die nächste Viertelstunde überbrücken. KPDs Schreie hörte ich trotzdem. Als ich mich in den Saal wagte, hatte er sich einigermaßen beruhigt.

»Das wird Konsequenzen haben, Palzki«, drohte er

wegen des Bücherschwundes. »Sie können doch nicht einfach die kostbaren Werke auf den Boden fallen lassen.«

»Habe ich nicht bemerkt.«

»Außerdem hätten Sie alles ein bisschen schöner stapeln können. Aber mit Marketing und Werbung kennen Sie sich ja auch nicht aus.«

»Ist das so was Ähnliches wie Reklame?«, fragte ich, um ihn weiter anzustacheln, doch er winkte nur frustriert ab.

»Alles muss ich als guter Chef alleine machen«, schimpfte er vor sich hin.

KPD hatte auf der kompletten Bühnenbreite Tische aneinandergereiht und darauf frontal seine Bücher gestellt, sodass jedes Einzelne in voller Breite zu sehen war.

»Die Beleuchtung muss noch zentraler auf mich und den Vorlesetisch gebündelt werden«, sagte mein Chef zu Kemmet. »Das ist das Wichtigste.« Dann wandte er sich mir zu. »Palzki, bis 400 können Sie doch zählen, oder?«

Eine Gemeinheit musste mit einer Gemeinheit beantwortet werden. »Deutsch und Mathematik waren in der Schule meine drei gutesten Fächer.«

Entweder verstand mein Chef nicht oder er hatte nicht zugehört. »Dann schnappen Sie sich die Platzkarten und verteilen Sie sie auf den Stühlen. Immer von links nach rechts arbeiten. Die vorderste Reihe ist die Reihe 1, hinten dran befindet sich die Reihe 2 und so weiter. Können Sie mir folgen?«

»Wohin, Herr Diefenbach?«

Es reichte immer noch nicht für einen Schlaganfall. Mit rotem Gesicht übergab er mir einen Karton voller dünner Heftchen im DIN-A6-Format. »Dies ist ein Sonderdruck mit meiner Vita und Erläuterungen zu vielen meiner Erfolge. Legen Sie bitte auf jeden Stuhl zusätzlich zu der Platzkarte ein Exemplar, sodass jeder Zuhörer wahre Hintergrundinformationen über mich aus erster Hand erhält. Damit ist ausgeschlossen, dass die Zuhörer auf externe Fake Informationen hereinfallen.«

Hatte mich KPD ausschließlich für solche Handlangerdienste mitgenommen? Frustriert verteilte ich die Heftchen in den ersten beiden Stuhlreihen. Den Rest schenkte ich mir und pfefferte den Karton unter einen Stuhl.

»Sind Sie schon fertig?«, fragte KPD, als ich mich in der ersten Reihe auf einen Stuhl setzte. »Wir müssen los, sonst komme ich zu spät zu meiner ersten Wellnessbehandlung im Hotel.« Er ging zu Kemmet und schüttelte ihre Hand. »Wie vereinbart sind wir zwei Stunden vor Veranstaltungsbeginn hier. Palzki wird sich um die Kontrolle der Eintrittskarten kümmern und die Gäste einzeln zu ihren Plätzen führen, damit wirkt alles wesentlich exklusiver. Den Ausschank kann er auch übernehmen, den Caterer-Service können wir uns damit sparen. Nach der Veranstaltung wird Palzki meine Bücher verkaufen und ich diese dann individuell signieren. Das kann dann durchaus ein paar Stunden dauern, Frau Kemmet.«

Der Bibliotheksleiterin entglitten nur kurz die

Gesichtszüge. »Sie wissen, dass der Saal bis Sonntag früh gereinigt übergeben werden muss, da dann die nächsten Veranstalter reinwollen.«

»Das schafft Palzki bestimmt. Er kann ja, nachdem er den Saal aufgeräumt und gereinigt hat, in seinem, äh, in seiner Übernachtungsmöglichkeit ausschlafen. Ich brauche ihn dann erst wieder zur Heimfahrt.«

Ich tat so, als hätte ich diese Bemerkungen KPDs nicht gehört, überlegte aber parallel, wie ich meinem Chef eine lehrreiche Lektion erteilen könnte.

»Kommen Sie, Palzki, wir müssen los.« Eigenhändig schloss er zufrieden nickend den Saal ab. In seinem Wagen hatte ich es nun wesentlich bequemer.

»Liegt mein Hotel weit entfernt?«

»Hostel, Palzki, Hostel. Obwohl es das auch nicht genau trifft. Eine ehemalige Mitschülerin von mir, Anna Gramm, hat das Gebäude von einem Großonkel geerbt. Zufällig habe ich erfahren, dass sie in dem ehemaligen Etablissement Zimmer an durchreisende junge Leute vermietet.«

»Was für ein Etablissement?«, fragte ich erschrocken.

»Das braucht Sie nicht zu stören, Palzki. Das ist schon eine Weile her, hat mir Anna am Telefon berichtet. Schräg gegenüber vom Bahnhof, das finden wir auch ohne Karte. Die paar Meter hätte ich Sie aber auch durchaus laufen lassen können.«

In der Tat war die Fahrt sehr kurz. Das heruntergekommene Gebäude mit schiefen Klapprollläden und fehlenden Dachziegeln war nicht zu übersehen. Zwischen den anderen Häusern sah es wie ein Fremdkörper aus. Die bauliche Substanz war das eine, das andere die unübersehbare frühere Nutzung: »Zur roten Laterne«, stand in vergilbter Schrift auf den Resten eines Leuchtreklameelementes über der Tür.

»Ein Bordell?« Ich warf KPD einen zornigen Blick zu.

»Früher vielleicht mal, aber jetzt natürlich nicht mehr. Anna hat die Immobilie geerbt, als das Lokal längst geschlossen war. Seit ein paar Jahren liegt vonseiten der Stadt eine Abrissverfügung vor, doch solange sich Bewohner in dem Hostel aufhalten, kann es nicht abgerissen werden.«

»Ich soll dort übernachten? Ist das Ihr Ernst?«

»Ist doch nur für ein paar Stunden. Sie werden kaum vor vier oder fünf Uhr morgen früh Feierabend haben. Und nach einer kurzen Nacht geht es zurück nach Hause in die Pfalz.« KPD hatte längst den Wagen abgestellt. »Nun holen Sie endlich Ihren Koffer aus dem Kofferraum, damit ich zu meiner Wellnessbehandlung komme. Und vergessen Sie Ihre Taschen nicht.«

»Sie gehen nicht mit rein, Ihre ehemalige Schulkameradin begrüßen?«

»Um Himmels willen, wo kämen wir da hin! Wenn mich da jemand sehen würde! Ich habe Anna aber eine Ermäßigungskarte für meine Lesung geschickt, natürlich in Anrechnung auf die Übernachtungskosten. Sagen Sie ihr einen schönen Gruß von mir. Äh, ein einfacher Gruß reicht völlig aus.«

Missmutig und außerordentlich schlecht gelaunt stieg

ich aus. Was wäre, wenn ich die Koffer vertauschen würde? Wenn KPD nachher im Hotel meine Sachen auspacken würde? Doch dann fiel mir ein, dass es mir dann genauso ging. Ich mochte wirklich nicht wissen, was mein Chef in seinem Koffer hatte.

»Ich hole Sie um 17 Uhr vor dem Bahnhof ab, Palzki. Sind ja nur ein paar Schritte.«

»Lassen Sie mal, Herr Diefenbach, die 200 Meter zur Dr.-Sieber-Halle kann ich laufen.«

»Dann kommen Sie nicht zu spät, Palzki.« Ohne eine Verabschiedung gab er Gas.

Mit mulmigem Gefühl betrat ich das Haus. Ich kam in eine kleine Vorhalle, die so etwas Ähnliches darstellte wie eine Lobby. Das komplette Mobiliar war in speckigen Rottönen gehalten. Auf diversen Sitzgruppen, die auf mich wie ein Sammelsurium aus Sperrmüllmöbeln wirkten, lümmelten sich ein paar junge Erwachsene, allesamt in Smartphones oder andere elektronische Geräte vertieft. Die Luft war so stickig, dass ich beinahe zum ersten Mal in meinem Leben einen Asthmaanfall erlitt. Ich ging zu der nicht besetzten Empfangstheke und überlegte. Sollte ich wirklich KPDs Aufforderung Folge leisten und es riskieren, mich mit Bettwanzen und Schlimmerem anzustecken? Wenn die Zimmer in einem vergleichbar unhygienischen Zustand waren wie die Eingangshalle, musste man sich dort mit bisher unentdeckten Lebensformen arrangieren.

Aus einer Tür hinter der Theke kam eine Frau heraus, die auf mich vom Erscheinungstyp her wie ein Gründungsmitglied der Partei »Die Grünen« wirkte, sowohl vom Alter als auch optisch. In breitestem Pfälzisch schrie sie durch die Lobby: »Wer hotten schun widder die Deer vum Scheißhaus uffstehe losse?«

Nachdem sich niemand meldete, drehte sie sich zu einem Regal herum, auf dem mehrere Flaschen mit alkoholischen Getränken standen. Während sie sich eine der Flaschen schnappte, rülpste sie dermaßen laut, als wäre die Concorde, die ganz in der Nähe auf einem Dach des Technik Museums stand, in wenigen Metern über uns hinweggeflogen.

Spätestens jetzt wusste ich, dass ich eine Übernachtung auf dem Bahnsteig des Sinsheimer Bahnhofs diesem Hostel, oder was immer es war, bevorzugen sollte. Ohne auf mich aufmerksam zu machen, schnappte ich mir den Koffer und die Tüten und schlich in Richtung Ausgang.

»Das gibt's doch nicht!«

Eine mir unwohlbekannte Stimme sorgte für ein weiteres Desaster. Das konnte doch nicht sein, oder? Litt ich unter einer Sinnestäuschung? War die Lobby dermaßen drogengeschwängert, sodass ich in meinem Wahn Leute herbeifantasierte, die ich nicht einmal in der Realität sehen wollte? Die Lache, die nun einsetzte und sogar noch einen Tick lauter war als der Rülpser der Hausbesitzerin, ließ mich an meiner Sinnestäuschung zweifeln.

»Wie kommen Sie denn hierher?«, grölte es erneut durch die Lobby.

Todesmutig wagte ich, mich umzudrehen. Es wurde nicht besser: Mein Sehsinn spielte mir den gleichen Streich wie mein Hörsinn. Vor der offenen Aufzugstür stand der berüchtigtste Not-Notarzt der Kurpfalz: Dr. Matthias Metzger. Mit seinem Aussehen passte er eigentlich zielgenau zur Einrichtung dieses Hostels. Auch sein pseudomedizinisches Spektrum wäre sicherlich eine gute Ergänzung zu diesem katastrophalen Ort. Noch immer war ich mir nicht sicher, ob ich einem Trugbild entgegenstarrte oder in der Realität lebte.

»Hat es Ihnen die Sprache verschlagen, Palzki?« Metzger schüttelte seine langen fettigen Haare. Die dabei entstandene Staubwolke schätzte ich als äußerst lebensfeindliche Zone ein, sodass ich es nicht wagte, näher zu treten.

»Was machen Sie hier?«, stotterte ich den Notarzt an. »Hat KPD Sie für seinen Auftritt gebucht?«

Metzger, der sich gerade ein kirschkerngroßes Etwas mit dem Zeigefinger aus dem Ohr pulte und kritisch betrachtete, sah auf. »Diefenbach ist auch in Sinsheim? Obwohl, ist ja eigentlich klar. Ohne Ihren Chef sind Sie außerhalb von Schifferstadt überhaupt nicht lebensfähig.« Er sah sich um. »Wo ist er denn?«

»In einem anderen Hotel«, antwortete ich knapp.

»Jaja, immer etepetete, der Herr«, konstatierte Metzger. »Meine Schwester hat zwar nicht das sauberste Hotel in Sinsheim, dafür aber das billigste. Und meistens funktioniert sogar das Klo auf dem Flur. Nur leider heute nicht, aber egal. Ich bin auch so klargekommen. Not macht erfinderisch.«

Aus den Augenwinkeln heraus sah ich eine Frau, die das Etablissement betrat und ohne Begrüßung hinter dem Empfang an Metzgers vermeintlicher Schwester vorbeiging und stumm hinter einer schmalen Tür verschwand. Niemand der Anwesenden kommentierte diese seltsame Handlung.

Metzgers Klogeschichte ekelte mich an, doch hatte er gerade von seiner Schwester gesprochen? »Sie sind mit der, äh, dieser, äh, Frau verwandt?« Ich deutete mit dem Kinn hinter die Theke, wo die Hotelbesitzerin gerade einen x-fachen Whisky oder zumindest etwas in der Richtung trank.

Metzger grölte. »Anna, hast du das gehört? Palzki weiß nicht einmal, wer du bist.«

Die Angesprochene rülpste ein zweites Mal, nun vielfach dezenter, und blickte zu mir. »Hoscht du die Deer zum Scheißhaus uffstehe losse?«

Ich musste flüchten, und zwar sofort. Metzger machte meinen Fluchtversuch zunichte, indem er zu mir kam und meinen Oberarm packte.

»Palzki hat bestimmt nicht gewusst, dass wegen der Rattenplage die Tür zum Klo im Erdgeschoss geschlossen bleiben muss.«

»Ich hab doch awer extra ä großes Schild an die Deer geklebt!« Sie klang immer noch entrüstet.

»Ich war nicht auf der Toilette und hab's auch nicht vor.« Ich hoffte damit, die Situation zu entspannen.

»Wenn Sie hier übernachten wollen, Palzki, bleibt Ihnen gar nichts anderes übrig. Die anderen Toiletten im Haus sind allesamt verstopft. Oder anderweitig unbenutzbar. Ich könnte Ihnen da einen Trick verraten …«

»Matthias!«, schrie seine Schwester. »Wenn du das

gemacht hast, was ich gerade denke, dann kannst du dich auf was gefasst machen!« Sie stürmte die Treppe nach oben. Beinahe wäre sie mit einem weiteren Gast zusammengerannt, den ich ebenfalls kannte.

»Hallo, Herr Wallmen«, begrüßte ich den zweiten Mediziner. Seit geraumer Zeit war der Unfallchirurg Günter Wallmen stets in der Nähe von Metzger zu finden. Wallmen arbeitete als Oberarzt im St.-Vincentius-Krankenhaus in Speyer und litt darunter, über keine Promotion zu verfügen. Nachdem er unter äußerst zwielichtigen Bedingungen Dr. Metzger kennengelernt hatte, nahm er sich im Krankenhaus ein Sabbatjahr, um bei Metzger, der sich auf den Kaimaninseln einen Professorentitel erschlichen hatte, seine Doktorarbeit zu schreiben. Im Gegenzug unterstützte er seinen Medizinerkumpel bei der Vermarktung von neuen, das hieß gefährlichen und abstrusen, medizinischen Dienstleistungen. Mit einem als OP-Klinik umgebauten Reisemobil fuhren sie gemeinsam durch die Kurpfalz und die umliegenden Regionen, um neue Kunden, wie sie die Patienten nannten, zu akquirieren.

»Herr Palzki, wie kommen Sie denn nach Sinsheim? Das ist ja mal eine Überraschung.«

»Ich bin morgen wieder weg«, antwortete ich. »Und Sie?«

Wallmen lachte. »Matthias und ich tragen uns mit dem Gedanken, für eine gewisse Zeit sesshaft zu werden. Wir wollen …«

»Halt die Klappe, Günter«, unterbrach ihn Metzger.

»Verrate unser neues Geschäftskonzept nicht. Noch haben wir die Immobilie nicht gemietet. Wenn es so weit ist, können wir Palzki gerne zur Eröffnungsfeier einladen. Das ist überhaupt die Idee: Wir laden die komplette Schifferstadter Kriminalinspektion ein. Da hat Diefenbach gleich ein gutes Ziel für seinen diesjährigen Betriebsausflug. Thematisch ist das ja ein Volltreffer.« Metzger schaute zu mir. »Wo können wir Ihren Chef finden, Palzki? Die Idee ist so gut, dass ich sie heute noch Diefenbach vorschlagen will.«

»Prima«, sagte ich und hatte eine Idee. »Am besten kommen Sie vor 20 Uhr in die Dr.-Sieber-Halle rüber. Mein Chef will dort einen kleinen Vortrag halten. In der Pause können Sie direkt loslegen und Ihre Idee erläutern. Ich bespreche das nachher gleich mit KPD, sodass Sie dann ohne Rücksprache loslegen können.«

»Das ist mal ein vernünftiger Vorschlag, Palzki. Bin ich gar nicht von Ihnen gewohnt. Hat Sie Diefenbach zu einer Fortbildung geschickt?«

Wallmen übernahm das Gespräch. »Warum sind Sie überhaupt in diesem Hotel, Herr Palzki? Normalerweise verkehre ich nicht in solchen Dreck…, äh, Etablissements. Da dieses Hotel der Schwester von Matthias gehört, habe ich mich überreden lassen, zwei Nächte zu logieren. Bis dahin wollen wir unser Projekt durchgezogen haben.«

»Günter, jetzt lass dich mal nicht so gehen«, blökte Metzger. »Sauberkeit und Hygiene gehören halt mal nicht zu den Lebensschwerpunkten der Metzger-Familie.«

»Hot der die Deer zum Scheißhaus uffstehe losse?« Anna Gramm war inzwischen wieder in der Lobby und schaute zu Wallmen. »Klugscheißer kann ich iwwerhaupt net leide.«

»Immer mit der Ruhe, Schwesterherz. Günter hat es nicht so gemeint. In seinem Beruf als Krankenhausarzt ist er bisweilen mit höheren hygienischen Anforderungen konfrontiert als normalerweise üblich und nötig.«

»Ich leb halt ämol allä, seit ich mein Mann nausgschmisse hab un zurick noch Sinse gange bin.«

Der Not-Notarzt war so nett, das nicht ganz so lupenreine Pfälzisch zu übersetzen beziehungsweise zu erklären. »Anna hat jahrzehntelang in einem kleinen Dorf in der Westpfalz gewohnt. Dort hat sie Kim Lorenz Gramm geheiratet, der übrigens von allen nur Kilo gerufen wurde. Nach der Scheidung vor zwei Jahren ist sie in ihre Geburtsstadt Sinsheim zurückgekehrt. Das geerbte Hotel hat sich als Unterschlupf bestens bewährt, gell, Anna? Hier kannst du ohne großes Aufsehen in der Hinterstube …«

»Halt die Goschen, Matthias«, schrie die Hotelbesitzerin. »Dess geht kemm was a, was ich do treib.«

Ich beschloss, weiterleben zu wollen. »Dann weiß ich jetzt Bescheid«, sagte ich und schnappte erneut Koffer und Tüten.

»Wo wollen Sie hin?«, fragte Metzger.

»Zur Dr.-Sieber-Halle«, entgegnete ich. »Ich bin nur zufällig hier vorbeigekommen. War ein Versehen, tut mir leid.«

Ich verließ den letzten Flecken innerhalb Deutschlands, wenn nicht sogar Europas, wo Forscher bisher unentdeckte Säugetierarten finden können, die größer als Mäuse waren.

3. DER GROSSE ABEND

Vor der Dr.-Sieber-Halle angekommen, hatte ich das nächste Erlebnis der besonderen Art. Rund ein halbes Dutzend Personen bauten vor dem Eingangsbereich aus Gerüstteilen eine Art Portal auf, durch das ausgewachsene Elefanten passen würden. Am oberen Querträger entrollten sie gerade ein überdimensionales Banner. Als ich KPDs Konterfei in zehnfacher Vergrößerung sah, bekam ich für einen Moment Schüttelfrost. Neben diesem Schockbild stand in gigantischen Lettern »Klaus P. Diefenbach«, darunter, etwas kleiner »Heute sensationelle Buchvorstellung – das neue Standardwerk der Polizeiarbeit«. Wiederum darunter und erneut eine Stufe kleiner »Eintritt nur 28,50 Euro – Restkarten an der Abendkasse«.

In meinem Zustand konnte ich unmöglich in die Dr.-Sieber-Halle gehen und KPD gegenübertreten. Ich setzte mich auf die Motorhaube eines wildfremden Pkws und lachte mich minutenlang schlapp.

»Was ist mit Ihnen los, Palzki?«, herrschte mich auf einmal mein Vorgesetzter an. KPD war von mir unbemerkt aus der Halle gekommen, um offensichtlich seinen Werbeaufbau zu bewundern.

»Ich habe mich nur verschluckt«, antwortete ich mit Tränen in den Augen. »Das Ding finde ich gut gelungen.« Ich zeigte auf den Banner und musste beinahe erneut lachen. »Das war bestimmt nicht billig. Lassen Sie das an jedem Ihrer Leseorte aufbauen?«

KPD starrte auf das Portal, ohne zunächst auf meine Frage einzugehen. »Meine Nase glänzt auf dem Bild viel zu stark. Wenigstens sitzt die Krawatte korrekt. Das nächste Mal werde ich einen anderen Fotografen beauftragen.« Er drehte sich zu mir. »Das Werbebanner war in der Tat nicht billig, Palzki. Es wird eine Weile dauern, bis das Loch in der Bußgeldschwarzkasse gestopft ist. Die Rechnung des Fotografen werde ich kürzen müssen, eine glänzende Nase geht nun wirklich nicht. Ich habe keine Lust, mich lächerlich zu machen.« KPD ging zu dem Gerüst, ich folgte ihm. »Die Teile habe ich leihweise vom städtischen Bauamt in Schifferstadt bekommen. Schließlich lade ich einmal im Monat die Bürgermeisterin zum Essen ein.«

»Das Personal wird auch nicht kostenlos sein«, stachelte ich ihn an. »Oder werden die schwarzbezahlt?«

KPD sah mich ärgerlich an. »Palzki, das sind Beamte. Die kann man nicht schwarzbezahlen. Außerdem sind sie unbestechlich. Für diese Aktion benötige ich zuverlässiges Personal. Und Beamte sind nun mal die einzigen zuverlässigen Menschen in unserem Land. Eigentlich sollten Sie Ihre Kollegen kennen.«

Diese Aussage traf mich wie ein Keulenschlag. Bisher hatte ich mir die Personen, die an dem Gerüst werkelten, nicht näher angeschaut. Nun schaute ich genauer hin und war baff. Es handelte sich ausnahmslos um Kollegen der Schutzpolizei unserer Dienststelle.

»Da staunen Sie, Palzki, oder?« KPD hatte sich breit vor mir aufgebaut. »Ich habe diese Tätigkeit meinen

Untergebenen als Fortbildungsmaßnahme angeboten. Als Polizeibeamter muss man sich schließlich tagtäglich flexibel auf neue Situationen einrichten. Außerdem lernen sie hier ein wenig handwerkliches Geschick, das kommt bei der polizeilichen Routinearbeit meistens zu kurz.« Er zwinkerte mir zu, was äußerst debil aussah. »Somit ist meine Buchtournee gehaltsneutral. Vater Staat bezahlt die Beamten, dafür liefere ich das neue Standardwerk für die Polizeiarbeit. Eine Win-win-Situation, Palzki. Können Sie mir geistig folgen?«

»Haben sich die Kollegen freiwillig gemeldet? Die fehlen doch jetzt im Streifendienst.«

»Das merkt kein Schwei…, äh, Bürger, Palzki. Ich habe kurzfristig drei Praktikanten angeheuert, die den ganzen Tag mit den im Moment freien Streifenwagen durch verschiedene Wohngegenden fahren, um die optische Präsenz der Polizei zu suggerieren. Ich will schließlich das Sicherheitsgefühl der Bürger nicht schwächen.« Er lächelte listig. »Natürlich haben meine Untergebenen sich freiwillig gemeldet. Ich lege viel Wert auf Fortbildung. Bei Ihnen selbstverständlich nicht, Palzki. Das wäre ja Perlen vor die Säue geworfen. Aber bei den qualifizierteren Untergebenen schon. Wenn die Beamten diese Maßnahme abgelehnt hätten, hätte ich als guter Chef annehmen müssen, dass sie nicht geeignet sind, um unter mir als gutem Chef zu dienen. In dem Fall habe ich ihnen eine Versetzung angekündigt. Keiner der hier anwesenden Beamten wollte dies. Sind damit Ihre Fragen beantwortet?«

Ich hakte weiter nach. »Wohin wollten Sie sie versetzen?«

KPD grinste. »Das verrate ich Ihnen nicht, Palzki. Vielleicht sind ja Sie dafür prädestiniert?«

Ich verkniff mir, weiter nachzufragen. Eine Versetzung klang erst mal okay, zumal sich dann der Dauerkonflikt mit KPD erledigt hätte. Dennoch hatte ich das unbestimmte Gefühl, dass die Kollegen einen guten Grund hatten, hier zu sein und KPDs Willkür Folge zu leisten. Falls sich nachher eine Gelegenheit ergeben sollte, würde ich sie fragen.

»Übernachten die Kollegen auch in dem Hostel?« Dann sollte ich sie auf jeden Fall vorwarnen.«

»Wo denken Sie hin, Palzki? Das würde Unsummen verschlingen. Nein, der Bautrupp schläft in dem Polizeitransporter, den sie mitgebracht haben. Sechs Personen können darin gut schlafen. Und wenn sie von einem Veranstaltungsort zum nächsten fahren, können sie die Gerüstteile und das Banner darin transportieren. Das wird zwar ein wenig eng, aber das haben wir beide auf der Herfahrt ja auch erlebt.« KPD durchschritt stolz das Portal und ging in Richtung Dr.-Sieber-Halle. Kurz vor dem Eingang drehte er sich um. »Was ist, Palzki? Wollen Sie hier draußen übernachten? Kommen Sie rein, es gibt viel vorzubereiten. Zeigen Sie einmal in Ihrem Leben einen Hauch von Einsatz, immerhin dürfen Sie die Überstunden abfeiern.«

Mit Mordgedanken folgte ich ihm mit Koffer und Taschen, KPD fiel das nicht auf. Unmittelbar hinter dem Eingang zum Saal standen ein breiter Tisch und ein kleiner Hocker.

»In einer halben Stunde startet der Einlass«, sagte

KPD und zeigte auf den Tisch. »Dann setzen Sie sich hierher und kontrollieren die Karten. Wie viele Eintrittskarten im Vorverkauf abgesetzt wurden, werde ich gleich bei Frau Kemmet in Erfahrung bringen. Ich erwarte sie in wenigen Minuten. Für den Verkauf der Restplätze gebe ich Ihnen eine Wechselgeldkasse. Dass Sie mir aber mit dem Wechselgeld aufpassen, Palzki! Wie viel geben Sie zurück, wenn ein Gast mit einem Fünfziger bezahlt?« KPD stierte mich fragend an.

»120«, antwortete ich und schaute meinen Chef mit einem doofen Blick an und schüttelte den Kopf. »Oder ein bisschen mehr?«

KPD erstarrte für einen Moment zur Salzsäule. Leider hielt die Erstarrung nicht ewig an. »Vergessen Sie das mit dem Wechselgeld, Palzki. Die Besucher sollen passend zahlen. Ich gehe davon aus, dass sowieso nur noch wenige Karten zur Verfügung stehen.« KPD ging in den Saal. »Was ist los, Palzki? Kommen Sie, ich will Ihnen Ihre weiteren Aufgaben zeigen. Oder dachten Sie, Sie können sich hier einen faulen Lenz machen? Da vorne rechts ist der Ausschank. Sobald Sie alle Karten verkauft haben und die Besucher im Saal sind, schenken Sie den Champagner aus. Jedes Glas kostet 20 Euro, da brauchen Sie sich wegen des Wechselgeldes keinen Kopf zu zerbrechen. Falls jemand mit einem Fünfziger bezahlt, geben Sie ihm halt zwei Gläser.«

Ich wollte ihm gerade antworten, dass ich in solch einem Fall dann einen Hunderter als Wechselgeld zurückgebe, doch wir wurden unterbrochen. Ein Mann trat zu uns.

»Einlass ist erst in …«, KPD schaute auf seine Uhr, »22 Minuten und 35 Sekunden.«

»Ich weiß«, antwortete der Besucher. »Sind Sie Herr Diefenbach?«

Mein Chef nickte und stellte sich breitbeinig vor dem Neuzugang auf. »Autogramme gibt es erst nach der Premiere, mein Herr.«

»Mein Name ist Klaus Gaude«, sagte der Mann, ohne einen Autogrammwunsch zu äußern. »Wir hatten vergangene Woche telefoniert.«

KPD sah unschlüssig zwischen ihm und mir hin und her. »In welcher Angelegenheit? Der Kartenvorverkauf läuft über die Stadtbibliothek. Haben Sie eine Karte?«

Gaude schüttelte den Kopf. Er wollte gerade etwas sagen, aber KPD fiel ihm ins Wort. »Dann müssen Sie eine Karte erwerben. Ich weiß aber nicht genau, ob es noch eine Abendkasse geben wird. Frau Kemmet von der Bibliothek bringt mir gleich die Vorabrechnung.«

»Es gibt noch Karten«, sagte Klaus Gaude. »Ich kenne Frau Kemmet persönlich. Ich bin aus einem anderen Grund hier.«

»Sind Sie Veranstalter?« KPD wurde neugierig. »Großveranstalter? Oder Fernsehen?« KPD zappelte nervös herum.

»Nein«, antwortete Gaude. »Ich bin Inhaber der Buchhandlung Doll, hier in Sinsheim.«

KPDs Gesichtszüge veränderten sich in Rekordzeit. »Jetzt kann ich mich an Sie erinnern. Sie haben sich geweigert, mein neues Werk in Ihrer Buchhandlung zu verkaufen. Solch eine Ungeheuerlichkeit ist mir bisher nur sehr selten vorgekommen.« KPD schaute Gaude in die Augen. »Und jetzt kommen Sie zu Kreuze gekrochen, um mich zu bitten, dass ich Ihnen ein paar meiner Bücher zu Händlerkonditionen mit drei Prozent Rabatt verkaufe. Jetzt, wo gleich der Saal gerammelt voll sein wird, wittern Sie wohl das Geschäft Ihres Lebens?«

»Nein.« Mehr sagte Gaude nicht.

»Nein?« KPDs Stirn legte sich in Falten.

»Nein«, wiederholte Gaude. »Ich kann ein oder zwei Exemplare Ihres Buches in Kommission nehmen, wenn Sie möchten. Mehr aber nicht. Ihr Buch wendet sich an ein Fachpublikum, das ist in Sinsheim rar gesät.«

»Gibt's hier keine Polizei?«, herrschte ihn KPD aggressiv an.

»Manchmal bin ich mir da nicht so sicher«, erwiderte der Buchhändler. »Vielleicht kommen die ja zu Ihrer Lesung.«

»Ganz bestimmt«, konterte KPD. »Die hiesige Polizei ist bestimmt nicht auf den Kopf gefallen und lässt sich solch eine Gelegenheit entgehen. Immerhin sind sie die Ersten, die das neue Standardwerk kaufen können.«

»Hallo, Herr Diefenbach.« Daniela Kemmet trat auf die beiden zu. »Hallo, Klaus.«

»Hallo«, antworteten beide synchron und KPD ergänzte: »Seit wann duzen Sie mich?«

Daniela Kemmet war nur einen kurzen Moment verwirrt. »Ach so, daran habe ich nicht gedacht. Sie heißen beide Klaus mit Vornamen. Ich meinte eben Klaus Gaude, den ich persönlich kenne.«

KPD hatte nicht zugehört, da er Wichtigeres im Kopf hatte. »Müssen wir die Abendkasse öffnen oder sind alle Karten verkauft?«

Die Leiterin der Stadtbibliothek schluckte. Zweimal, dreimal, eine ganze Serie. Schließlich antwortete sie kleinlaut: »Das hat nicht ganz so geklappt wie vermutet. Haben Sie die besprochenen Anzeigen geschaltet?«

»Natürlich«, antwortete KPD voller Stolz. »Eine halbe Seite in der Rheinpfalz und eine Viertelseite in der FAZ. Alles aus der Schwarzkasse bezahlt.«

Kemmet verzog ihren Mund. »Das war vielleicht nicht ganz so zielgruppengerecht. Wir sind hier in Sinsheim. Die beiden von Ihnen genannten Zeitungen werden bei uns eher weniger gelesen.«

»Papperlapapp«, antwortete KPD. »Die Zielgruppen meines neuen Buches nehmen gerne längere Anfahrten in Kauf, um mich und mein Buch live zu erleben. Alles andere wäre völlig absurd. Und für Sinsheim haben Sie ja das Plakat ausgestellt, das ich an der Theke Ihrer Bibliothek gesehen habe. Handzettel haben Sie bestimmt zusätzlich verteilt.«

»Sicher«, antwortete sie leise. »Leider richtet sich Ihr Buch an ein Fachpublikum. Nur ganz wenige Besucher der Bibliothek haben den Handzettel mitgenommen. Eher noch weniger als wenig.« Sie schaute verschämt zu Boden.

Ich konnte dem Drama nicht mehr zuhören. Längst hatte ich zwischen den Zeilen beziehungsweise zwischen Kemmets Worten die Wahrheit herausgehört. »Nun sagen Sie meinem Chef schon, wie wenige Karten Sie verkauft haben.« Ich rechnete mit einer knapp dreistelligen Zahl.

»Acht«, flüsterte Daniela Kemmet. »Nein, sieben. Eine wurde gestern zurückgegeben.«

»Sieben?«, wiederholte KPD und sah aus, als würde er unter Schock stehen. »Wie konnte das passieren trotz des hohen Werbeaufwands? Sind Sie sicher, dass nicht Ihre Mitarbeiter weitere Karten verkauft haben?«

Kemmet nickte.

»Kommt wenigstens der hiesige Polizeichef?«, fragte KPD fassungslos.

Zur Antwort erhielt er ein Schulterzucken. »Ich weiß nur, dass der Oberbürgermeister kommt, ein Ortsvorsteher und ein Organisator der Landesheimattage, die demnächst stattfinden. Sonst weiß ich von niemandem.«

KPD benötigte ungewöhnlich lange, um sich wieder zu fassen. »Palzki, gehen Sie sofort zu Ihrem Platz an der Abendkasse. Bestimmt werden gleich Menschenmassen den Saal stürmen.«

Von Massen konnte man wirklich nicht sprechen. Zehn Minuten nach Kassenöffnung kam ein junges Pärchen. »Zweimal 28,50 Euro für eine Lesung eines Debütautors, der im Eigenverlag veröffentlicht? Was ist das denn für ein Wucher? Und nicht einmal eine Ermäßigung für Studenten?« Die beiden verließen aufgebracht die Dr.-Sieber-Halle.

KPD drehte im Foyer Runden wie ein Löwe im Manegenkäfig. Als eine ältere Frau das Foyer betrat, begrüßte er sie persönlich. »Guten Abend, meine Dame.

Darf ich Sie zu der ersten Veranstaltung in der Dr.-Sieber-Halle begrüßen? Mein Name ist Klaus P. Diefenbach.«

»Ich suche einen Gast«, sagte sie. »Können Sie ihn ausrufen lassen?«

»Wieso?« Mein Chef verstand nicht. »Welchen Gast?«

»Ich weiß nicht«, lautete die Antwort. »Ich kenne nur das Nummernschild. Ich bin beim Ausparken an den Kotflügel des Wagens gestoßen. Können Sie bitte den Eigentümer des Wagens ausrufen lassen?«

Ich freute mich innerlich über die aktuelle Situation. Dieser Abend würde hart an KPDs Selbstwertgefühl nagen. Einen Dämpfer hatte er schon lange verdient. Klaus Gaude opferte sich und half der Dame. Da die Anzahl der bisher eingetroffenen Besucher noch sehr überschaubar war, wurde der Autobesitzer schnell gefunden.

Zehn Minuten vor Veranstaltungsbeginn lag die Zahl der Besucher immer noch im einstelligen Bereich. Mein Chef sah nervös im Millisekundenabstand auf die Uhr.

»Da kommt noch jemand«, rief er auf einmal entzückt. Tatsächlich kamen ein Mann und eine Frau ins Foyer. »Darf ich Ihre Karten kontrollieren?« KPD hatte die Einlasskontrolle zur Chefsache gemacht.

Die beiden schüttelten den Kopf. »Wir sind nicht wegen der Veranstaltung gekommen«, sagte der Mann. »Ich will meiner Kollegin nur schnell die Halle zeigen, in der ich morgen ausstellen werde.« Er drehte sich zur Dame. »Ich habe dieses Jahr eine extragroße Fläche gebucht, Claudia. Größer als unser jährlicher Stand auf der Frankfurter Buchmesse.«

Die angesprochene Claudia lächelte gutmütig. »Das sind ja auch andere Dinge, die du hier ausstellst, Armin.«

»Das ist nun mal mein Hobby, Claudia, seit vielen Jahren, wie du weißt. Wahrscheinlich wird es so wie jedes Mal sein, dass ich mehr an anderen Ständen kaufe, als ich selbst verkaufe. Bestimmt bekomme ich wieder Ärger mit meiner Frau.«

Während Claudia lächelte, mischte sich KPD ein. »Sie stellen auf der Buchmesse aus?« Mein Chef hatte Blut geleckt.

Der männliche Part nickte. »Aber nicht hier in Sinsheim. Wir sind privat hier.«

»Haben Sie Interesse an meinem neuen Werk?« KPD drückte ihm eines seiner Bücher in die Hand.

Mit den Worten »Wir sind ein Krimiverlag, mein Herr« reichte er das Buch weiter. »Was meinst du, Claudia?«

»Ich bin deiner Meinung, Armin«, antwortete sie. »Wir sind ein Krimiverlag.«

»Sie haben es gehört«, sagte der Mann zu meinem Chef. »Meine Programmleiterin hat gesprochen. Gegen sie komme ich nicht an, genauso wenig wie gegen meine Frau.«

KPD war der Verzweiflung nahe, da er schon wieder zwei potenzielle Besucher entschwinden sah.

»Ich schenke Ihnen zwei Eintrittskarten, wenn Sie dableiben«, sagte KPD. »Im Wert von 57 Euro«, ergänzte er schnell. »Nur der Champagner kostet extra. Vielleicht finden Sie Gefallen an meinem neuen Standardwerk und nehmen es in Kommission.«

Die Frau mit dem Namen Claudia lächelte gütig. »Wir sind ein Verlag, mein Herr. Keine Buchhandlung.« Nach kurzer Diskussion ließen sie sich von KPD überreden und gingen in den Saal. Am Getränkeausschank sah es extrem übersichtlich aus. Niemand wollte etwas zu trinken. Mein Arbeitsaufwand hielt sich sehr in Grenzen.

Selbst KPD schien mich vergessen zu haben. Meine Schadenfreude stieg ins Unermessliche. Heute Abend würde mein Chef die Niederlage seines Lebens einstecken müssen. Mit einem Quäntchen Glück würden wir in Bälde in Schifferstadt einen neuen Dienststellenleiter bekommen. Mit zwei Quäntchen Glück vielleicht sogar mich? Für einen Moment stellte ich mich geistig als Chef der Schifferstadter Kriminalinspektion vor. Vieles würde ich anders und vor allem besser machen als KPD. Ich dachte an eine Erweiterung der Pausenregelung und an …

Ein dezenter Doppelgong ertönte. Die wenigen Anwesenden hatten sich längst mit großen Abständen in den ersten Stuhlreihen niedergelassen, sodass die Wuchtigkeit der Halle noch peinlicher wirkte. KPD schaute ein letztes Mal nervös auf die Uhr, dann kam er auf mich zu. »Gehen Sie mal nach draußen, Palzki. Irgendetwas stimmt da nicht. Vielleicht ist die Zubringerstraße zur Dr.-Sieber-Halle wegen eines Unfalls gesperrt. Regeln Sie das, aber schnell.«

Ich nutzte den Auftrag, um mich draußen auf einer Parkbank kurz auszuruhen. Drei oder vier Minuten später, die KPD bestimmt wie mehrere Ewigkeiten vorkommen mussten, ging ich zurück in den Saal. KPDs fragenden Blick erwiderte ich mit einem lässigen, aber gemeinen Schulterzucken. Der Doppelgong ertönte erneut. KPD ging nach vorne zu dem Stehpult, das seine Wichtigkeit unterstützende Headset hatte er längst aufgesetzt. Dem kurzen Räuspern ins Mikrofon folgte ein Rückkopplungspfeifen. Während die wenigen Zuhörer zusammenzuckten, ging Frau Kemmet zu meinem Chef und flüsterte ihm ins Ohr: »Wollen Sie nicht besser ohne Headset arbeiten?«

KPD blickte sie böse mit beleidigendem Blick an. »Die Verstärkeranlage habe ich kostenpflichtig hinzugebucht, daher werde ich sie auch nutzen. Außerdem wirkt dadurch meine Stimme kräftiger und noch autoritärer.«

Das vereinzelte Lachen aus dem Publikum war dem Umstand zu verdanken, dass das Headset eingeschaltet war. »Warum lachen die da?«, fragte KPD unsicher, immer noch mit aktiver Verstärkeranlage.

Die Bibliotheksleiterin deutete seufzend auf sein Headset und setzte sich zurück auf ihren Platz. Ich schloss die Tür zum Saal und machte es mir in der letzten Reihe bequem. Leider hatte ich nichts zu lesen dabei. Daher folgte ich, zumindest in den ersten Minuten, KPDs Versuch, sein neues Buch und sich vorzustellen. Eigentlich ging es zunächst nur um ihn. Seiner Biografie nach musste er ein halbes Dutzend Nobelpreise unterschiedlichster Bereiche haben und ein Weltwissen besitzen, das selbst Wikipedia in den Schatten stellt. Irgendwann kam er auf sein Buch zu sprechen. Details konnte ich geistig nicht aufnehmen, da ich mich längst im Dämmerschlaf befand. Ein vereinzeltes Klatschen brachte mich zurück in die Realität. Tatsächlich hatte sich mein Chef nicht selbst beklatscht, was ich ihm durchaus zutrauen würde, sondern ein Anzugsträger in der ersten Reihe. KPD bedankte sich überschwänglich für den Applaus und das Interesse an ihm und seinem neuen Buch und kündigte eine Weltsensation an, die er nach der Pause offenbaren würde. Da er wohl Angst hatte, dass sich die Teilnehmerzahl während der Pause dramatisch dezimieren könnte, lud er alle Anwesenden auf ein Glas Champagner an der Bar an. Selbstverständlich wies er darauf hin, wie hoch der reguläre Preis für den Edelsekt war.

4. TÖDLICHER CHAMPAGNER

KPD verlangte von mir, die Flaschen zu öffnen und möglichst sparsam einzuschenken. »Machen Sie die Gläser höchstens halb voll«, raunzte er mir zu. »Den Rest nehmen meine Untergebenen mit zum nächsten Veranstaltungsort. Wo sind die eigentlich? Ich habe denen doch gesagt, dass sie sich als Zuschauer tarnen sollen, falls mal eine Veranstaltungshalle aus Versehen nicht ausverkauft sein sollte.«

»Keine Ahnung«, antwortete ich, obwohl ich wusste, dass die Kollegen in eine Pizzeria gegangen waren. »Draußen sind sie jedenfalls nicht.«

KPD warf mir nur kurz einen vernichtenden Blick zu, als er die bis zum Rand gefüllten Gläser entdeckte. Die Flaschen selbst hatte ich fast ohne größere Sauerei aufbekommen. Die zerschossene Deckenleuchte konnte man sicherlich günstig reparieren und auf KPDs Rechnung setzen.

Müde und erschöpfte Gesichter, überall, wo ich hinblickte. Mindestens zwei Personen waren gegangen, die Verlustquote lag somit weit im zweistelligen Bereich. KPD ließ sich die Schmach nicht anmerken, strahlend ging er von einem Gast zum anderen und smalltalkte.

Einer der Anwesenden passte nicht zu dem Rest. Der Mann wirkte auf mich irgendwie unaufgeräumter als die anderen. Zerzauste Haare, ungepflegter Mehrtagebart, in dem Teile der letzten Mahlzeiten hingen, ein Baumfällerhemd, mit dem der halbe brasilianische Urwald gerodet wurde, viel zu weite und ausgebeulte Stoffhosen sowie, als absolutes Highlight: Sandalen. Ich tippte auf Modell 60er-Jahre, wobei ich bei der Zuordnung des Jahrhunderts haderte.

»Ich werde auch demnächst ein Buch schreiben«, sagte er zu KPD, als sich dieser, nachdem er die seltsame Gestalt mit einem Naserümpfen taxiert hatte, vorstellte.

»Sind Sie auch ein wichtiger Beamter?«, fragte KPD sofort. »Wollen Sie hier spionieren, wie man sehr gute Fachbücher schreibt? Damit Sie es gleich wissen, der Markt ist jetzt erst mal mit sehr guter Polizeiliteratur gesättigt.«

»Nein, nein«, erwiderte sein Gegenüber. »Ich war noch nie Polizist und habe nicht vor, einer zu werden. Ich werde über …«

»Na, dann trinken wir zuerst mal einen kräftigen Schluck von meinem teuren Champagner«, unterbrach ihn KPD, wohl froh, keinen Konkurrenten vor sich zu haben.

Zufällig stand ich bei diesem Dialog daneben, genauer gesagt, hinter meinem Chef, damit er mich nicht ständig im Blickfeld hatte und mich mit überflüssigen Aufträgen belästigte. Daher war ich bei der nun folgenden Szene nicht nur ein Knallzeuge, sondern ein richtiger Zeuge.

Die Gläser klirrten nur leicht, als sie sich berührten. KPD hatte laut seiner Meinung seine Pflicht erfüllt und wandte sich zum nächsten Gast. Der ältere Mann bemerkte nicht, dass er in den Augen meines Chefs bereits wieder in der Bedeutungslosigkeit verschwunden war. Er setzte das randvolle Glas an die Lippen und schlürfte den Inhalt in einem Zug leer. Bevor er das Glas wieder absetzen konnte, riss er seine Augen weit auf und starb.

Der Todesprozess dauerte nur wenige Sekunden. Ein extrem lautes und unnatürlich klingendes Stöhnen waren seine vorletzten akustischen Hinweise auf sein irdisches Dasein. Während die Augen und auch sein Mund weit offen blieben, versagten seine Stimmbänder, zeitgleich glitt das leere Glas aus seiner Hand. Nur eine Winzigkeit später holte sich die Erdanziehungskraft den stämmigen Körper nach unten. Nicht nur bedingt durch das höhere Körpergewicht im Vergleich zum Sektkelch, knallten das Glas und sein Hinterkopf zeitgleich auf. Das dabei entstandene Geräusch war eine noch nie gehörte Mischung aus feinem Glasklirren und aufspringender Schädeldecke. Auch wenn er, wie sich schnell herausstellte, bereits beim Fall sein Leben aushauchte, so konnte man den aufgeplatzten Kopf nur als Pech im Tod beschreiben. Normalerweise war die Verletzungsstufe bei einem Fall aus dem Stand heraus auf den Boden nicht sonderlich hoch, die Regel war in solchen Fällen eine kräftige Gehirnerschütterung. Doch hier spielten andere Faktoren die entscheidende Rolle: Von der vor wenigen Tagen stattgefundenen Eröffnungsfeier der renovierten Dr.-Sieber-Halle standen im Saal und im Foyer zahlreiche Betonfiguren herum, die als Dekoration von einem stadtbekannten

Künstler ausgeliehen waren. So kam es, dass der soeben Verblichene mit dem Hinterkopf direkt auf einen Betonengel knallte und dessen Flügel in einem tiefen und satten Rot einfärbte.

»Was machen Sie da?«, fragte KPD, der sich erschrocken hatte und sich nun wieder zu seinem Exsmalltalk-Partner herumgedreht hatte. »Bluten Sie?«, fragte er vorsichtig.

Der Schaum am Mund des Mannes war für mich ein eindeutiger Hinweis. Als selbst ernannter Giftexperte hatte ich mich nicht nur intensiv mit den Lebensmitteln, die meine vegetarisch lebende Frau mir ständig vorsetzte, befasst, sondern auch mit weit schlimmeren natürlichen Stoffen. Ich konnte noch nie verstehen, wenn jemand beim Apotheker fragte, ob es gegen diese oder jene Krankheit auch etwas Natürliches gab. Die Natur war tödlich, immer. Es kam nur auf den Zeithorizont an, oder, krimineller gesehen, auf die Dosis. Selbst mit Teilen einer relativ harmlosen Kartoffel konnte man einen Menschen, oder im Bedarfsfall auch viele Menschen, umbringen. Wenn man wollte, auch sehr qualvoll.

Mit »Bitte nicht berühren« herrschte ich eine Dame an, die sich um die Leiche kümmern wollte. Dass es sich um eine Leiche handelte, war mir als geübter Kriminalbeamter längst klar. Keine Herzdruckmassage, kein Defibrillator, ja nicht mal der gefürchtete Not-Notarzt Dr. Metzger konnten hier noch helfen. Um welches Gift es sich handelte, konnte ich anhand der Situation natürlich nicht erkennen. Dass das Berühren des Mannes zu weiteren Todesfällen führen konnte, schätzte ich aufgrund der Situation und des schnellen Todes als sehr hoch ein. »Da ist Gift im Spiel«, herrschte ich die Dame an und zog sie am Oberarm zurück.

»Ich bin als Ersthelferin ausgebildet«, antwortete sie resolut. »Ich muss ihm helfen.«

»Nein, eben nicht. Außer, Sie wollen ebenfalls sterben.«

Die Ersthelferin gab immer noch nicht auf. »Wieso Gift? Sie sehen doch, dass der Mann mit dem Kopf auf die Statue gefallen ist. Rufen Sie lieber einen Notarzt, während ich mich um ihn kümmere.«

KPD stand reglos daneben. Statt mich zu unterstützen, trat er einen Schritt zurück, um nicht versehentlich mit Blut in Berührung zu kommen. »Ist der wirklich tot, Palzki?«, fragte er mich unsicher. »Dann habe ich bei meiner Buchvorstellung ja nochmals einen Zuhörer weniger.«

Kaum zu glauben, mein Chef sorgte sich um seine Veranstaltung, die sowieso eine Peinlichkeit im Quadrat war. »Rufen Sie lieber die Polizei«, herrschte ich meinen Chef ungewohnt aggressiv an. Wie durch ein Wunder schien KPD meinen Auftrag zu befolgen, er ging in Richtung Foyer. Auch die Ersthelferin hatte inzwischen erkannt, dass wir es mit einem Todesfall zu tun hatten.

»Sollen wir die anderen Gäste warnen?«, fragte sie mich, inzwischen sichtlich unter Schock stehend. »Es könnte etwas im Champagner gewesen sein«, ergänzte sie.

Dieser Gedanke war mir ebenfalls längst gekommen. Ein kurzer Rundblick zeigte mir, dass alle Anwesenden aus ihren Gläsern getrunken hatten. Trotzdem, Sicherheit ging vor. Mit lauter Stimme übertönte ich die Gespräche der Lesungsbesucher, die allesamt kreidebleich in der Nähe standen und nicht wussten, wie diese Situation einzuordnen war. »Liebe Anwesende, bitte stellen Sie aus Sicherheitsgründen Ihr Sektglas auf den Tresen und fassen Sie bitte nichts an. Ich bin wie Diefenbach Kriminalbeamter. Es könnte sein, dass der Herr an einem Gift gestorben ist. Solange wir nicht wissen, ob das stimmt oder wo es herkam, müssen wir höllisch aufpassen. In wenigen Minuten wird die Polizei, also ich meine die zuständigen Beamten hier sein. Bitte bleiben Sie mehrere Meter von dem Toten entfernt, am besten setzen Sie sich auf die Stühle. Leider dürfen Sie im Moment den Saal nicht verlassen.«

»Hubert wurde vergiftet?«

Ein Pärchen, das etwas abseits stand, hatte den ersten Hinweis auf die Identität des Toten gegeben.

»Sie kennen ihn?«, fragte ich die Frau, die die Frage gestellt hatte.

Anstelle der Frau antwortete der männliche Part. »Hubertus Kleinmann kennt jeder in Sinsheim. Er ist bekannt wie ein bunter Hund. Na ja, so zog er sich manchmal auch an.«

»Kannten Sie ihn näher?«, hakte ich nach. »Oder kannten Sie ihn nur als bunten Hund?«

Der Mann atmete mehrmals durch, bevor er antwortete. »Leider kannte ich ihn auch persönlich. Meistens waren aber meine Mitarbeiter die Leidtragenden. Nur bei hartnäckigen Konflikten habe ich mich eingemischt. Mein Name ist übrigens Jörg Albrecht. Ich bin der Oberbürgermeister von Sinsheim. Und das ist meine Gattin.«

Ich nickte der Dame kurz zu, während Albrecht weitersprach. »Er war ein harmloser Kauz, nichts weiter. Ein lästiger Bürger, aber harmlos.«

»Das sehe ich komplett anders«, mischte sich ein weiterer Mann mit lauter Stimme ein. »Hubertus war ein Halunke. Überall hat er rumgestänkert. Ich kenne einige, die ihm den Tod oder zumindest die Pest gewünscht haben.« Etwas leiser fügte er an: »Das wird keiner zugeben, faktisch ist das aber so.« Sich selbst zustimmend, nickte er mehrmals.

Inzwischen war ich mir einigermaßen sicher, dass es sich um eine gezielte Tötung handelte. Doch wer kam als Täter in Betracht? Ich ließ die wenigen Minuten zwischen KPDs Pausenankündigung und dem Todesfall Revue passieren. Ich selbst hatte die Flaschen geöffnet und die Gläser eingeschenkt. Auf einem Tablett hatte ich die überschaubar wenigen Gläser verteilt. Ich konnte mich nicht erinnern, das Tablett aus der Hand gegeben zu haben. Auch die Gläser hatte ich direkt verteilt. Wenn der Champagner vergiftet war, so musste das Gift definitiv in das Glas des Opfers geschüttet worden sein. Und das vermutlich in der Zeit, als das Opfer sein Glas bereits in der Hand hielt. Sosehr ich auch nachdachte, ich hatte keine Erinnerung daran, mit wem der unliebsame Zeitgenosse außer KPD noch gesprochen hatte.

Meinen Chef würde ich als Täter zunächst ausschließen, obwohl ich wusste, dass die unwahrscheinlichste These regelmäßig wahrscheinlicher war als die unwahrscheinliche. Ein Logiker würde über diese unlogische Feststellung verzweifeln, doch die Erfahrung als Kriminalist zeigte, dass es tatsächlich so war. Wahrscheinlichkeitstheorie hin oder her.

»Sie selbst haben ihm ebenfalls den Tod gewünscht?«, ging ich den Mann an, der den OB unterbrochen hatte.

»Ja, äh, nein, äh, das habe ich doch nur im übertragenen Sinn gemeint«, ruderte er zurück, während Schweißperlen aus seiner Stirn schossen. »Hubert war die größte Nervensäge im weiten Umkreis. Ständig kam er mit seinen komischen Anträgen oder Geschichten, die absolut hanebüchen waren. Seit Kurzem soll er unter die Archäologen gegangen sein, habe ich gehört.«

Ich wurde hellhörig. In meinem langen Berufsleben hatte ich schon einige Ermittlungen geführt, deren Ursprünge weit in der Vergangenheit lagen. Seien es die Nibelungen, die Kelten oder mittelalterliche Schriften, mit allem hatte ich bereits zu tun gehabt. »Um was ging es genau? Wer sind Sie überhaupt?«

Er reichte mir die Hand. »Mein Name ist Alexander Speer, ich bin der Ortsvorsteher von Dühren, also ein Kollege von Jörg Albrecht. Ich kann Ihnen …«

»Keiner verlässt den Raum«, tönte plötzlich KPDs Stimme durch den Saal. Zusammen mit ihm kamen die sechs zu einer Fortbildungsmaßnahme verdonnerten Schifferstadter Kollegen herein. Zwei oder drei hielten ein Stück Pizza in der Hand, einer zusätzlich ein halb volles Glas Weizenbier. KPD musste seine Untergebenen in der Pizzeria gefunden haben. »Ich werde jetzt die Ermittlungen leiten und den Täter festnehmen. Das wird nicht lange dauern. Anschließend wird die gute Veranstaltung fortgeführt. Es wartet noch eine Überraschung auf Sie, liebe Gäste.«

Welcher Irrsinn, dachte ich, auch wenn es einwandfrei zu KPD passte. Alle Besucher der Dr.-Sieber-Halle starrten ihn an. KPD starrte hilflos zurück. Auf dem Boden lag, nach wie vor völlig unbeachtet, der Tote. »Nun machen Sie doch was«, raunzte er seinen Untergebenen zu.

»Was denn?«, wagte einer zu fragen.

»Woher soll ich das wissen?«, blökte KPD. »Ich bin nicht für die Spurensicherung ausgebildet. Das tun bei mir immer die niedrigen Dienstränge. Als guter Chef kann ich schließlich nicht alles alleine machen. Ich bin der Häuptling, ihr seid die Indianer. Nun los, an die Arbeit.«

Die Beamten schauten sich ratlos gegenseitig an. Dann wagte einer erneut Widerrede zu geben. »Wir sind von der Schutzpolizei, Herr Diefenbach. Wir können einen Verkehrsunfall aufnehmen, aber kein Kapitalverbrechen. Außerdem haben wir keinerlei Material und Geräte dabei.«

KPD ließ sich nicht beirren. »Dann improvisieren Sie halt.« Er trat näher zu seinen Beamten. »Wir sind schließlich nicht in Rheinland-Pfalz. Hier im baden-württembergischen Ausland merkt das niemand. Der Standard bei polizeilichen Ermittlungen ist in dieser unterentwickelten Region viel niedriger als bei mir daheim«, sagte er ein wenig leiser als vorher. Dennoch war es laut genug, dass es alle Anwesenden mitbekamen. KPD hatte seine letzten Sympathiepunkte verheizt.

Der Oberbürgermeister mischte sich resolut ein. »So geht das nicht, Herr Diefenbach. Ich dachte, dass längst die hiesige Polizei informiert ist. Oder haben Sie noch nie etwas von Föderalismus gehört?« Jörg Albrecht zog mit energischer Geste sein Smartphone aus der Tasche, während er in Richtung Foyer schritt.

KPD und seine Mannen blieben ratlos zurück. Den anderen ging es sicherlich nicht anders. Ich war froh darüber, dass sich der Sinsheimer Oberbürgermeister eingemischt hatte. Im Geiste sah ich schon, dass mein Chef den Fall an sich riss und mich als sein Stellvertreter beauftragte, die Ermittlungen zu führen. Zum Glück würde es dieses Mal anders laufen. Es kristallisierte sich in meinen Überlegungen längst heraus, dass es sich um einen politischen Fall handelte. Zwei Politiker, ein Oberbürgermeister und ein Ortsvorsteher, dazu ein Querulant, der die Behörden offensichtlich seit Jahren ärgerte. Und auch der Hinweis mit dem Verweis auf die Vergangenheit hatte sich bei mir eingeprägt. Im harmlosesten Fall war es ein Reichsbürger, der die Gesetze der Bundesrepublik ablehnte und aufgrund dubioser oder gefälschter Datenlage irgendwo im Rechtsverständnis einer längst vergangenen Zeit lebte. Aber selbst wenn der Fall schwieriger liegen sollte, war mit Politikern im Allgemeinen und im Besonderen, wie ich aus leidlicher Erfahrung wusste, nicht gut Kirschen essen. Die

Wahrheit erfuhr man von dieser Klientel sowieso so gut wie nie. Aber das erging den meisten Bürgern ebenso.

Nach wie vor lag die Leiche wie im Niemandsland. Aufgrund meiner Warnung traute sich keiner in deren Nähe. Da jede Minute mit dem Eintreffen der zuständigen Kollegen zu rechnen war, ging ich hinter den Tresen, um mir etwas zu trinken einzuschenken. Doch sosehr ich auch suchte, in sämtlichen Kühlschränken lagen ausschließlich Champagnerflaschen. Nicht einmal Mineralwasser oder eine Cola Zero gab es, von Knabberzeug ganz zu schweigen. Aus Sodbrennengründen verzichtete ich auf den sauren Edelsekt. Ich war nah dran, mich mit Leitungswasser zu begnügen, doch dann hatte ich eine Idee. Unbemerkt von meinem Chef holte ich aus der Wechselgeldkasse einen Fünfziger und reichte den Schein einem meiner Kollegen. »Befehl vom Chef, ihr sollt ein paar Flaschen Weizenbier für uns besorgen. Ihr wisst ja, wo es welches gibt. Bringt mir aber bitte eine Quittung mit, damit die Kasse stimmt.« Da sie auch nicht wussten, was sie tun sollten, nickten sie mir dankbar zu und gingen Bier holen. In dieser Zeit konnte KPD sie nicht mit unmöglichen Aufträgen nerven.

Kaum waren die Beamten verschwunden, trat KPD neben mich. »Palzki, was meinen Sie? Da könnte man doch eine Presseerklärung herausgeben. Ein Mordfall während meiner Premierenlesung, das muss man doch öffentlichkeitswirksam ausschlachten. Was für eine Gelegenheit! Auf diese Idee hätte ich früher kommen können.«

Der letzte Satz hörte sich an, als hätte KPD den Todesfall absichtlich geplant, um öffentliches Aufsehen für sein Buch zu erheischen. Zeit, meinem Chef zu antworten, blieb nicht, denn jetzt kamen die richtigen Polizisten.

KPD ging zu dem leitenden Beamten, um sich breitbeinig und mit wichtiger Miene vorzustellen, doch der Sinsheimer Beamte ließ ihn einfach stehen und ging zum Oberbürgermeister.

»Herr Albrecht, hier soll es ein Kapitalverbrechen geben?« Seine Stimme klang eiskalt.

Der OB antwortete mit ebenso sachlich-kalter Stimme und unbeweglicher Mimik. »Neben der Theke liegt der Tote. Passen Sie auf, vermutlich ist Gift im Spiel.«

Der Beamte nickte ihm kurz zu und wollte sich bereits wegdrehen, als Albrecht eine Frage stellte. »Wo ist Ihr Dienstvorgesetzter, Herr Crump? Ich hatte eigentlich Dr. Lukas erwartet.«

»Der ist auf Dienstreise«, antwortete Crump schmallippig. »Meine Männer werden die Ermittlungen ebenso gut führen können wie Ihr Schwager.« Der Leiter der Truppe wandte sich ab.

Auch ein Blinder hätte erkannt, dass sich die beiden nicht grün waren. Der Oberbürgermeister setzte sich mit seiner Frau in die erste Reihe und spielte stiller Beobachter. KPD versuchte zwei oder drei weitere Male, sich bei Crump in Erinnerung zu rufen. Er erhielt eine Abfuhr nach der anderen. Ich frohlockte über die Arbeitsdisziplin Crumps und dessen Umgang mit schwierigen Menschen wie meinem Chef. Wenn KPD lernfähig wäre, würde er jetzt neue Erfahrungen sammeln können. Doch in dieser Hinsicht ähnelte er Donald Trump, der nichts an sich rankommen ließ, was nicht in sein weichgezeichnetes naives Weltbild passte. Irgendwann setzte sich KPD neben Albrecht und begann eine gestenreiche Diskussion. Ich unterhielt mich währenddessen mit dem Dührener Ortsvorsteher Alexander Speer, um weitere Details über den Verblichenen in Erfahrung zu bringen. Als hochgeschulter Kriminalbeamter war man halt von Grund auf neugierig. Allzu viel brachte ich leider nicht aus ihm heraus, was auch daran lag, dass meine Kollegen mit zwei Kästen Bier zurückkamen. Mit großem Hallo wurden sie begrüßt, und jeder, mit Ausnahme der Spurensicherung, KPD und Albrechts Frau, bedienten sich am Weizenbier. Zu meiner Freude tranken alle aus der Flasche, was dem Ganzen trotz Todesfall einen ungezwungenen Rahmen verlieh. Die stechenden Blicke der im Dienst befindlichen Sinsheimer Beamten konnte ich gut nachvollziehen. KPD, der sich nach wie vor intensiv mit dem OB unterhielt, wunderte sich nur kurz über die vielen Flaschen. Dann war er sofort wieder im Gespräch vertieft. Wenige Minuten später war ich mit dem Wundern an der Reihe, als Albrecht meinem Chef freundschaftlich auf die Schulter klopfte und dabei laut herauslachte. »Das ist eine sehr gute Idee, Herr Diefenbach. Genauso machen wir es.«

Bestimmt irrte der Oberbürgermeister, denn KPD hatte in seinem Leben noch nie eine gute Idee gehabt. Nicht einmal eine befriedigende oder ausreichende.

Jörg Albrecht stand auf und stellte seine Flasche auf den Sitz. Dann ging er mit gezücktem Handy zur letzten Stuhlreihe, um ungestört telefonieren zu können. Die Spurensicherung hatte sich zunächst darauf beschränkt, den näheren Umkreis der Leiche abzusperren. Ein kurz nach den Beamten eingetroffener Notarzt, es handelte sich nicht um Dr. Metzger, verzichtete aus Sicherheitsgründen darauf, die Leiche für die erste Totenschau auszuziehen, was normalerweise Pflicht war. Ich versuchte erste Informationen von dem Arzt zu erhalten, doch ich wurde von Crump, der überall zugleich herumtänzelte, verscheucht. »Merkt ihr Pfälzer denn nicht, dass ihr uns dauernd im Weg herumsteht?«, pflaumte er mich aggressiv an.

»Doch«, antwortete ich lapidar und ließ ihn stehen. Ich setzte mich nun ebenfalls in die erste Reihe, aber weit weg von KPD und Albrechts Frau. Das Weizenbier schmeckte herrlich, auch wenn es nicht leicht war, in dieser gereizten und übernervösen Situation langsam aus der Flasche zu trinken, damit nicht so viel Bier ausschäumte. Einen wohltuenden Rülpser konnte ich halbwegs unterdrücken.

Nach einiger Zeit sah ich den Oberbürgermeister nach vorne in Richtung Tatort gehen. Er wirkte auf mich sehr entspannt, und fast könnte man meinen, er lächelte. Ohne zu zögern, stieg er über das Absperrband, was von dem leitenden Beamten sofort bemerkt wurde. Zornig trat Crump dem OB gegenüber, doch der drückte seinem Widersacher wortlos sein Mobiltelefon in die Hände.

Während des kurzen Telefonats verblasste zusehends der Teint des Kripobeamten. Er schluckte ohne Unterlass und nickte wie ein Wackeldackel. Mit seinen ersten Worten »Ja, okay« beendete er das Gespräch und reichte dem OB das Telefon zurück. »Wie Sie meinen, Herr Albrecht. Das wird Konsequenzen haben.«

»Sie drohen mir?« Jörg Albrecht hatte die Oberhand gewonnen. »Das wird Dr. Lukas nicht sehr freuen.«

Crump klatschte in die Hände. »Männer, wir sind fertig. Wir übergeben an die andere Mannschaft.« Er suchte den Sichtkontakt zu KPD, der in der ersten Reihe saß und als Einziger ein Sektglas in der Hand hielt. »Die bisherigen Ergebnisse können Sie morgen auf der Inspektion abholen.«

Kurz darauf war der Spuk beendet. Nur der Notarzt und zwei Personen, die vor Kurzem mit einem Zinksarg hereingekommen waren, arbeiteten am Tatort. Die Lage war einfach nur absurd. Wenn wenigstens mein Chef die Initiative ergreifen würde. Nein, alles musste man selber machen. Ich sprach den Oberbürgermeister an. »Würden Sie mir und Herrn Diefenbach erklären, was das soll? Warum ist der ermittelnde Beamte gegangen?«

Albrecht grinste. »Das habe ich mit Ihrem Chef verhandelt, Herr Palzki. Es ist alles in Ordnung. In Baden-Württemberg kann man einiges auf dem kleinen Dienstweg regeln, was die Effizienz bei der Polizeiarbeit erleichtert. Mein Schwager ist der Dienstvorgesetzte von Crump. Als ich die Beamten anrief, dachte ich, dass mein Schwager die Ermittlungen führen würde. Dass er zurzeit nicht greifbar ist, wusste ich nicht. Auf jeden Fall musste ich verhindern, dass Crump die Ermittlungen leitet. Er hat nämlich, äh, ach, das tut jetzt nichts zur Sache. Das ist eine ziemlich vertrauliche Angelegenheit. Jedenfalls konnte ich das Problem mithilfe Ihres Chefs einvernehmlich lösen. Auch Herr Diefenbach ist eher so der hemdsärmelige Typ, denke ich. Seine Buchvorstellung hat mir zwar nicht so gefallen, aber anscheinend ist er dennoch eine Koryphäe in der Verbrechensbekämpfung. Daher habe ich meinem Schwager empfohlen, dass er Herrn Diefenbach und seinem mitgereisten Stab die Ermittlungen überträgt. Scheinen ja alles kompetente Beamte zu sein.«

Ich schaute über seinen Kopf hinweg zu meinen Kollegen, die in einer der hinteren Reihen gerade den zweiten Bierkasten leerten und dabei, so wie es aussah, zotige Witze erzählten.

»Bestimmt«, stimmte ich ihm zu. »Die sind alle gut drauf.« Die Zweideutigkeit verstand Albrecht nicht.

»Jedenfalls hat mir Herr Diefenbach zugesichert, den Fall kurzfristig zu klären. Er hat nach seinen Angaben noch nie länger als drei oder vier Tage für die Aufklärung eines Kapitalverbrechens benötigt. Meistens soll es viel schneller gegangen sein.«

Ich sah meine Felle davonschwimmen. Garantiert würde er mir die Ermittlungen übertragen. »Da hat er meiner Meinung nach ein wenig bis viel übertrieben«, erklärte ich dem OB.

»Das ist mir schon klar«, antwortete er. »Bei seiner Vorstellung hat er ja auch in die Vollen gelangt und stark beschönigt. Das macht aber nichts, Hauptsache, dieser Crump bleibt außen vor. Ferner bin ich ja auch noch da. Ich werde Herrn Diefenbach mit all meinem Rat zur Seite stehen. Immerhin kenne ich das Opfer.« Er machte eine kurze Pause. »Ihnen selbstverständlich auch, Herr Palzki. Ihr Vorgesetzter meinte, dass er ein paar Nebenermittlungen an Sie delegieren wird.«

Ich war gefangen. Es würde wie immer laufen. Bei den Nebenermittlungen handelte es sich um sämtliche Aufgaben bis hin zur Festnahme des Täters. Erst dann würde KPD wieder erscheinen und sich rühmen, den Fall gelöst zu haben, und die Lorbeeren einheimsen.

Plötzlich stand KPD vor mir. »Was ist, Palzki? Wollen Sie nicht endlich mit der Arbeit beginnen? Befragen Sie den Notarzt, teilen Sie die anderen Beamten ein. Hiermit unterstelle ich Ihnen die anderen Untergebenen. Natürlich nur projektbezogen in Anlehnung an das laterale Führungsprinzip. Disziplinarisch bleiben alle mir unterstellt, was anderes würde sowieso nicht funktionieren.«

Was lateral bedeute, würde ich ein anderes Mal recherchieren. »Und wie gehen wir jetzt vor?«

»Das wissen Sie nicht, Palzki? Das liegt doch auf der Hand. Reden Sie mit dem Arzt, damit die Leiche weggebracht werden kann. Ich will in ein paar Minuten den zweiten Teil meines Vortrags halten. Morgen früh verlängern Sie die Buchung Ihres Zimmers für die nächsten drei bis vier Tage. Sie sind ab sofort mein operativer Ermittlungsposten in Sinsheim, während ich meine wichtige Lesereise quer durch den deutschsprachigen

Raum fortsetze. Vor Ort wird Sie der Oberbürgermeister unterstützen, das habe ich bereits geklärt. Des Weiteren werden wir jeden Tag ausgiebig telefonieren, um den Stand der Ermittlungen zu besprechen. Schließlich bin ich in Sinsheim aufgewachsen und kenne alle verdächtigen Gauner. Ich gehe sogar noch einen Schritt weiter. Wir werden die Ermittlungen in Anlehnung an mein neues Buch führen. Wir arbeiten uns streng Kapitel nach Kapitel vor, und Sie werden sehen, wie einfach dadurch die Überführung des Täters wird. Es ist mir extrem wichtig, dass mein erstklassiges Fachbuch durch ein praktisches Ermittlungsverfahren verifiziert wird. Dies wird eine Referenz erster Klasse, Palzki. Und Sie als mein Untergebener dürfen mitmachen. Wenn Sie nicht allzu viele Fehler machen, werde ich Sie im Anhang des Fortsetzungsbandes anonym, aber löblich erwähnen. Na, ist das nichts?« KPD zeigte seine goldüberzogenen Backenzähne. »Denken Sie daran, dass ich Ihnen nachher ein Arbeitsexemplar meines Buches überreiche. Die Kosten des Buches dürfen Sie bei mir in Raten abstottern, sogar zinsfrei, da ich ja ein guter Chef bin.« KPD blickte auf seine Uhr. »Ja, nun machen Sie endlich, Palzki. Die Zeit rennt mir davon.«

Ich drehte mich wortlos um. Hier war jedes Wort zu viel. Schlimmer konnte es nicht mehr kommen, doch ich irrte mich. KPD rief mir hinterher: »Palzki, ich werde morgen früh gleich nach meinen Wellnessbehandlungen im Hotel eine Presseerklärung aufsetzen. Da ich unmittelbar danach zum nächsten Veranstaltungsort reisen muss, werden Sie meinen Artikel persönlich bei den örtlichen Pressevertretern abgeben und auf eine Veröffentlichung drängen. Damit das klar ist, Palzki: Mein Text muss eins zu eins übernommen werden, sonst schleichen sich wieder blöde Fehler ein. Ich weiß ja, wie schlecht die Journalisten recherchieren und dadurch alles verfälschen.«

Ich nickte leicht, nur um meine Ruhe zu haben. Der Arzt war gerade dabei, seine Siebensachen einzupacken.

»Na, Meister, haben Sie erste Erkenntnisse?«

Mürrisch sah er mich an. »Jedes Mal das Gleiche. Ich habe mich gerade mit einem jungen Fräulein getroffen, das ich in einer Partnerbörse im Internet kennengelernt habe. Fast hätte ich sie so weit gehabt, doch dann klingelte dieses Scheißtelefon. Wie ich sie hasse, diese Rufbereitschaft. Und dann wollte sie auch noch mitkommen. Können Sie sich vorstellen, was passiert wäre, wenn ich die mit hierhergeschleppt hätte?« Er fluchte laut vor sich hin.

»Und die Leiche? Haben Sie da Erkenntnisse?« Mit seinem Privatleben wollte ich mich jetzt nicht auch noch auseinandersetzen.

»Das wird die Obduktion zeigen«, antwortete er mürrisch. »Gift, das ist klar. Solange wir nicht wissen, um was es sich handelt, müssen wir höllisch aufpassen. Eine nähere Untersuchung funktioniert nur in einem geschützten Raum. Normalerweise hätte ich sofort das ganze Gebäude evakuieren lassen müssen. Das hätte dann mindestens die halbe Nacht gedauert, bis die Untersuchungen abgeschlossen wären. Ich bin der Meinung, dass irgendjemand der anwesenden Personen dem Hubertus Gift ins Glas geschüttet hat. Deswegen müssen wir kein großes Fass aufmachen. Verdient hat es der Drecksack allemal.«

»Ach, Sie kannten das Opfer?«

»Jeder kannte den Depp. Früher war er bei mir in der Sprechstunde. Doch dann gelang es mir, ihn rauszuekeln. Als Arzt sollte man das zwar nicht tun, aber in seltenen Fällen darf man durchaus mal in Notwehr handeln.«

»Was hat er Ihnen denn angetan?«, fragte ich nach.

Der Arzt war dem Explodieren nahe. »Der hat …, äh, ist ja auch egal, das ist Privatsache. Jedenfalls weine ich ihm keine Träne nach. Und dass ich mich wegen ihm einer besonderen Gefahr aussetze und mich eventuell infiziere, das sehe ich zweimal nicht ein.« Er schnappte sich seine Tasche und verabschiedete sich mit einem angedeuteten Nicken.

Sofort wurde ich von dem Oberbürgermeister Albrecht in Beschlag genommen. »Herr Palzki, ich erwarte Sie morgen in meinem Büro im Rathaus. Wie früh können wir uns morgen treffen? Sonntags hat das Rathaus ja gewöhnlich geschlossen.«

Meine Lage wurde immer misslicher. Wie schon so oft in den letzten Jahren fühlte ich mich mal wieder vollkommen fremdbestimmt. Um jedes Quäntchen Freiraum musste ich kämpfen. »Morgen früh ist ganz schlecht. Da habe ich schon ein paar Termine im Kalender stehen. Wie wäre es gegen 14 Uhr? Oder gleich am Montagfrüh, dann könnten Sie sich besser vorbereiten.«

»Das ist eine gute Idee«, fand der OB. »Bis dahin habe ich auch mit meinem Schwager telefoniert und die weitere Vorgehensweise abgestimmt. Es wird nicht einfach sein, Beamte aus Rheinland-Pfalz in diesen Fall zu involvieren. Auf der anderen Seite war aber Ihr Chef der Auslöser des Kapitalverbrechens. Das kriege ich schon hin. Dann also am Montag, aber bitte nicht ganz so früh.«

»Das ist in meinem Sinne«, antwortete ich. »Montags brauche ich immer ein wenig, um in die Gänge zu kommen.«

»Gehen wir jetzt?« Die Gattin des OBs sah ihrem Mann in die Augen. »Ich bin müde.«

»Klar«, war seine kurze Antwort. »Herr Palzki, Ihr Chef ist gerade im Gespräch mit Herrn Speer. Würden Sie uns beide bitte bei ihm entschuldigen? Der Rest der Veranstaltung fällt ja leider ins Wasser.«

Ich stimmte zu, und die beiden verschwanden, ohne dass es KPD mitbekam. Auch der Buchhändler Gaude und weitere Personen hatten sich inzwischen stillschweigend verdrückt. Außer mir war nur noch die Leiterin der Stadtbibliothek, mein Chef und der Dührener Ortsvorsteher Alexander Speer anwesend. Kemmet sammelte die leeren Gläser ein. Durch das Klirren wurde KPD aufmerksam, der sein intensives Gespräch mit Speer unterbrach.

»Wo sind denn die anderen?«, fragte er naiv. »Sind die frische Luft schnappen gegangen? Und wo sind meine Untergebenen?«

Das wusste ich auch nicht. Die leeren Bierflaschen standen und lagen im ganzen Saal verstreut herum. »Ich bin doch da«, sagte ich frech.

»Jaja, das sehe ich doch«, polterte KPD. »Ich meine die anderen.«

»Die bauen bestimmt die Außenanlage ab.«

»Ab, aber, äh, wir sind doch noch gar nicht fertig. Ich habe noch so viel zu sagen.«

Kemmet hatte die Nase voll. »Herr Diefenbach, leider sind Ihre Zuhörer alle nach Hause gegangen. Nicht unbedingt aus Desinteresse, aber nach dem Todesfall hat niemand mehr Lust, in diesem Saal zu sitzen und Ihnen zuzuhören. Das dürfen Sie aber nicht persönlich nehmen.«

»Ich und etwas persönlich nehmen?« KPD plusterte sich auf. »Niemals, ich als guter Chef weiß schließlich, dass ich alles perfekt organisiert und durchgeführt habe. Jede Kritik an meiner Person oder meinen Handlungen ist komplett abwegig. Das müsste doch jedem, der halbwegs denken kann, klar sein.« KPD wechselte abrupt den Ansprechpartner. »Palzki, Sie haben das eben mitbekommen. Räumen Sie noch schnell den Saal auf. Morgen treffen wir uns gegen 14 Uhr zur Detailabsprache. Bis dahin habe ich die gebuchten Wellnessbehandlungen und das Mittagessen hinter mir.« Er überlegte kurz. »Ach, und vergessen Sie nicht, die Toiletten zu reinigen. Die Gebühr für die Fremdreinigung habe ich mir bei der Buchung gespart. Ich kann schließlich nicht für jeden Mist meinen Schwarzgeldetat belasten.« Abrupt drehte er sich um und ging.

Sprachlos benötigte ich einige Momente, um herauszufinden, ob ich träumte oder nicht. Als ich mir einigermaßen sicher war, in der Realität zu sein, war ich mit

Daniela Kemmet allein. Der Ortsvorsteher hatte sich mit KPD verabschiedet.

Kemmet sah mich mit wenig begeistertem Blick an. »Jetzt haben wir ein Problem. In ein paar Stunden muss für den Messeaufbau der Saal leer und gereinigt sein. Ich gehe davon aus, dass Sie heute Abend keine Stühle zusammenstellen, Gläser spülen und den Boden wischen wollen?«

»Und auch kein Klo putzen«, ergänzte ich trotzig. »Soll mein Chef schauen, wie er mit dem Problem umgeht. Ich schnappe mir meinen Koffer und fahre mit dem Zug heim. Die Unterkunft, die mir KPD zumuten wollte, ist unzumutbar.«

Kemmet standen mehrere Fragezeichen ins Gesicht geschrieben. »Wer ist KPD?«

Mist, da hatte ich mal wieder ohne nachzudenken losgeredet. »Das ist eine polizeiinterne Abkürzung für Herrn Diefenbach. Tschuldigung, das konnten Sie nicht wissen. Trotzdem werde ich jetzt gehen, mein Koffer steht hinter der Theke.« Zum Glück hatte er Rollen, so musste ich nach meinem Abgang aus dem Hostel nur die Tasche tragen.

»Ich fürchte, dass Sie da Probleme bekommen werden.«

»Glaube ich nicht, den Saal hat mein Chef gebucht, nicht ich. Soll der sich drum kümmern.«

»Das meine ich nicht«, sagte die Bibliotheksleiterin. »Für den Saal kann ich kurzfristig auf einen Hausmeisterservice zurückgreifen. Ist nicht ganz billig, aber Herr Diefenbach will es ja nicht anders.«

»Was meinen Sie dann?«

»Ich meine Ihren Plan. Um diese Zeit fährt kein Zug mehr in Richtung Pfalz. Die einzige Möglichkeit wäre ein Taxi, da dürfte aber ein hübsches Sümmchen herumkommen.«

Ich rechnete die Kosten für die Reinigung des Saals sowie des Taxis hoch. Die Summe war nicht allzu gigantisch und dürfte locker in KPDs Schwarzgeldetat zu verbuchen sein. Das Beste daran war, dass ich in einer Stunde zu Hause sein würde und im eigenen Bett schlafen könnte.

»Gehen Sie ebenfalls in das Hotel«, schlug Kemmet vor. »Machen Sie es wie Ihr Chef.«

Der Vorschlag war hervorragend. Auf diese Idee wäre ich nicht gekommen und wenn, hätte ich mich wahrscheinlich nicht getraut. Aber in diesem Fall kam der Vorschlag ja nicht von mir. Ich zögerte ein paar Sekunden, um mein Gewissen zu beruhigen, dann hatte ich den Entschluss gefasst. »Das ist die rettende Idee, Frau Kemmet. Ich übernachte in Sinsheim und fahre morgen mit dem Zug nach Hause, falls Diefenbach gleich zum nächsten Veranstaltungsort fahren will.«

»Prima«, freute sie sich. »Wenn Sie wollen, fahre ich Sie zum Hotel, das ist ja nicht weit von hier.«

Als Dank für die Idee und den Fahrdienst schnappte ich mir hinter der Theke einen Sechserkarton Champagner und schenkte ihn der Bibliotheksleiterin. Mit einem verschmitzten Lächeln bedankte sie sich und deponierte die Getränke einen Stock tiefer in ihrem Büro.

5. EINE LANGE NACHT IM HOTEL

Hotels, in denen KPD verkehrte, hatte ich in meinem Leben bisher nur von außen gesehen oder im Fernsehen. Nachdem ich mich bei Frau Kemmet mehrfach bedankt und verabschiedet hatte, stieg ich mit meinem Gepäck aus ihrem feuerwehrroten VW Passat aus und betrat die dezent beleuchtete Lobby des Hotels. Was für ein Unterschied zu der Absteige von Dr. Metzgers Schwester! Ein uniformierter Nachtwächter kam sofort auf mich zu und nahm mir, allerdings mit gerümpfter Nase, das Gepäck ab. Ein weiterer Uniformierter, dieses Mal in weiblicher Ausführung, stand hinter einer mit unzählig vielen kleinen Strahlern beleuchteten Rezeption.

»Guten Abend, mein Herr. Wie kann ich Ihnen helfen, haben Sie gebucht?«

Ich nickte, ohne rot zu werden. Dazu war ich viel zu müde. »Mein Dienstvorgesetzter hat für mich mit gebucht. Er muss vor einer Viertelstunde gekommen sein. Diefenbach heißt er.«

Für einen winzigen Augenblick hatte ich den Eindruck, als würde sie mit den Augen rollen und ein Stoßgebet gen Himmel schicken. »Ja, ich kann mich nur zu gut an Ihren Chef erinnern.« Sie schnappte sich ein Blatt und las vor: »Klaus P. Diefenbach, guter Chef der Schifferstadter Kriminalinspektion. So hat er sich eingetragen.«

»Das passt«, antwortete ich. »Bis auf das gut. Aber darüber ließe sich nicht streiten. Haben Sie mir eine nette Suite reserviert?«

Stirnfalten zeigten sich an der Uniformierten. »Eigentlich sind wir voll belegt, da morgen die Messe beginnt. Sagen Sie mir bitte zur Sicherheit Ihren Namen?«

»Palzki, Reiner Palzki. Guter Untergebener meines Chefs.«

Die Dame blickte auf einen Monitor, während sie hektisch mit einer Computermaus hantierte. Gleichzeitig schüttelte sie die ganze Zeit den Kopf. »Tut mir leid, Herr Palzki. Ich kann leider keine Buchung feststellen. Sind Sie sicher?«

Ich nickte eifrig. »Wenn es mein Chef nicht vergessen hat, was für ihn untypisch wäre. Ist da wirklich nichts frei? Was mache ich jetzt bloß?«

»Könnten Sie vielleicht im Zimmer Ihres Vorgesetzten übernachten? Er hat die Sinsheim-Suite gebucht, unser zweitgrößtes Zimmerensemble. Natürlich mit übergroßem Doppelbett.«

Mich schüttelte es. Gemeinsam mit meinem Chef in einem Bett, das ginge gar nicht. Dann schon eher auf einer Parkbank, notfalls in der Böschung des nahen Flusses. Oder auf der verstopften Toilette in der »Roten Laterne«. »Mein Chef schnarcht wie eine Dampflokomotive im 18. Jahrhundert.« Ich beugte mich so weit es ging über den Tresen und senkte die Stimme: »Außerdem hat er ekligen Mundgeruch. Da ist es angenehmer, hier in der Lobby zu übernachten. Die Lounge da vorne sieht einigermaßen gemütlich aus.«

Anhand ihres entsetzten Gesichtsausdrucks ging ich davon aus, dass sie selten bis nie Gäste hatte, die bei den Übernachtungsmöglichkeiten so flexibel wie ich sein konnten. Sie kniff ihre Lippen zusammen und überlegte. »Ich glaube, mein Kollege ist noch da. Einen kleinen Moment, bitte.« Sie verschwand hinter einer Tür. Dann hörte ich eine männliche Stimme, die ziemlich unwirsch klang. Einzelheiten konnte ich nicht verstehen, doch es handelte sich um einen handfesten Streit, der mit der Zeit lautstarker wurde. Nach einer Weile, es könnten auch zwei oder drei Weilen gewesen sein, kam die uniformierte Dame mit tomatenrotem Kopf zurück, direkt dahinter folgte ein vollbärtiger Jeansträger. Gleichzeitig mit seinem Auftauchen spürte ich den Gestank von kaltem Zigarettenrauch, der so intensiv war, dass sich meine Luftröhre reflexartig zusammenzog und um Gnade winselte.

»Mein Kollege meint, dass wir Ihnen die Königssuite für diese Nacht geben können. Leider nur bis neun Uhr, da sie ab Mittag belegt ist. Reicht Ihnen das?« Der Jeanskollege, eine Zigarette hatte er hinter seinem Ohr eingeklemmt, glotzte mich an, als wäre er dioptrienmäßig dreistellig kurzsichtig. Außer glotzen und stinken tat er nichts.

»Geht grad so«, antwortete ich. »Mit wachsender Lebenserfahrung lernt man, sich mit Wenigem zufriedenzugeben.« Innerlich jubelte ich. Königssuite, das verhieß, die Nacht meines Lebens zu werden. Bestimmt war das Schlafzimmer so groß wie ein Tennisplatz.

Während sich der Kettenraucher wortlos zurückzog, reichte mir die Dame ein Blatt Papier. »Kann ich bitte

Ihren Ausweis sehen? Während ich Ihre Daten aufnehme, können Sie schon mal Ihre Wünsche aufgeben.«

Wünsche? War ich im Paradies angekommen? Ich suchte meinen Personalausweis heraus, natürlich stellte sie sofort fest, dass er seit mehreren Jahren abgelaufen war, dann widmete ich mich dem Blatt, das eng bedruckt war. Zunächst wusste ich nicht, was ich damit anfangen sollte. Da standen Dinge wie Kirschkernkissen in kleiner, mittlerer oder großer Ausführung, sogar die Stoffart des Bezuges sollte ich ankreuzen. Weiter unten fand ich fünf Einträge zu Allergiker-Bettwäsche. Die Größe des Kopfkissens konnte ich im Raster von fünf Zentimetern angeben, sogar Menge und Gewicht der Füllung sollte ich bestimmen. Ich schätzte, dass es mehrere Tausend Varianten an Bettwäsche gab. Um mich nicht als Blender zu outen, kreuzte ich ohne hinzusehen willkürlich ein paar Dinge an und gab ihr die Bestellung zurück. Sie warf einen Blick darauf und zuckte. »Ist das Ihr Ernst?«

»Humorlosigkeit gehört zu meinen mich auszeichnenden Eigenschaften, das habe ich von KPD gelernt.«

»KPD?«

»Ist nicht so wichtig«, antwortete ich. »Machen Sie es so, wie ich angekreuzt habe.«

»Sehr wohl, Herr Palzki, ich hatte noch nie einen Gast, der ausschließlich drei verschiedene Kirschkernkissen in seinem Bett haben will. Haben Sie keine Angst zu frieren, so ohne Bettzeug? Ich dachte immer, dass man ohne richtiges Kopfkissen nicht richtig schlafen kann.«

Ich gab mir keine Blöße. Es war ja nur für ein paar

Stunden und mit dem Gedanken an die Alternativen außerhalb dieses Hotels konnte ich mit Kirschkernkissen zufrieden sein.

»Ihr Vorgesetzter meinte, dass es einen Todesfall in der Dr.-Sieber-Halle gegeben hat und er die Ermittlungen leitet. Stimmt es, wie ich vor ein paar Minuten telefonisch erfahren habe, dass es sich um Hubertus Kleinmann handelt?«

Sofort wurde ich hellhörig. »Sie kennen Kleinmann?«

Sie nickte. »Wir haben mal eine Zeit lang zusammengelebt, das ist aber schon eine Weile her.«

»Hatten Sie in der letzten Zeit Kontakt zu ihm?« Eigentlich wollte ich mich ja aus den Ermittlungen, so weit es ging, heraushalten. Aber in diesem Fall fiel mir die Sache direkt vor die Füße. Als überaus interessierter Kriminalbeamter konnte ich nicht anders als weiterzufragen.

Die uniformierte Dame schien zunächst eine Antwort abzuwägen. »Zuletzt hatte ich vor über einem Jahr Kontakt.« Sie machte eine Pause und schien weiter nachzudenken. »Mit Ausnahme von heute Abend. Da ist er plötzlich bei mir im Hotel aufgetaucht, obwohl er wusste, dass er Hausverbot hat.«

Wahnsinn, welche Informationen man so quasi nebenbei erhalten kann, nur durch die Übernachtung in diesem Hotel. KPD hatte davon bestimmt nichts erfahren. In diesem Moment hatte ich eine weitere Idee. Den Dialog mit der Rezeptionsdame würde ich KPD als meine Rechtfertigung verkaufen, in diesem Hotel zu übernachten. Schließlich gehört die Dame ab sofort auf die Verdächtigenliste. Wenn mein Chef mir schon die Ermittlungen im fernen Sinsheim aufdrückte, so sollte ich wenigstens gut und vernünftig übernachten können. Ein paar Tage in dieser luxuriösen Herberge würden sicherlich meine im Moment auf einem Tiefpunkt angekommene Lebenszufriedenheit steigern. Nun musste ich vorsichtig agieren, um die Dame nicht zu schnell von der Verdächtigenliste zu katapultieren. Um das Hausverbot des Opfers konnte ich mich später kümmern. »Das ist ja mal interessant. Was hat er Ihnen denn erzählt? Wurde er bedroht oder hatte er Angst? Oder war der Grund seines Kommens eher persönlich? Das muss ich leider wissen, denn es geht immerhin um ein Kapitalverbrechen. Da ist zunächst jeder verdächtig.«

Erschrocken trat sie einen Schritt zurück. »Verdächtig, ich? Ich war doch heute Abend gar nicht in der Dr.-Sieber-Halle. Zu Buchvorstellungen gehe ich nur selten. Außerdem habe ich heute Nachtdienst. Ich stehe seit 17 Uhr hinter der Rezeption.«

»Du warst doch vorhin eine Stunde weg.« Unbemerkt war ihr Raucherkollege aus dem Nebenraum zurückgekommen. Ich wunderte mich, dass die Rauchwolke, die er mit in die Lobby brachte, nicht sofort sämtliche Rauchmelder auslöste. »Und zu spät zum Dienst bist du auch noch gekommen.«

»Hau ab«, schrie sie ihn an. »Wenn du nicht die Klappe hältst, schmeiß ich dich raus.«

Mit einem Lächeln verschwand er.

»Können Sie Ihren Kollegen einfach so rausschmeißen?« Die Situation wurde immer skurriler.

»Er ist eigentlich kein richtiger Kollege, sondern nur, ach, ist ja auch egal.«

»Aber dass Sie eine Stunde Ihren Arbeitsplatz verlassen haben, das stimmt?«

»Ja«, antwortete sie trotzig. »Ich war trotzdem nicht in der Dr.-Sieber-Halle.«

»Keine Panik, das weiß ich selbst.« Natürlich wusste ich das nicht, sicher war ich mir nur, dass sie während der Champagnerrunde nicht anwesend war. Als direkte Täterin kam sie nicht infrage, doch was heißt das heutzutage schon. »Viel mehr würde mich interessieren, was Ihr ehemaliger Partner von Ihnen wollte.«

»Hubertus?«, fragte sie, als ob das nicht klar sei. »Der hat mir von einer seiner Spinnereien erzählt.« Sie rollte mit den Augen. »Das hat er früher schon ständig gemacht. Immerzu kam er mit neuen abenteuerlichen Geschichten. Ich kann mich gut daran erinnern, dass er einmal behauptete, dass in Sinsheim ein neuer Großflughafen gebaut werden soll, um Frankfurt und Stuttgart zu entlasten. Völlig durchgeknallt, der Kerl. Ich weiß echt nicht mehr, wie ich es mit ihm so lange ausgehalten habe. Ein paarmal hatte er allerdings recht gehabt. In der Vergangenheit kam der Gemeinderat das eine oder andere Mal auf absolut verrückte und wirtschaftlich unvernünftige Projekte, die Hubertus schon vor der offiziellen Verkündung kannte. Das wurde aber stets wieder eingestampft, denn wir haben in Sinsheim einen starken Bürgerwillen.«

Und wieder kam die Politik ins Spiel. Ich war mir nicht mehr so sicher, ob es eine gute Idee war, länger als absolut nötig in Sinsheim zu bleiben. Vielleicht sollte ich es mit Krankschreiben versuchen?

»Mit welcher abstrusen Idee wollte er sie heute beeindrucken?« Ich musste endlich die zentrale Frage stellen.

»Ach das«, antwortete sie lapidar. »Der Käse ist doch schon längst gegessen. Dieses Mal kommt, äh, Verzeihung, kam Hubertus zu spät. Ändern kann, äh, konnte er mit seiner angeblichen Entdeckung sowieso nichts mehr.«

Warum musste man manchen Zeitgenossen immer alles aus der Nase ziehen? »Verraten Sie mir bitte trotzdem, mit welcher Entdeckung er zu Ihnen kam?«

Sie ging zum Ende des Tresens, auf dem ein Prospektständer mit Broschüren stand. »Hier, sehen Sie«, sie reichte mir eine Faltbroschüre, »Sinsheim feiert dieses Jahr sein 1.250-jähriges Jubiläum. Das wird ganz groß aufgezogen. Haben Sie die Plakate, die überall in der Stadt hängen, nicht gesehen? Nächste Woche wird es einen großen Festakt geben.«

Ich verneinte. »Leider verstehe ich immer noch nicht. Solche Jubiläen gibt es doch ständig irgendwo zu feiern.«

»Hubertus will einen Hinweis gefunden haben, dass Sinsheim schon wesentlich älter ist als 1.250 Jahre.« Sie schaute mich verschwörerisch an. »Ich habe ihm das sogar geglaubt. Morgen wollte er mir die Beweise zeigen, bevor er an die Öffentlichkeit gehen wollte.« Ihr Verschwörerblick wurde intensiver. »Glauben Sie, dass er deswegen ermordet wurde?«

»Niemals«, antwortete ich. Nicht um sie zu beruhigen, sondern weil ich tatsächlich dieser Meinung war. Selbst wenn der Kauz einen Beweis für das falsch gefeierte Jubiläum gefunden hätte, so wäre das bestimmt kein Mordmotiv. Außerdem wusste ich von früheren Ermittlungen, dass solche Stadtjubiläen oft recht flexibel und pragmatisch festgelegt wurden. Häufig nahm man in dieser Region die Ersterwähnung im Lorscher Codex zum Anlass, manchmal auch irgendwelche anderen kaiser- oder königlichen Dokumente. Wenn man sich die Mühe machte und näher nachforschte, erfuhr man, dass zum Beispiel bereits die Kelten in dem Stadtgebiet gehaust hatten oder es nachchristliche Funde gab, die mangels schriftlicher Dokumente zeitlich nicht exakt zuzuordnen waren. Es gab Dörfer, die feierten innerhalb von 50 Jahren dreimal das gleiche Jubiläum, weil es stets aufs Neue neue Erkenntnisse gab. Ich vermutete, dass es in diesen besonders krassen Fällen eher am Bürgermeister oder gleichgesinnten Kommunalbeamten lag, die sich mit einer eigenen, wenn auch symbolischen Feier profilieren und ein persönliches Denkmal setzen wollten. »Das kann ich mir nicht vorstellen«, bekräftigte ich mein Niemals, »das muss andere Gründe haben. Wir wissen nicht einmal, ob ein Fremdverschulden vorliegt.«

»Hubertus soll sich selbst gerichtet haben?«, unterbrach sie mich. »Da kann ich nur lachen, auch wenn es im Moment nicht angebracht ist. Hubertus war voller Lebenslust, selbst wenn er ständig verrückte Ideen hatte. Schwierig als Mensch war er schon, aber niemals suizidgefährdet. Dazu lebte er viel zu gern.«

»Das meinte ich auch nicht«, beschwichtigte ich. »Es kann auch ein Unfall gewesen sein. Wir stehen ermittlungstechnisch völlig am Anfang. Deswegen bin ich um jede Information froh, die ich aus seinem privaten Umfeld erhalten kann.«

»Privates Umfeld?« Sie lachte kurz auf. »Na ja, das ist mehr als bescheiden. Er lebte sehr zurückgezogen und bekam mit jedem Krach. Im Hotel hatte er Hausverbot, und ich kann Ihnen in Sinsheim mehr als ein weiteres Dutzend Institutionen nennen, wo er sich nicht mehr blicken lassen durfte. Sogar sein früherer Arzt hat ihn vor die Tür gesetzt.«

Mit Mühe konnte ich ein Gähnen unterdrücken. Ich war zwar noch relativ bei der Sache, aufgrund der späten Uhrzeit und dem immer noch im Foyer stehenden kalten Rauch würde ich meine Vitalität aber nicht mehr lange aufrechterhalten können. »Sie zähle ich ebenfalls zu seinem privaten Umfeld.« Fragend schaute ich sie an.

»Ich? Das ist schon lange her. Alles, was ich Ihnen erzählen kann, habe ich von anderen gehört. Heute war er höchstens fünf Minuten bei mir.«

»Und genau diese fünf Minuten interessieren mich. Bitte erzählen Sie mir möglichst genau, was er sagte. Hat er sich komisch benommen? War er allein oder in Begleitung?«

Erregt schüttelte sie den Kopf. »Was stellen Sie für seltsame Fragen? Ob er sich komisch benommen hat? Er benahm sich immer komisch, und da er keine Freunde hatte, war er selbstverständlich allein. Ich habe auch niemand vor dem Hotel herumlungern oder ihn verfolgen sehen. Ich habe aber auch nicht darauf geachtet.«

Damit sie nicht komplett blockte, griff ich tief in die psychologische Trickkiste: Ich blieb stumm und schaute ihr abwartend in die Augen. Dies führte im Regelfall beim Gegenüber dazu, dass es weitersprach. Die Expartnerin des Opfers machte da keine Ausnahme. »Er sagte mir nur, dass er morgen dem Oberbürgermeister die Beweise bringen wollte. In dem Zusammenhang fiel mir ein, dass dieser heute bei dieser komischen Veranstaltung in der Dr.-Sieber-Halle war. Entschuldigen Sie bitte, dass ich die Veranstaltung komisch nenne, aber die Infos, die mir Herr Gaude im Vorfeld zu der Lesung gegeben hatte, muteten äußerst skurril an. Herr Gaude ist …«

»Jaja, ich weiß«, unterbrach ich sie. »Der Inhaber der Buchhandlung Doll. Ich habe ihn heute Abend kennengelernt.«

»Genau. Eigentlich hatte er überhaupt keine Lust, dorthin zu gehen, doch als Buchhändler gehören Lesungen quasi zu seinen Pflichtveranstaltungen. Bereits im Vorfeld muss es zu Unstimmigkeiten mit Ihrem Chef gekommen sein, Herr Gaude hat so etwas angedeutet.«

»Das kann ich mir gut vorstellen«, sagte ich, um ein bisschen Öl ins Feuer zu schütten. »Mein Chef ist manchmal bis immer sehr speziell. Doch wir weichen vom Thema ab. Von Herrn Gaude hatten Sie also die Information, dass der Oberbürgermeister ebenfalls kommt.«

»Nein«, wehrte sie sich mit einer wirschen Armbewegung. »Von Herrn Gaude habe ich nur gehört, dass der Autor, also Ihr Vorgesetzter, ein seltsamer Vogel sein soll. Da ich gerne zu Leseveranstaltungen gehe, wollte ich ursprünglich auch hin. Herr Gaude hat mir davon abgeraten, und da ich viel auf seinen Rat gebe, habe ich stattdessen die Nachtschicht im Hotel übernommen. Dass aber dieser …«, sie zeigte nach hinten in Richtung Nebenraum und verzog kurz die Mundwinkel, »ach, vergessen Sie, das ist ein anderes Thema.«

So langsam brachte ich Licht ins Dickicht. »Dann haben Herr Gaude und der OB nichts miteinander zu tun?«

Sie seufzte, und an ihrem Gesichtsausdruck erahnte ich, dass sie annahm, dass sie sich mit einem Menschen unterhielt, der besonders schwer von Begriff war. »Natürlich kennen sich die beiden. Vielleicht wusste Herr Gaude auch, dass der Oberbürgermeister ebenfalls kommt. Mir hat er davon aber nichts erzählt, warum auch?«

»Und woher …« Ich hatte immer noch nicht die gewünschte Information, war aber kurz vor dem Ziel angekommen.

»Von Jörg Albrecht selbst. Herr Albrecht ist der Oberbürgermeister.«

»Ich weiß«, antwortete ich mit einem tiefen Seufzer.

»Warum fragen Sie dann?«, kam es wie aus der Pistole geschossen.

»Aber, äh, ich, äh, ich wollte damit nur sagen, dass ich den Namen des Oberbürgermeisters kenne.« So langsam hatte ich genug vom Aneinandervorbeireden.

»Ach so. Okay, zurück an den Start. Vergessen Sie

Herrn Gaude, zumindest in diesem Zusammenhang. Ich selbst bin mit dem OB persönlich bekannt. Vor Kurzem hatte er mir gesagt, dass er zu dieser Veranstaltung gehen müsse. Nicht, weil ihn das Thema interessierte, sondern weil es die erste Veranstaltung in der frisch renovierten Dr.-Sieber-Halle ist. Als Hubertus mir gesagt hatte, dass er morgen früh zum OB will, habe wiederum ich ihm gesagt, wo sich Jörg Albrecht gerade aufhält. Da bekam er glänzende Augen und bedankte sich bei mir. Er hat sich noch nie vorher für irgendetwas bedankt. Ohne sich zu verabschieden, ist er wieder gegangen. Er ging meistens, ohne sich zu verabschieden«, ergänzte sie. »Habe ich damit Ihre Frage endlich beantwortet?«

Endlich hatte ich die losen Enden dieser doch recht winzigen Informationen verknüpft. Ich wusste nun, warum das Opfer heute Abend zur Dr.-Sieber-Halle ging. Nicht, um sich umbringen zu lassen, sondern um den Oberbürgermeister über das falsch datierte Jubiläum aufzuklären. Für einen Moment blitzte ein bisschen Schadenfreude in mir auf, als mir bewusst wurde, dass KPD damit faktisch noch einen Besucher weniger zu verbuchen hat, da Hubertus Kleinmann nicht wegen der Buchvorstellung anwesend war. Auf jeden Fall war die Anzahl der potenziellen Täter überschaubar. Im Idealfall würde die Spurenlage auf den Oberbürgermeister deuten, da dieser einen Eklat im Zusammenhang mit dem Festakt sah. Diese These war hochspekulativ, denn dann würde die Tat nicht in den gängigen Motiven Neid, Eifersucht oder Sex liegen. Doch Ausnahmen bestätigten die Regel, schließlich hielt ich mich zurzeit in einem fremden Bundesland auf, das mir insgesamt nicht ganz so strukturiert wie meine Heimat erschien.

»Jetzt habe ich alles verstanden. Sonst hat Herr Kleinmann nichts gesagt?«

»Das war alles. Ach ja, er fragte, ob ich morgen mit ihm einen Ausflug unternehmen würde. Ganz in die Nähe, und ich wäre die Erste, die er in sein Geheimnis einweihen würde.« Sie winkte mit einer schroffen Handbewegung ab. »Ich habe ihm geantwortet, dass ich sonntags nie Zeit habe. Und an den anderen Tagen auch nicht. Wie ich Ihnen vorhin bereits gesagt habe, kam Hubertus laufend mit solchem Scheißdreck. Entschuldigen Sie bitte meine Ausdrucksweise, aber das trifft es halt genau.«

»Ein Geheimnis im Zusammenhang mit dem Festakt in der kommenden Woche?«

»Ich denke schon. Aber was er genau meinte, weiß ich nicht. Er hat wohl noch ein paar Andeutungen dazu gemacht, doch ich habe weder zugehört noch ihn ernst genommen.«

Hier kam ich im Moment nicht weiter. Trotzdem hatte ich einen wertvollen Ermittlungsansatz gewonnen. Um das Gespräch zu beenden, gähnte ich mit offenem Mund. Sie erkannte die Symbolik sofort.

»Ich werde Ihnen Ihre Suite vorbereiten. Das geht recht schnell, da Ihre Ausstattungswünsche sehr bescheiden sind. Nehmen Sie bitte solange auf der Sitzgruppe Platz.«

»Bescheidenheit gehört schon immer zu meinen glänzenden Eigenschaften«, rief ich ihr nach und setzte mich. Auf einem Beistelltisch lag ein Stapel bunter Magazine.

Schnell musste ich erkennen, dass kein einziges Heft mein Interesse weckte. Allesamt gehörten sie zur Kategorie Regenbogenpresse oder, nicht ganz politisch korrekt ausgedrückt, Frauenmagazine. Die Namen der Titel waren alle verschieden, ähnelten sich aber in der Namensgebung stark. Aus einem Meter Entfernung konnte man sie zumindest optisch nicht mehr unterscheiden. Ich wunderte mich über die immense Vielfalt der Titel. Wahrscheinlich tauschten die verschiedenen Redaktionen, wenn es die überhaupt gab, die Themen permanent aus, sodass die bildreichen und textlich schwachen Berichte wie eine Sau zwar nicht durch das Dorf, aber durch die Regenbogenpresse getrieben wurden. Mich selbst haben Berichte über Königshäuser und Prominente oder Möchtegernprominente noch nie interessiert.

»Kommen Sie bitte mit?«

Ich schrak hoch. Irgendwie musste ich für einen Moment weggeduselt sein. Ich bemerkte, dass ich ein aufgeschlagenes Magazin in der Hand hielt. Peinlich berührt, legte ich es möglichst unauffällig auf den Stapel zurück.

Die Dame bemerkte es dennoch. »Die aktuellen Artikel über Prinz Harry sind hochinteressant. Insbesondere …«

Den kompletten Weg bis ins erste Obergeschoss quatschte sie über irgendwelche blaublütigen Hochwohlgeborenen. Erst als sie die Tür mit einer Karte elektronisch öffnete, nahm die akustische Körperverletzung ein Ende.

»Ich hoffe, Sie fühlen sich wohl. Die Uhrzeit, bis zu

der Sie auschecken müssen, habe ich Ihnen genannt. Ausschlafen können Sie leider nicht. Ich trage Sie aber für das Frühstück und das morgendliche Wellnessprogramm ein, als kleiner Ersatz für die wenigen Stunden, die Sie die Suite nutzen können.« Sie reichte mir die Karte und wünschte eine gute Nacht.

Ich ließ Tasche und Koffer im Vorraum fallen und betrat das Zimmerensemble. Es war einfach gigantisch. KPDs Schwarzkasse würde aufgrund der Kosten schmelzen wie ein Gletscher in der Sahara. Sogar eine Minibar gab es, die gar nicht so klein war. Da alles auf Geschäftskosten ging, leerte ich zunächst den Vorrat an Cola Zero und anderen nichtalkoholischen Getränken. Dazu knabberte ich, hungrig war ich wie ein Wolf, ein paar Packungen Salzstangen und Erdnüsse, was den Durst wiederum förderte. Daher gönnte ich mir zum Abschluss des Abends zwei Flaschen Bier, nur den Wein und die Spirituosen ließ ich unberührt. Während ich so vor mich hin trank und aß, begutachtete ich die Suite. Stoffbehangene Wände, das kannte ich bisher nur aus Museen. Das Mobiliar könnte auch KPD herausgesucht haben. Ich wollte nicht wissen, welcher Regenwald in welchem Land dafür sein Holz opfern musste. Die zwei winzigen Kirschkernkissen auf dem irrsinnig großen und vor allem hohen Bett waren zunächst das einzige Manko. Dann entdeckte ich im Bad ein Wandregal voller Handtücher und Duschtücher. Mit diesem Berg an Tüchern machte ich es mir, nachdem ich mich umgezogen hatte, auf dem Bett bequem. So war jedenfalls mein erster Plan. Sofort merkte ich, dass es sich um ein Wasserbett handelte. Ich hatte noch nie zuvor auf einem Wasserbett gelegen. Ich werde es auch nie wieder versuchen. Bereits nach den ersten Bewegungen drückte sich mir ein Kloß in den Hals. In Rekordzeit wurde mir hundselend, was sich mit jeder noch so kleinsten Bewegung verstärkte. Nachdem ich mit einem Spurt ins Bad eine übel riechende Verschmutzung des Bettes verhindert hatte, suchte ich nach Alternativen. Zum Glück gab es in diesem Zimmer keine Kameras, die mich zusammengekauert unter Dutzenden Handtüchern schlafend auf dem Sessel filmen konnte.

Die kurze Nacht war hart und unbequem. Hinzu kam, dass ich versehentlich zusammen mit den Handtüchern die Kirschkernkissen auf den Sessel geschleppt hatte und darauf, sicherlich durchblutungsfördernd, irgendwann eingeschlafen war. Trotz der in den vergangenen Stunden erlebten Widrigkeiten fing der Tag gut an. Die geräumige Dusche, die ihren Namen verdiente, weckte meine Lebensgeister. Kurz vor neun Uhr verließ ich meine temporäre Luxusbehausung. An der Rezeption waren zwei Damen zugange, die mir unbekannt waren. Ich gab einer davon meine Karte zurück, im Gegenzug wurde ich sofort mit dem richtigen Namen angesprochen.

»Ich hoffe, Sie hatten eine gute Nacht, Herr Palzki«, säuselte sie. Im Hintergrund sah ich, wie sich ihre Kollegin prustend wegdrehte. Ich vermutete, es ging um die Geschichte mit den Kirschkernkissen.

»Alles bestens«, sagte ich. »Ich habe ein paar Liter

Wasser aus dem Bett ablassen müssen, weil es mir eine Spur zu hart war.«

Ihr Gesicht hätte man fotografieren müssen. »Wie bi…, bitte?«, stotterte sie.

»War nur ein Scherz«, beruhigte ich sie. »Die Rechnung zahlt mein Vorgesetzter, Herr Diefenbach.«

»Er ist noch nicht heruntergekommen. Sie können aber schon vorgehen zum Frühstücksraum. Die Tür nach hinten und dann gleich rechts. Ihr Gepäck können Sie solange auf der Seite stehen lassen.«

Bei meinem Hunger ließ ich mir das nicht zweimal sagen. Das salzhaltige Zeug, was ich als Survivalration heute Nacht zur Verfügung hatte, war weder ernährungstechnisch noch wohlfühltechnisch optimal gewesen. Das Sodbrennen war dabei das geringste Problem. Das Buffet dagegen war gewaltig. Ich wusste zunächst nicht, mit welchen leckeren Dingen ich meinen Teller zuerst beladen sollte. Ich genoss den Tagesbeginn in vollen Zügen mit stets vollem Mund. Ich zählte die Anzahl der Teller nicht mit, doch ich musste bei einer zweistelligen Zahl angekommen sein, als sich ein Schatten auf mein Wohlbefinden legte. Ich schaute nach oben und blickte in die überraschte Fratze meines Chefs.

6. DER AUFTRAG

»Palzki?«, fragte er mit einem debilen Gesichtsausdruck, der grundsätzlich zu ihm passte. »Was machen Sie hier? Das ist doch wirklich nicht die Hotelkategorie, die für Sie infrage kommt. Ich hatte doch in diesem, äh, Dingsda für Sie eine Schlafmöglichkeit gebucht.« Ich antwortete zunächst nicht, sondern gab ihm eine Gelegenheit, in Eigenregie die Sache aufzulösen. »Oder sind Sie gerade von Ihrem Hotel gekommen und suchen mich? Ich habe Ihnen doch gesagt, dass ich heute Vormittag ein paar Wellnessbehandlungen gebucht habe.« Mit überraschend gütiger Stimme fügte er an: »Ich kann ja verstehen, dass Sie als mein Untergebener mit der aktuellen Situation überfordert sind. So einen plötzlichen und unangekündigten Mord erlebt man schließlich nicht alle Tage. Das Frühstück müssen Sie aber selbst bezahlen. Warum haben Sie sich nicht vorher informiert, was das kostet?«

»Ich kann mir ungefähr denken, was es kostet.«

»Dann haben Sie sich bewusst dafür entschieden?« KPD hob anerkennend die Brauen. »Haben Sie mit Ihrer Frau darüber verhandelt?«

»So wenig wie Sie mit Ihrer Frau«, entgegnete ich dreist. »Ich weiß, wer der Mörder ist.«

KPD hatte eine mittelgroße Maulsperre. »Sie, äh, Sie wissen, wer den Mann ermordet hat? Wie, wieso?«

»Weil ich gut bin«, sagte ich stolz. »Die halbe Nacht war ich auf, um die heißen Spuren zu verfolgen. Und deshalb bin ich hier. Um meinen guten Chef als Erstes zu informieren. So können Sie reagieren und den Täter schnappen.«

KPD bekam die nächste Maulsperre. »So kenne ich Sie gar nicht, Herr Palzki. Hat Sie mein Vortrag gestern Abend so beeindruckt? Färbt meine Führungsqualität endlich auf Sie ab?«

»Holen Sie sich erst mal etwas zu essen, dann besprechen wir alles, während wir frühstücken.« Zur Sicherheit überfüllte ich meinen Teller erneut. Bei meinem Chef dauerte die Auswahl des Frühstücks länger, da er die anwesende Buffetkraft mit Tausend Fragen nach der Herkunft und der Qualität der Lebensmittel löcherte.

»Ich muss schließlich wissen, was ich esse«, sagte er zur Bekräftigung, als wir endlich gemeinsam am Tisch saßen.

Bisher war alles gut gelaufen. Noch ahnte KPD nicht, wo ich letzte Nacht geschlafen hatte und wer die Rechnung bezahlen musste. Überlebenswichtig für mich war, dass ich rechtzeitig die Kurve kratzte. »Bevor ich zu den Details komme, Herr Diefenbach, sollten wir ein paar organisatorische Dinge besprechen.« Ohne ihm Zeit für eine Gegenrede zu geben, fuhr ich fort: »Ich weiß zwar, wer der Täter ist, doch bis jetzt fehlen mir die Beweise. Ich will schließlich nicht, dass Sie sich blamieren, wenn Sie als guter Chef den Täter festnehmen.« Mangels leeren Munds konnte KPD nur nicken. »Ich habe für uns eine Strategie definiert, das habe ich von Ihnen gelernt, sehr geschätzter Herr Diefenbach. Immerhin sind Sie eine Koryphäe Ihres Fachs, das habe ich gerade wieder bemerkt, als Sie gestern über Ihr neues Standardwerk referierten.« Selten hatte ich solchen Stuss erzählt und dabei so extrem übertrieben. »Ich erkläre Ihnen nun, wie Sie an meiner Stelle reagieren würden.«

KPD vergaß vor Spannung sogar das Kauen. Ich spürte, dass ich ihn in meinen Fängen hatte. »Wichtig ist, dass wir bis auf Weiteres den Täter in Sicherheit wiegen. Aus diesem Grund können wir nicht zu zweit in Sinsheim Ermittlungen anstellen.«

KPD hatte einen Einwand, worauf ich natürlich vorbereitet war. Alles lief wie am Schnürchen. »Das geht auch nicht, Herr Palzki. Ich muss zum nächsten Veranstaltungsort reisen.«

»Eben«, sagte ich. »Und genau das lassen wir alle wissen, sodass es zwangsläufig auch der Mörder erfährt. Sie posaunen überall herum, dass Ihr unfähiger Untergebener Palzki für die Ermittlungen vor Ort bleibt.«

»Genau das ist mein Plan, Palzki. Sie bleiben hier und ich reise weiter. Per Telefon werde ich Sie ständig instruieren.«

»Nur mit einer klitzekleinen Abweichung, Herr Diefenbach. Um die Sache realistischer zu machen, fahren Sie heute gegen Mittag, nachdem Sie Ihre Behandlungen hinter sich haben, direkt weiter zum nächsten Lesungsort. Ich dagegen muss in Ihrem Auftrag mit der Bahn nach Hause fahren. So wie man es halt mit Untergebenen macht.«

KPD überlegte. »Eigentlich müsste ich ja auch kurz nach Hause, um weitere Bücher zu holen. Leider konnte ich gestern nicht die gewünschte Menge in meinem Wagen unterbringen, da ich Sie mitnehmen musste.«

Auch für dieses Problem hatte ich eine Lösung. »Das können doch Ihre anderen Untergebenen übernehmen. Die freuen sich bestimmt, wenn sie nach jeder Ihrer Lesungen zurück in die Heimat dürfen, um Nachschub an Büchern zu besorgen. Eine Buchvorstellung dauert etwa zwei Stunden. Bedenken Sie, dass die Dienstzeiten Ihrer Untergebenen viel länger sind. Sollen diese während der von Ihnen angeordneten Fortbildungszeit den ganzen Tag an den verschiedenen Orten, an denen Sie auftreten, in Kneipen herumgammeln?«

Diesen Kampf trug ich zwar auf den Köpfen meiner Kollegen aus, was sie aber hoffentlich nie erfahren würden.

»Das ist kein schlechter Gedanke, Palzki. Meine Untergebenen müssen ja nur die Werbebühne auf- und abbauen, so lange kann das nicht dauern. Mit dieser Vorgehensweise könnte ich sogar ein wenig meine Frau entlasten, da sie sich damit ein paar Postgänge ersparen kann. Sie hat mir anfangs ziemlich viel rumgejammert, als ich sie zum Buchversand eingeteilt habe. Aber wozu habe ich schließlich geheiratet?«

Ich konnte mit dem Zwischenergebnis zufrieden sein. »Sie fahren also heute Mittag weiter, während ich den Zug nehme. Morgen komme ich mit meinem Dienstwagen zurück nach Sinsheim. Da wir nicht wissen, wie der Täter reagiert und wir sehr vorsichtig agieren müssen, kann es bis zur Festnahme zwei Tage dauern, aber im schlimmsten Fall auch eine Woche. Ich werde die Überführung des Mörders natürlich zeitlich so terminieren, dass sie an einem Ihrer freien Tage erfolgt. Dann können Sie auf einen kurzen Abstecher nach Sinsheim kommen und den Täter festnehmen. Den ganzen Vorbereitungsaufwand übernehme ich für Sie. Genau wie den lästigen Papierkram danach.«

»So machen wir es, Palzki. Das entspricht fast zu 100 Prozent meinem Plan. Ich werde gleich meine Untergebenen beauftragen, dass sie bei meiner Frau vorbeifahren und weitere 1.000 Bücher einladen. Wenn die Beamten im Transporter etwas zusammenrücken, wird das schon irgendwie gehen.«

Jetzt kam der entscheidende Punkt. »Wir müssen noch eine Kontaktadresse vereinbaren, Herr Diefenbach«, flötete ich.

»Habe ich längst geklärt, Palzki. Unsere Kommunikation läuft über den OB Jörg Albrecht im Rathaus. Zu festen Zeiten werde ich täglich bei Ihnen anrufen.«

»Das geht nicht, mein lieber Vorgesetzter.« Ich schaute ihm mit einem treuen Blick in die Augen, ohne laut rauslachen zu müssen. »Es könnte sein, dass der Oberbürgermeister mit dem Täter unter einer Decke steckt.«

»Herr Albrecht?« KPD klang erbost. »Niemals! Verlassen Sie sich auf meine Menschenkenntnis. Herr Albrecht hat eine absolute weiße Weste. Wäre er sonst Oberbürgermeister der Stadt?«

»Und wenn er doch Dreck am Stecken hat? Ich weiß, per se haben Sie immer recht, Herr Diefenbach. Und 99 Prozent der Bürgermeister sind sicherlich über jeden Verdacht erhaben. Dennoch habe ich einen kleinen Anhaltspunkt, dass er zumindest mit der Geschichte zu tun haben könnte.« Ich rückte mit Widerwillen etwas an meinen Chef heran und flüsterte: »Die Hauptverdächtige arbeitet in diesem Hotel. Deswegen bin ich hier. Nicht, um mich Ihren Befehlen zu widersetzen, sondern die Mordthese zu untermauern.«

»Hier, in diesem Hotel, wo mich in ein paar Minuten zur Einstimmung des Tages eine Massage erwartet?«

»Keine Angst, Herr Diefenbach, der Masseur wird Sie bestimmt nicht ermorden wollen.« Trotzdem, der Gedanke daran erfreute mich. »Passen Sie trotzdem etwas auf. Für alle Fälle.« Mal schauen, ob KPD jetzt noch seine Wellnessbehandlungen sorgenfrei genießen konnte. Manchmal war ich schon eine Spur gemein.

»Wer ist es denn?« KPD sah mich fragend an, dann starrte er der Buffetkraft nach.

»Nein, nicht die. Die Zielperson arbeitet an der Rezeption. Ich habe heute Nacht erfahren, dass sie mit dem Opfer befreundet war. Die beiden haben sich gestern Abend vor Ihrer furiosen Buchvorstellung im Foyer dieses Hotels getroffen.«

KPD hatte den Fall sofort geklärt. »Dann ist alles sonnenklar, Palzki. Die Dame am Empfang hat das Opfer mit einem langsam wirkenden Gift ermordet. Dann ist der Tote in die Dr.-Sieber-Halle gekommen, wo er in der Pause zusammengebrochen ist. Das war also alles ein blöder Zufall, Palzki. Da hätte ich viel früher drauf kommen müssen. Welcher Mörder ist so verrückt, quasi unter meinen Augen einen Mord zu verüben?«

»So einfach ist es dieses Mal leider nicht, Herr Diefenbach. Eine Schnellanalyse hat ergeben, dass zweifelsfrei der Champagner vergiftet war.«

»Der Cham…, Champagner?«, stotterte KPD.

Ich nickte. Bei meiner Aussage handelte es sich im Moment zwar nur um eine Arbeitshypothese, denn wo hätte ich heute Nacht eine Analyse beauftragen können? Sicherlich nicht bei den beleidigten Beamten aus Sinsheim. »Dennoch gehe ich von einem dringenden Tatverdacht der Hotelangestellten aus.«

»War diese Person bei meiner Veranstaltung?«

»Das muss ich klären. Leider konnte ich in der letzten Nacht noch nicht allen offenen Ermittlungsfäden nachgehen. Das werde ich aber umgehend nachholen, sobald ich fest in dieser Stadt ermittle.«

Um KPD keine Zeit zum Nachdenken zu geben, sprach ich weiter. »Daher ist es äußerst wichtig, da stimmen Sie mir als guter Chef mit Sicherheit zu, dass ich in diesem Hotel präsent sein muss, um die Ermittlungen zielgerichtet und schnell abwickeln zu können.«

Jetzt war meine Forderung ausgesprochen. KPD wurde die Tragweite schnell klar.

»Hier, in diesem Luxushotel?« Seine Stimme stieg um mehr als eine Oktave. »Wissen Sie, was eine Übernachtung kostet? Und erst das Frühstück! Warum können Sie nicht aus dem Rathaus heraus operieren? Herr Albrecht stellt Ihnen gegen Erstattung der Nebenkosten einen kleinen Raum im Kellergeschoss neben dem Heizungsraum zur Verfügung. Sie müssen nicht einmal frieren.«

»Das ist gefährlich, Herr Diefenbach. Ich muss davon ausgehen, dass meine Telefonate abgehört werden. Wahrscheinlich wird dieser Raum sogar verwanzt sein.«

»Im Rathaus? Ausgeschlossen«, blockte KPD, womit er wahrscheinlich leider recht hatte.

»Die Dame an der Rezeption kennt den Oberbürgermeister persönlich«, konterte ich verschwörerisch. »Auch das habe ich heute Nacht nach schwierigsten Befragungen erfahren. Was ist, wenn die beiden zusammenarbeiten? Dann werden wir den Täter niemals überführen. Wissen Sie, was das für Ihr neues Buch bedeutet, Herr Diefenbach? Die Weltpresse wird über Sie lachen. Ein Werk der Kriminalliteratur, an dessen Premierenvorstellung ein unaufgeklärter Mord passiert. Erkennen Sie nicht den Treppenwitz? Niemand wird Ihr Buch und auch nicht Sie ernst nehmen. Wenn der Fall nicht schnell aufgeklärt wird, können Sie sich Ihre Welttournee durch Deutschland und was weiß ich wohin sparen.«

KPD begann zu schwitzen. Sicherlich nicht wegen der horrenden Hotelpreise, sondern wegen seiner persönlichen Aussichten. »Sie haben recht, Palzki«, sagte er mit belegter Stimme. Dieser Satz, der für ihn eine Weltpremiere war, kam ihm bestimmt nicht leicht von den Lippen. »Wir müssen etwas unternehmen. Ich habe die Brisanz des Falles erkannt. Wenn nicht die ganzen Termine meiner Lesereise feststehen würden und bestimmt massenhaft Eintrittskarten verkauft wären, würde ich den Fall persönlich in die Hand nehmen. Wir machen es so, wie Sie es vorschlagen, Palzki. Sie buchen in diesem Hotel das kleinstmögliche Zimmer, natürlich ohne Frühstück. Sie können sich in der Bäckerei nebenan ein Brötchen besorgen. Und wehe, Sie öffnen die Minibar oder buchen irgendwelche Extras.«

»Selbstverständlich buche ich nur das kleinste freie Zimmer, Herr Diefenbach«, beruhigte ich ihn, auch wenn ich gegensätzlich handeln würde. Wie das Ganze am Schluss ausging, war mir im Augenblick egal. »Wann beginnen eigentlich Ihre Behandlungen?«

Erschrocken schaute KPD auf die Uhr. »Gut, dass Sie mich daran erinnern. Ich muss mich beeilen.« Er stand auf.

»Ich erledige den Rest, Herr Diefenbach. Ich spreche mit der Dame an der Rezeption, dass Sie später nicht auschecken und bezahlen müssen, sondern erst in den nächsten Tagen eine Gesamtrechnung benötigen, wenn unsere Tätigkeiten in Sinsheim endgültig abgeschlossen sind.«

»Prima«, sagte KPD ohne zu wissen, wozu er gerade seine Einwilligung gegeben hatte.

»Ich esse noch ein bisschen vom Buffet«, sagte ich zu ihm. »Es kostet immerhin eine Stange Geld. Danach fahre ich mit der Bahn zurück.«

KPD nickte ein letztes Mal, dann war er verschwunden. Hoffentlich für lange oder gar für immer.

Da sich mein Chef die nächsten Stunden in der hausinternen Schönheitsfolterkammer aufhielt, konnte ich den Tag weiterhin genüsslich beginnen lassen. Ich war zwar pappsatt, doch wie KPD sagte, das Frühstück war sauteuer und das Buffet noch nicht einmal in Ansätzen geplündert.

Nach einer guten Stunde ging auch bei mir trotz größtem Willen nichts mehr. Mein Körper blockierte die weitere Nahrungsaufnahme mit Magenkrämpfen. Selbst das Aufstehen fiel mir bei den letzten Tellern zunehmend schwerer. Mit einem gefühlt doppelten Körpergewicht und schwer atmend wankte ich zur Rezeption. Den Mann hinter der Theke kannte ich nicht. Ich nannte meinen Namen und den meines Chefs und erklärte ihm, dass ich morgen zurückkäme und wir erst in den nächsten Tagen eine gemeinsame Endabrechnung auf den Namen Diefenbach benötigen würden. Da er von seiner Kollegin über die näheren Umstände meines Hierseins informiert war, klappte das problemlos, inklusive Frühstück und weiteren Annehmlichkeiten.

»Die Messe geht nur bis morgen, anschließend haben wir wieder ein paar freie Zimmer. Wir können Ihnen zum Beispiel gerne die Suite reservieren, die Herr Diefenbach hatte«, sagte er. »Selbstverständlich mit den Kirschkernkissen.« Ein zartes Zittern in seiner Stimme zeigte mir, dass er sich innerlich amüsierte.

»Dieses Mal bitte mit normalem Bettzeug. Kirschkernkissen benutze ich nur samstags.«

Auf Nachfrage erfuhr ich, dass der nächste Zug in einer halben Stunde zurück in die Heimat fuhr.

Mit Rollkoffer und Tüten war der Weg zum Bahnhof wegen des intensiven Frühstücks beschwerlich, dafür nur kurz. Als ich an dem Etablissement von Dr. Metzgers Schwester vorbeikam, wechselte ich die Straßenseite. Es war ein guter Tag. Ohne weitere Anstrengungen konnte ich den Fahrkartenautomaten bedienen und im ersten Schritt eine Karte bis Mannheim erwerben. Selbst das Wechselgeld spuckte der Automat in korrekter Höhe aus. Ob die Automaten in Baden-Württemberg intelligenter waren als in der Pfalz? Mir fiel das eine oder andere Negativbeispiel ein, bei dem ich in der Vergangenheit mit diversen Automaten kämpfte. Im zweiten Schritt zog ich mein Handy aus der Tasche und schaltete es erfolgreich an. Nur in seltenen und dringenden Fällen benutzte ich das Mobiltelefon. Früher bin ich schließlich auch ohne diese Dinger im Leben zurechtgekommen. Meine Frau nahm sofort ab, und ich gab ihr die Uhrzeit durch, zu der sie mich in Mannheim abholen konnte. Damit hatte ich ohne große Strapaze meine Heimreise nach Schifferstadt organisiert.

Das Erste, was meine Frau sagte, als ich in Mannheim mit verschlafenem Blick ausstieg, war: »Hast du wieder zugenommen, Reiner? So dick hatte ich dich gar nicht in Erinnerung.«

»Das muss eine optische Täuschung sein«, entgegnete ich erbost. »Wir haben uns ja nur einen Tag lang nicht gesehen. Wie soll ich in der kurzen Zeit zunehmen?«

»Dir traue ich alles zu«, sagte sie und ließ mich den Koffer und die beiden Tüten alleine schleppen.

Während der Heimfahrt beichtete ich ihr die Pläne für die nächsten Tage, die sie nicht gerade begeistert aufnahm.

»Du weißt, dass in der kommenden Woche Winterferien sind. Und ausgerechnet dann bist du nicht zu Hause. Was sollen die Kinder von dir denken?«

Stefanie versuchte mir ein schlechtes Gewissen einzureden. »Was sollen die denken? Lisa und Lars sind viel zu klein. Melanie meldet sich sowieso nur, wenn sie was will. Und Paul, wenn er was angestellt hat.« Erschrocken blickte ich auf. »Also ständig. Was hat Paul wieder angestellt?«

»Nichts«, beschwichtigte meine Frau. »Jedenfalls nichts Wichtiges. Es ist nicht einmal ein Fall für die Versicherung. Trotzdem ist es schade, dass du jetzt ein paar Tage weg bist.«

Ich weiß nicht mehr, wie ich auf den verrückten Gedanken kam. Wenn es für mich schlecht lief, war ich sowieso nur noch ein paar Tage Beamter. Im günstigsten Fall würde ich versetzt werden, im wahrscheinlich realistischeren Szenario aus dem Beamtenstatus entlassen. KPDs Schwarzkasse war zwar gut gefüllt, die Hotelkosten würden trotz allem ein empfindliches Loch hineinreißen.

»Worüber denkst du nach?«, fragte Stefanie, weil ich gedankenversunken auf dem Beifahrersitz kauerte.

Ich setzte alles auf eine Karte. Solch eine dreiste Aktion hatte ich mir noch nie erlaubt. »Warum kommt ihr nicht einfach mit nach Sinsheim? Ein paar Tage Tapetenwechsel tun der ganzen Familie gut. Ich werde bestimmt zwischendurch die eine oder andere Stunde Zeit haben, um mit euch gemeinsam die Gegend zu erkunden.«

Meine Frau zog ein Lächeln auf. »Meinst du das im Ernst, Reiner? Ich finde das wirklich eine gute Idee, so kenne ich dich gar nicht. Denkst du, wir finden kurzfristig eine Ferienwohnung?«

Ohne nachzudenken, knallte ich meine wahnsinnige Idee heraus. »Ach was, ihr übernachtet alle bei mir im Hotel. Das geht auf Spesenrechnung, KPD weiß Bescheid.«

»Wirklich?«, fragte Stefanie mit Falten in der Stirn.

»Der befindet sich im Moment in einer Ausnahmesituation«, erklärte ich ihr. »Du weißt schon, wegen seines neuen Buchs. Seine Eigenwahrnehmung steht allerdings im krassen Widerspruch zur Realität. Also wie immer bei KPD. Bei der Veranstaltung in der Dr.-Sieber-Halle kamen keine zehn Leute.«

»Schade«, sagte Stefanie. »Ich hätte ihm den Erfolg gegönnt.«

»Ich doch auch«, pflichtete ich ihr bei, weil es stimmte. »Wenn er durch die Gegend tingelt, kann er in dieser Zeit bei uns auf der Dienststelle kein Chaos anrichten. Dann arbeitet es sich viel entspannter. Ich hätte nichts dagegen, wenn er jede Woche in zwei oder drei Talkshows im Fernsehen auftritt, Hauptsache, er nervt uns nicht in Schifferstadt.«

Meine Frau runzelte die Stirn, dann lachte sie aber. »Ich weiß ja, dass ihr wie Hund und Katze seid. Okay, dann werde ich heute noch packen.«

Ich zog die Notbremse, so schnell hatte ich meine Familie nicht erwartet. »Kommt bitte erst morgen Nachmittag nach. Bis dahin kann ich alles vorbereiten und die ersten Gespräche führen. Ich kann schließlich nicht meine ganze Familie zum Bürgermeister mitschleppen oder zu den Befragungen.«

»Paul und Melanie würde das bestimmt gefallen«, meinte Stefanie mit einem süffisanten Lächeln.

»Du weißt genau, dass das nicht geht. Wir müssen darauf achten, dass die beiden nicht auf eigene Faust losziehen, weil sie mal wieder ihren angeblich überforderten Vater unterstützen wollen.«

Daheim angekommen, lief ich prompt in die nächste lebensgefährliche Falle. Während Stefanie ausstieg und schnurstracks zur Haustür ging, musste ich den Koffer und die Tüten aus dem Kofferraum ihres Wagens bugsieren. Und genau diese halbe Minute nützte Frau Ackermann aus.

Frau Ackermann, der Albtraum einer Nachbarin, beschränkte sich auf eine Tätigkeit: Reden. Ich wusste nicht einmal, ob sie überhaupt schlief oder aß. Noch nie hatte ich sie in einem sprachlosen Zustand erlebt. Jetzt kann man der Meinung sein, dass es solche Zeitgenossen recht häufig gab. Im Prinzip mag das stimmen, doch bei Frau Ackermann kam eine nicht unbedeutende Verschärfung hinzu: ihre Sprechgeschwindigkeit. Bei Überschallflugzeugen wurde die Maximalgeschwindigkeit in Mach gemessen, Mach eins bedeutete einfache Schallgeschwindigkeit, Mach zwei doppelte und so weiter. Frau Ackermanns Einstiegsredegeschwindigkeit musste man mit Mach fünf angeben. Nach etwa zehn kleinen Überschallexplosionen, allesamt bereits deutlich in ihrem ersten Satz zu hören, hatte sie sich auf ihr normales Sprechniveau hinaufgearbeitet. Bei diesem abnormen Tempo war nicht nur das menschliche Gehör hoffnungslos überfordert.

Unsere Nachbarin hatte es im Leben nicht leicht. Ihr Mann verbrachte sein Leben entweder im Bett oder im

Wohnzimmer auf der Couch. Nur selten traf man ihn aufrecht an, wenn er mit unserem Sohn Paul halbkriminelle Streiche ausheckte. Kürzlich hatte Frau Ackermann ihren Mann für ein paar Tage verlassen, doch außerhalb von Küche und Garten bekam sie schnell Heimweh. Um wenigstens ein Minimum an sozialen Kontakten zu haben, pflegte sie jeden Fußgänger auf dem Gehweg vor ihrem Haus abzufangen, um ihn mit einem brutalen Sprechbombardement in einen halbsuizidalen Zustand zu schießen. In der Stadt hatte sich die Adresse der Ackermanns längst herumgesprochen, sodass die wenigen Passanten ausschließlich aus ortsfremden Opfern bestanden. Oder aus mir, wenn ich fahrlässigerweise nicht aufpasste.

»Herr Palzki!«, begann sie ihre gefürchtete Wortattacke.

»Waren Sie in Urlaub, Herr Palzki? Deswegen habe ich Sie also seit Tagen nicht mehr gesehen, obwohl ich ständig am Küchenfenster stehe, um ja nichts zu verpassen. Es kommen in letzter Zeit ja so wenig Leute in unserer Straße vorbei, da fällt mir natürlich sofort auf, wenn ich Sie ein paar Tage nicht sehe. Gestern war mein Mann mal wieder mit Ihrem Sohn Paul unterwegs, hat er Ihnen das schon gebeichtet? Ach, woher denn, Sie kommen ja eben erst heim. Ich weiß wirklich nicht, wo mein Mann die dummen Ideen herhat. Normalerweise liegt er ja den ganzen Tag auf der Couch und glotzt seine Videodingsbumsscheiben. Aber das ist mir jetzt egal, Herr Palzki. Da staunen Sie, was? Ich war ein paar Tage von meinem Mann getrennt, dass wissen Sie doch, oder? Na klar, Sie haben ja meinen Freund in Hockenheim kennengelernt. Aber das war mir dann auf Dauer doch zu anstrengend. Nach zwei Tagen bin ich wieder nach Hause gekommen. Aber nicht wegen meines faulen Mannes. Den brauch ich nur wegen der Rente. Aber das sagen Sie ihm bitte nicht, er schnappt ja so schnell ein. Jedenfalls habe ich jetzt eine Anzeige in der Zeitung aufgegeben. Eine richtig große, die hat fast 20 Euro gekostet. Ich suche Freundinnen für ein Kaffeekränzchen. Dann können wir uns jede Woche zwei- oder dreimal woanders treffen und alle Neuigkeiten austauschen.«

»REINER!«

Erschrocken drehten wir uns zu unserem Hauseingang. Frau Ackermanns Stimme stoppte abrupt, was ich bisher für unmöglich gehalten hatte. Stefanie stand völlig aufgelöst vor der Tür und winkte hektisch.

»Ich muss rüber«, sagte ich zu meiner Nachbarin, »da muss was passiert sein.« Ohne auf eine Antwort zu warten, schnappte ich das Gepäck und folgte zügig, aber ohne zu rennen Stefanie in unser sicheres Heim.

»Danke«, sagte ich, als ich im Flur meine Frau erreicht hatte. Ich gab ihr einen Kuss.

»Ich dachte nicht, dass der Plan funktioniert«, meinte Stefanie. »Was hat sie zu dir gesagt?«

»Keine Ahnung. Ich habe noch nie auch nur eine Silbe davon verstanden, was sie zu mir sagte. Kann also nichts Wichtiges sein. Noch mal danke dafür, dass du mich aus ihren Fängen befreit hast.«

»Das nächste Mal müssen wir uns was anderes einfallen lassen. Sonst wird es zu auffällig.«

»Ach was«, konterte ich. »Bis dahin hat sie das längst vergessen.«

Der Rest des Tages versank im Chaos. Im Wohnzimmer türmten sich Kleider und Gegenstände, die Paul und Melanie mitzunehmen gedachten. Eigentlich könnte ich bei der Gelegenheit gleich ihre Zimmer tapezieren, jetzt, wo sie komplett ausgeräumt waren.

»Ich glaube, ihr spinnt«, pflaumte ich die beiden an. »Wir haben doch keinen Reisebus.«

»Wieso?«, meinte die 13-jährige Melanie trocken. »Unser Zeug stopfen wir komplett in dein Auto, Papa. Den Rest bringen wir in Mamas Wagen unter, wenn wir morgen Mittag losfahren.«

»Sind wir in dem Hotel ganz alleine?«, fragte der neunjährige Paul. »Ich meine, so wie in dem Horrorfilm ›Shining‹? Das wäre geil, Papa.«

Für einen Moment stockte mir der Atem. Mein kleiner Sohn hatte bereits den Stephen-King-Thriller »Shining« gesehen, in dem der Schauspieler Jack Nicholson mit der Zeit zu einem Verrückten mutierte.

»Woher kennst du den Film, Paul?«, fragte ich streng, denn so etwas konnte ich nicht dulden.

»Ach, Papa, kennst du deine eigenen Filme nicht? Die DVD habe ich im Keller in deinem Büro im Schreibtischcontainer gefunden. Direkt hinter den Filmen, wo die nackten Frauen auf dem Cover sind, die miteinander so komisch ringen.«

Ich war mir sicher, dass der Container mit einem Schloss versehen war. Im Moment konnte ich sowieso keine erzieherischen Schritte dagegen unternehmen, daher blieb ich beim Thema. »Ihr könnt jeder einen einzigen Koffer mitnehmen. Da müssen die Kleider rein und alle anderen Gegenstände, die ihr im Urlaub benötigt. Und falls ihr Mama falsch verstanden habt, wir fahren höchstens drei oder vier Tage weg. Da müsst ihr nicht alle möglichen Spiele mitnehmen und die Playstation schon gar nicht. Was ist das für ein Kasten?« Ich zog einen riesigen Pappkarton zwischen einem Stapel Hosen heraus. »Das kleine Detektivbüro«, las ich auf dem Karton.

»Den habe ich zu Weihnachten von Oma bekommen«, sagte Paul stolz. »Weißt du das nicht mehr? Den muss ich auf alle Fälle mitnehmen, damit Melanie und ich dir bei der Aufklärung des Mordes helfen können. Es wurde doch jemand ermordet, Papa, oder?«

Ich machte es mir leicht, indem ich ab sofort die weiteren Vorbereitungen Stefanie überließ. Es war mir klar, dass das Gepäck hauptsächlich ich mitnehmen musste, da Stefanies Wagen mit fünf Passagieren voll besetzt sein würde und im Kofferraum der Kinderwagen und weiteres Kleinkinderequipment für die Zwillinge Lisa und Lars untergebracht werden mussten.

Mein Ruhepuls war geradeso noch zweistellig, als im am Montagfrüh die Fahrt nach Sinsheim antrat. Geschickt hatte ich spätabends meinen Wagen in einen toten Winkel zu Ackermanns Haus umgeparkt, sodass ich ohne zusätzlichen Stress das Auto beladen konnte.

Die temporäre Verabschiedung begrenzte ich auf ein Minimum. Während der Fahrt ging ich in Gedanken meine nächsten Schritte durch. Das Buchen des Hotels für die ganze Familie erachtete ich als die geringste

Schwierigkeit, wobei ich unbedingt den Namen meiner nächtlichen Gesprächspartnerin herausfinden musste. Danach war ein Besuch im Rathaus sinnvoll. Alles andere würde sich ergeben.

Im Hotel herrschte reger Betrieb. Direkt am Eingang kamen mir zwei Personen entgegen, die ich bereits vom Sehen her kannte.

»Hallo«, sagte der weibliche Teil, während der männliche Part eine Modelleisenbahn in der Hand hielt und selig betrachtete. »Wie weit sind Sie mit den Ermittlungen? Haben Sie den Täter schon geschnappt – oder war es vielleicht gar kein Mord?«

»Wie kommen Sie auf diese Idee, Frau, äh …« Mir fiel ein, dass ich nur die Vornamen der beiden wusste.

»Senghaas«, antwortete sie. »Claudia Senghaas. Mein Kollege Armin Gmeiner hat gestern auf der Miniatureisenbahnmesse in der Dr.-Sieber-Halle ausgestellt. Die Messe fand zum ersten Mal statt. Bisher gab es nur Tauschtage in der Elsenzhalle, initiiert von den Eisenbahnfreunden Kraichgau e.V. Gerade sind wir mit dem Abbau fertig und wollen nachher auschecken.«

Spontan bekam ich ein diffuses Gefühl in der Bauchgegend. Als Kriminalist hatte ich ein Gespür für Dinge, die sich wie zufällig fügten. Hier war es die unmittelbar bevorstehende Abreise zweier Individuen, die sich während des Todesfalls in unmittelbarer Nähe des Opfers aufgehalten hatten. »Leider müssen Sie noch eine Weile hierbleiben«, sagte ich zu den beiden. »Mindestens, bis Sie über den gestrigen Abend befragt und Ihre Personalien aufgenommen worden sind.«

Nun mischte sich der Eisenbahnfan ein. »Ich bitte Sie, was soll das? Wir waren nur zufällig vor Ort, eigentlich nur auf Drängen Ihres Dienstvorgesetzten. Wir kannten weder den Toten noch sonst irgendjemand von den anderen. Meine Personalien können Sie sofort haben. Mein Name ist Armin Gmeiner, Inhaber des Gmeiner-Verlags in Meßkirch.« Zornig zog er seinen Ausweis aus dem Geldbeutel.

Seine Begleiterin relativierte die Aussage. »Das stimmt so leider nicht, Armin.« Sie schaute ihn an, als wollte sie um Verzeihung bitten. »Es kommt sowieso heraus, warum sollen wir das verschweigen?«

»Was meinst du, Claudia?« Dem Verlagschef standen fiktive Fragezeichen auf der Stirn.

»Ich kenne den Oberbürgermeister und auch den Ortsvorsteher.«

»Aber was hat das mit dem Toten zu tun?«, unterbrach Gmeiner ungeduldig.

»Nichts«, antwortete sie. »Jedenfalls glaube ich das.« Sie wandte sich mir zu. »Der Gmeiner-Verlag hat seinen Sitz in Meßkirch am Bodensee. Ich bin die Programmleiterin des Verlags, wohne aber in einem Nachbarort von Sinsheim. Daher kenne ich natürlich die politische Prominenz.«

So leicht ließ ich mich nicht beirren. »Das Opfer war ebenso prominent. Jeder schien ihn zu kennen.« Mit fragendem Blick versuchte ich sie zu provozieren.

»Ich aber nicht. Er war und ist mir absolut unbekannt. So häufig bin ich nun auch wieder nicht in Sinsheim. Meist nur in der Stadtbibliothek, in der Buchhandlung Doll oder im Quints. Das ist ein Café«, fügte sie an.

Ich hatte die Wahl. Glaubte ich den beiden oder nicht? Wie Mörder sahen sie eigentlich nicht aus, doch rein von der Optik her gesehen war es schon immer sehr schwer, Verbrecher zu überführen. Manchmal landeten die optisch harmlosesten Personen am Galgen beziehungsweise heutzutage lebenslang im Gefängnis. Es gab in der Vergangenheit unter anderem Pfarrer, Lehrer und Politiker, die für Jahrzehnte weggesperrt wurden, warum nicht auch mal ein Verleger oder eine Programmleiterin, zumal die beiden ja als Krimiverleger sicherlich über viel Spezialwissen verfügten. In meinem Hirn konstruierte ich bereits wirre Pläne eines Verlagschefs, der das geballte kriminelle Wissen seiner Autoren für eigene Zwecke nutzte, um den perfekten Mord zu begehen. Ob schon jemals ein Buchautor oder ein Drehbuchautor auf diesen Gedanken gekommen war?

»Was ist mit Ihnen?«

Die Frage der Senghaas holte mich aus meinem Gedankenspiel zurück. »Ich kann Sie trotzdem nicht gehen lassen«, beharrte ich weiterhin. »Wenigstens bis morgen müssen Sie sich in Sinsheim zu meiner Verfügung halten. Wie kann ich Sie im Laufe des Tages erreichen?«

Armin Gmeiner gab mir seine Visitenkarte, auf der seine Handynummer stand. Im ersten Moment sah er geknickt aus, doch dann hatte er einen Einfall. »Weißt du was, Claudia? Wir bleiben noch ein paar Tage in diesem Hotel, das geht sowieso alles auf Spesen. Mit deinen Kontakten zur hiesigen Polizei werden wir versuchen, die Ermittlungen zu begleiten. Vielleicht finden wir einen Autor, der aus dieser Geschichte einen spannenden Krimi schreibt. Stell dir mal vor, ein Krimi in meinem Verlag, in dem wir beide selbst mitspielen. Wenn wir Glück haben, zählen wir sogar zu den Verdächtigen. Ich glaube, auf solch eine geniale Idee ist noch nie zuvor ein Autor gekommen.«

Ich verdrehte meine Augen ob der Fantasie des Verlegers. Die Hauptsache aber war, dass die beiden nicht spurlos verschwanden. »Ich melde mich, sobald ich kann«, sagte ich zum Abschluss. Die beiden nickten stumm und gingen zur Rezeption, um ihre Buchung zu verlängern.

Ich wartete, bis ich an der Reihe war. Nachdem die beiden Verlagsmenschen im Treppenhaus verschwunden waren, sprach ich den Empfangschef an. Es war erneut eine mir unbekannte Person.

»Guten Tag, mein Name ist Reiner Palzki. Mit einem Ihrer Kollegen habe ich vereinbart, dass eine Suite für mich reserviert wird. Inklusive Frühstück.«

»Frühstück ist bei uns immer dabei, Herr Palzki. Ihre Reservierung ist registriert, Ihr Zimmer wird ab 14 Uhr benutzbar sein, leider konnte ich Ihnen aus technischen Gründen nur die gleiche Suite reservieren, die Sie am Samstag hatten.«

»Die mit dem Wasserbett?«

Er nickte. »Waren Sie damit nicht zufrieden? Die Temperatur können Sie stufenlos verstellen.«

»Ich mag kein Wasserbett«, trotzte ich. »Allergie«, ergänzte ich, ohne diese näher zu spezifizieren.

»Dann kann ich Ihnen leider nicht weiterhelfen, Herr Palzki. Unsere anderen Zimmer haben zwar normale Betten, doch vor gerade einer Minute habe ich die letzten beiden freien Zimmer vergeben.«

Der Doppelschock traf mich mit voller Wucht. Das Wasserbett konnte ich notfalls mit meiner erprobten Sessellage überstehen, doch wo sollte der Rest der Familie übernachten? Bestimmt nicht in der »Roten Laterne«.

»Keine Zimmer mehr?« Meine Stimme klang verzweifelt.

»Leider nein. Viele der Messeaussteller reisen erst in den nächsten Tagen ab. Sinsheim ist halt immer eine Reise wert.«

»Meine Familie kommt heute Mittag nach.« Ich schloss die Augen und atmete tief durch.

»Ich kann versuchen, Ihnen ein anderes Hotel zu organisieren, Herr Palzki.«

Ich schüttelte den Kopf. »Das wird meine Frau niemals akzeptieren. Gibt es keine andere Möglichkeit?«

Der Empfangschef senkte die Stimme. »Ihre Ehefrau ist kein Problem, die Suiten werden schließlich meist als Doppelzimmer genutzt. Für Ihr Kind können wir Ihnen ein Zustellbett anbieten. Nur das Frühstück berechnen wir extra.«

Wieder stand ich vor einer so gut wie unlösbaren Situation. Mein Gegenüber ging von einem Kind aus. Wie er wohl reagieren würde, wenn ich ihm die Wahrheit sagte? Zusätzlich ärgerte ich mich darüber, dass mir die beiden Krimiverlagsleute die letzten Zimmer weggeschnappt hatten. Ich beschloss, die Lage auszusitzen. Wenn Stefanie mit den Kindern kam und die Situation eskalierte, würde ich die Schuld auf die mangelhafte Organisation des Hotels schieben. Der Gast ist schließlich der König, gerade in solch einem teuren Quartier. »So machen wir es«, bestätigte ich seinen Vorschlag. »Kann ich bei Ihnen die Koffer bis heute Nachmittag unterstellen? Ich habe nämlich gleich einen Termin beim Oberbürgermeister. Wenn meine Familie später nachkommt, können Sie mit meiner Frau die Details besprechen. Aber bitte keine Kirschkernkissen.«

Der Empfangschef zeigte auf eine schmale Tür, die zwischen zwei Gummibäumen versteckt war. Ob es sich um Gummibäume handelte, wusste ich natürlich nicht. Aber etwa so stellte ich mir Gummibäume vor. »Hinter der Tür neben dem Ficus benjamina ist unser Gepäcklager. Dort sind Ihre Koffer sicher.«

Die Schwerarbeit der Kofferschlepperei war nicht sehr angenehm, aber erträglich, was daran lag, dass ich meinen Dienstwagen direkt vor dem Eingang des Hotels in das absolute Halteverbot gestellt hatte. Ein Kriminalbeamter im Einsatz durfte das. In diesen Dingen konnte KPD durchaus als Vorbild dienen. Es waren nicht wenige Koffer, Taschen und Tüten, die ich ins Gepäcklager schleppte. Nach meinem letzten Gang, es dürfte der achte oder neunte gewesen sein, trat der Empfangschef hinter der Theke hervor und stellte sich mir in den Weg. Mit spürbarer Ironie fragte er: »Ist der Raum noch nicht voll?«

»Iwo«, antwortete ich naiv. »Ein halbes Regal ist noch frei für Ihre anderen Gäste. Meine Sachen sind jetzt alle hier, den Rest bringt später meine Frau mit.«

Der Kehlkopf des Hotelmitarbeiters zitterte nervös. Ich sah ihm an, dass er etwas Bösartiges sagen wollte, doch im letzten Moment erinnerte er sich wohl an seine Ausbildung und guten Manieren. »Sie haben gesagt, dass Sie zu Herrn Albrecht gehen, habe ich Sie da richtig verstanden?«

Ich nickte zustimmend.

»Dürfte ich Sie um einen kleinen Gefallen bitten? Normalerweise belästigen wir mit solchen Sachen keine Gäste, aber die Gelegenheit wäre sehr günstig.«

»Schießen Sie los«, sagte ich. »Aber bitte nicht wörtlich nehmen.« Ich versuchte ihn etwas aufzuheitern, da ich noch eine wichtige Information von ihm bekommen wollte. An seinem Lächeln erkannte ich den Erfolg meiner Bemühungen.

»Ich bin zwar seit Jahrzehnten im Schützenverein, Herr Palzki. Während der Arbeit bin ich aber ohne Waffen unterwegs.« Er lachte, was sehr gekünstelt, ja, fast unglaubwürdig wirkte. »Dürfte ich Sie bitten, ein Kuvert für Herrn Albrecht mitzunehmen? Es sind nur ein paar harmlose Unterlagen, auf die er dringend wartet. Normalerweise würde ich unsere Auszubildende schicken, doch die hat sich schon wieder krankgemeldet.« Er ging zur Rezeption und nahm ein dort liegendes DIN-A4-Kuvert, dessen Inhalt dem Gefühl nach aus einem Stapel Blätter bestand. Als Adressat stand in verschnörkelter Frauenschrift der Name des OBs auf dem Umschlag.

»Mach ich gerne«, sagte ich und zog ihm das Kuvert aus der Hand. Als Gegenleistung stellte ich direkt meine

Frage: »Sagen Sie mir bitte den Namen Ihrer Kollegin, mit der ich vorletzte Nacht an der Rezeption gesprochen habe?«

»Vorletzte Nacht?« Der Hotelmitarbeiter überlegte. »Das kann eigentlich nur die Erika gewesen sein. Die ist kurzfristig für einen verhinderten Kollegen eingesprungen, der dann doch noch gekommen ist. Normalerweise ist nachts die Rezeption nur mit einer Person besetzt.«

»Erika Müller?«, riet ich aufs Geratewohl einen beliebigen Namen mit dem psychologischen Hintergedanken, den richtigen Nachnamen zu erfahren.

»Ja, genau. Müller heißt die Erika mit Nachnamen.«

Gut geraten, lobte ich mich selbst. »Frau Müller ist ja auch eine gute Bekannte des Bürgermeisters«, riet ich mit meinem Halbwissen weiter.

»Weiß ich nicht«, bekam ich zur Antwort.

Schnell setzte ich einen weiteren Versuch ab. »Sie sagte mir, dass sie das Opfer Hubertus Kleinmann gut kannte. Kannten Sie ihn ebenfalls?«

»Nur vom Hörensagen. Ich bin nicht aus Sinsheim. Entschuldigen Sie bitte.«

Ein Pärchen, das auf die Glocke am Empfang gedrückt hatte, beendete unseren Dialog. Ich hatte fürs Erste genug gehört und verließ mit dem Kuvert das Hotel.

7. BESUCH BEIM OBERBÜRGERMEISTER

Da ich in der Eile vergessen hatte, den Weg zum Rathaus zu erfragen, wandte ich mich an eine Einwohnerin, die zufällig mit ihrem Rollator die Straße entlangschlurfte. Der Gehweg war an dieser Stelle zwar mindestens anderthalb Meter breit und nicht durch Pkws zugeparkt, aber so waren sie halt, die Senioren.

»Zum Rathaus? Was wollen Sie dort, junger Mann?«

Nach dieser Anrede fühlte ich mich gleich viel besser. Allerdings trug sie eine Brille, deren Gläser vermutlich aus Glasbausteinen geschliffen waren. Es konnte gut sein, dass sie nicht wusste, dass sie auf einer Straße unterwegs war. »Ich will meinen Studentenausweis verlängern lassen.« Der wahre Grund ging sie nichts an.

»Kann man in Sinsheim inzwischen studieren?«, fragte sie weiter. Jetzt konnte ich mich auf ein längeres Frage- und Antwortspiel einlassen oder die neugierige Rollatorin einfach stehen lassen. Ich wagte aufgrund fehlender alternativen Passanten einen letzten Versuch. »Das ist jetzt ganz neu. Ich muss aber in der nächsten Viertelstunde dort sein. Ist es arg weit?«

»Iwo«, antwortete sie. »Nur ein paar Meter. Folgen Sie mir einfach, ich bin auf dem Heimweg und komme am Rathaus vorbei. Da können wir solange ein Schwätzchen halten.«

Da die Aussage »nur ein paar Meter« sehr relativ war und ich mit solchen Schätzungen schon mehrfach heftige und schlechte Erfahrungen gemacht habe, lehnte ich ab. Ich verabschiedete mich kurz und ohne eine Rückmeldung zu provozieren und ging schnell in die Richtung, die die Seniorin ebenfalls nahm. Bereits nach kurzer Zeit kam ich an eine größere Kreuzung, an der höherer Passantenverkehr herrschte. Meine Auswahl war richtig, ich erhielt auf Anhieb die benötigte Antwort.

Ich lief in die Wilhelmstraße und stand nach wenigen Schritten vor dem gesuchten Rathaus. Das Hauptgebäude besaß ein Flachdach und stand auf Säulen, sodass ebenerdig direkt unter dem Rathaus Fahrzeuge parken konnten. Eine gute Idee, wie ich fand. Das war bestimmt billiger als eine Tiefgarage, gerade vor dem Hintergrund des hohen Grundwassers, was ja bei der Dr.-Sieber-Halle problematisch war und ist. Der Haupttrakt war sehr freundlich mit vielen Glasflächen gestaltet, die im Sommer bestimmt für eine entsprechende Temperatur in den Büros sorgten. Kurz wunderte ich mich über mehrere mysteriöse gelbe Rechtecke in den Fenstern, dann hatte ich den Eingang erreicht.

»Da sind Sie ja, Herr Palzki«, sagte die freundliche Dame an der Zentrale, als ich mich vorstellte. »Der Herr Oberbürgermeister wartet schon seit über zwei Stunden auf Sie. Er konnte Sie nirgends erreichen. Haben Sie den Termin vergessen?«

Ich bat höflich um Entschuldigung und ließ mir den Weg zum Büro des OBs erklären.

In dem Moment, als ich an die Tür klopfte, wurde sie von innen aufgerissen – und ich erschrak höllisch. Ein Polizeibeamter mit dem Gesicht einer Bulldogge und dem größten und unförmigsten Körpervolumen, das ich je bei einem menschlichen Wesen gesehen habe, fiel mir um ein Haar entgegen. Wäre der Schwung eine Spur größer gewesen, hätte ich nur noch als Fußabstreifer Verwendung finden können. »Tschuldigung«, murmelte der Fleischbrocken und drückte sich zwischen mir und der gegenüberliegenden Flurwand vorbei. Ich konnte nicht anders, als ihm nachzuschauen. Seine Uniform musste eine Sonderanfertigung sein, vermutlich aus einem Großsegel genäht.

»Herr Palzki, wollen Sie nicht reinkommen?« Die mir bekannte Stimme des Oberbürgermeisters rief nach mir.

»Entschuldigen Sie, aber ich ...«

»Jaja«, grinste er. »Wenn man Frau Wotsen das erste Mal sieht, ist man meist sehr beeindruckt.«

Eigentlich wollte ich ihm sagen, dass ich mit der Entschuldigung meine Verspätung meinte und nicht das Nachgaffen des Beamten. Oder der Beamtin? »Das war eine Frau?«, brach es aus mir heraus.

Der OB lachte. »So steht's auf jeden Fall in ihrem Ausweis. Aber das muss im Moment nicht unser Problem sein. Kommen Sie, setzen Sie sich. Wollen Sie einen Kaffee? Die Kekse kommen aus einer Sinsheimer Manufaktur. Einfach köstlich, sage ich Ihnen. Frau Wotsen hat gerade den ersten ärztlichen Befund gebracht. Eine genaue Obduktion ist erst für morgen terminiert.« Jörg Albrecht wedelte mit einer roten Akte, die nur aus zwei oder drei Blättern bestand. »Es gilt als sehr wahrscheinlich, dass das Gift im Champagner war oder unmittelbar zur gleichen Zeit eingenommen wurde. Kleine Reste im Glas lassen ebenfalls auf ein Gift schließen, diese konnten aber noch nicht analysiert werden.«

»Das ist doch schon mal ein erster Ansatz«, schmatzte ich mit vollem Mund und einsetzendem Sodbrennen. »Gibt es weitere Erkenntnisse?«

Der Bürgermeister sah mir mit einem seltsamen Blick auf den Bauch. Hatte ich seine Lieblingskekse gefuttert?

»Was haben Sie für Unterlagen dabei, Herr Palzki? Sind die von Herrn Diefenbach?«

Für einen Moment war ich überrascht. Das Kuvert lag unbeachtet auf meinem Schoß. Mist, ich wollte doch auf dem Weg zum Rathaus einen kurzen Blick hineinwerfen, doch die Rollator-Frau hatte mich abgelenkt. »Ach so, das hätte ich beinahe vergessen. Der Empfangschef des Hotels bat mich, Ihnen diese Unterlagen zu geben.«

Der Bürgermeister bekam einen tomatenroten Kopf. »Er, äh, er hat Ihnen diese Papiere einfach so mitgegeben?« Ohne eine Antwort abzuwarten, stand er auf und ging zu einem Rollcontainer, pfefferte das Kuvert hinein und schloss gewissenhaft ab. Den Schlüssel ließ er in seine Hosentasche gleiten.

»Etwas Wichtiges?«, fragte ich in harmlosem Ton und ärgerte mich doppelt, es vorhin nicht geöffnet und untersucht zu haben.

»Nein, nein«, beschwichtigte der OB überdeutlich. »Nur eine kleine Bauvoranfrage, das hat Zeit.« Er hob den Teller mit den Keksen hoch, die ich schon reichlich dezimiert hatte. »Nehmen Sie doch, Herr Palzki. Es freut mich, wenn Ihnen unsere heimischen Produkte so gut schmecken.«

Um Zeit zu gewinnen, folgte ich seinem Rat und stopfte mir erneut die Backen voll. Die Magensäure fraß sich bereits in meine Mandeln hinein.

»Ich habe gestern ausführlich mit meinem Schwager telefoniert«, sprach Albrecht weiter. »Die Sinsheimer Polizei bleibt bei den Ermittlungen komplett außen vor. Falls Sie Amtshilfe benötigen, kommen Sie bitte immer direkt zu mir. Gemeinsam mit meinem Schwager besorge ich Ihnen jedwede Auskunft, die Sie benötigen. Ermittlungstechnisch werden Sie von Ihrem Dienstvorgesetzten versorgt. Herr Diefenbach hat heute bereits mit mir telefoniert.« Er reichte mir eine Visitenkarte, die auf dem Tisch neben den Keksen bereitlag. »Da steht meine Mobilfunknummer drauf. Sie können Tag und Nacht anrufen. Wir müssen den Kerl schnappen. Wer weiß, ob es sonst zu weiteren Morden kommt.«

»Wie kommen Sie darauf, dass der Täter männlich ist?«

»Das weiß ich natürlich nicht«, wehrte sich der OB. »Mit Kerl meine ich den Mörder, egal ob männlich, weiblich oder divers.«

Ich beließ es bei dieser Erklärung. »Was hat mein Chef gesagt? Ich hoffe, er hat sich kurzgefasst.«

Jörg Albrecht rollte mit den Augen. »So sympathisch ich Ihren Chef finde, Herr Palzki. Wenn er aber mal mit dem Reden anfängt, hört er so schnell nicht mehr auf. Die erste halbe Stunde hat er mir von seiner Buchvorstellung vorgeschwärmt, die heute Abend in Nürnberg stattfinden wird. Und dass der Saal viel schöner sei als unsere Dr.-Sieber-Halle und so weiter und so fort. Ich habe es nicht persönlich genommen, keine Sorge, aber es ist schon sehr schwierig, mit Ihrem Chef effiziente Gespräche zu führen.«

»Am Samstagabend scheinen Sie sich mit ihm aber verstanden zu haben.«

»Klar«, gab er sofort zu. »Wir waren beide sofort der Meinung, dass dieser Crump als ermittelnder Beamter untauglich ist. Und als Herr Diefenbach mir unvermittelt seine uneigennützige Hilfe angeboten hat, war das für mich wie eine Erlösung.«

Ich lachte innerlich über das Wort »uneigennützig«. Noch nie hatte KPD etwas ohne Eigennutz gemacht. »Hat KPD etwas zur Sache gesagt?«

Er sah mich fragend an. »Wen meinen Sie mit KPD?«

Und wieder mal war ich ein Opfer meiner Selbst, weil mein Mundwerk schneller als das Gehirn war. »Das ist eine interne Abkürzung unseres Chefs und steht für Kompetenter Polizei-Diener.«

Albrecht runzelte die Stirn. »Eine schöne Abkürzung für Ihren Chef. Wertschätzung gegenüber dem Vorgesetzten ist immer gut. Herr Diefenbach hat sich tatsächlich zu den Ermittlungen geäußert. Sie sollen als Erstes …«

Die Tür wurde ohne Klopfen geöffnet. »Wie lange brauchst du noch mit deiner Besprechung, Jörg?«

Ich erkannte die Frau des Bürgermeisters. Sie erkannte mich ebenfalls.

»Herr Palzki, welche Überraschung. Mein Mann hatte mir beim Mittagessen gesagt, dass Sie vermutlich doch nicht die Ermittlungen übernehmen werden.«

»Nein«, wehrte sich dieser sofort mit energischer Stimme. »Du reißt das aus dem Zusammenhang, meine Liebe. Ich sagte zu dir, dass Herr Palzki vermutlich an seiner Heimatdienststelle unabkömmlich ist und Herr Diefenbach einen anderen Beamten zu uns schickt.«

Mit »Kein Problem« versuchte ich den aufkommenden Zwist zu beruhigen. »Ich bin ja nun da und sehr zuversichtlich, dass wir den Täter schnell fassen werden. Ihr Mann hat mir alle erdenkliche Hilfe angeboten.«

»Natürlich«, bestätigte der OB. »Alles, was legal ist und in meiner Hand liegt. Weshalb bist du eigentlich gekommen?« Er schaute zu seiner Gattin.

»Ist nicht so wichtig«, antwortete sie mit einem schnellen Seitenblick zu mir, so als versuchte sie, mir gegenüber etwas zu verheimlichen. »Hast du die Unterlagen vom Hotel bekommen?«

Albrecht zog den Kopf ein. »Alles da, das besprechen wir später.« Um abzulenken, reichte er mir erneut den Teller mit den Keksen. »Um noch mal auf Herrn Diefenbach zu sprechen zu kommen …«

Ich ignorierte ihn und wandte mich an seine Frau. »Was haben Sie mit der Bauvoranfrage des Hotels zu tun?« Die Reaktion verwunderte mich nicht.

»Welche Bauvoranfrage?«

»Herr Palzki, das ist alles in Ordnung. Wir sprechen im Moment nur aneinander vorbei.« Mit Blick zu seiner Gattin ergänzte er: »Wenn du uns jetzt bitte alleine lassen würdest?«

Mit einer trotzigen Miene zog sie ab.

Der Oberbürgermeister hatte sich schnell wieder im Griff. »Also, um zu Herrn Diefenbach zurückzukommen. Er wird gegen 17 Uhr bei mir im Rathaus anrufen. Sie sollen um diese Uhrzeit ebenfalls anwesend sein, damit er Sie instruieren kann. Er meinte, dass die telefonische Besprechung nur ein paar Minuten dauern würde, da er danach seinen Auftritt proben müsste.«

»17 Uhr, alles klar. Ich versuche, pünktlich zu sein. Ich werde jetzt …«

»… zur Buchhandlung Doll gehen«, fuhr mir der OB ins Wort. »Ihr Chef meinte, dass Sie dort den Hauptverdächtigen finden.«

Ich glotzte ihn mit großen Augen an. »Ist das sein Ernst? Hat KPD nicht mehr alle Tassen im Schrank? Sehen Sie das etwa genauso?«

Albrecht zierte sich. »Ich muss zugeben, zu Beginn spukten mir andere Namen im Kopf herum. Wenn man aber genauer nachdenkt, hat diese These ein paar interessante Ansatzpunkte.«

»Da bin ich aber mal gespannt. Ein harmloser Buchhändler soll einen Mord begangen haben?«

»Herr Gaude hatte letzte Woche einen heftigen Streit mit Hubertus Kleinmann.«

»Gaude? Ach so, ja, ich erinnere mich, Sie meinen den Inhaber der Buchhandlung Doll. Ich habe inzwischen aber erfahren, dass Kleinmann mit so ziemlich jedem in Sinsheim im Clinch lag. Auch mit Ihnen, Herr Albrecht!«

»Äh, ja, äh, ganz so stimmt das nicht, Herr Palzki. Ich persönlich hatte keine Fehde mit Hubertus. Es ging immer nur um meine Mitarbeiter. Als Rathauschef habe ich schließlich eine Fürsorgepflicht.«

»Kennen Sie Details von dem Streit mit Herrn Gaude?«

»Keine Ahnung«, antwortete der OB. »Ihr Chef vermutet, dass es um einen persönlichen Rachefeldzug gegen ihn geht.«

»Rachefeldzug gegen den Inhaber einer harmlosen Buchhandlung?«

»Nein, gegen Ihren Chef.«

Ich verstand kein Wort. »Kann es sein, dass wir schon wieder aneinander vorbeireden? Sie können doch nicht einen Rachefeldzug von Herrn Gaude an meinem Chef konstruieren.«

»Doch«, bestätigte Albrecht. »Natürlich nicht ich, sondern Herr Diefenbach.«

»Und wie soll das funktionieren?« Ich war extrem viel Blödsinn von KPD gewohnt. Selbst die verrücktesten Ideen traute ich ihm zu. Aber diese These stellte einen neuen negativen Höhepunkt im Leben meines Chefs dar.

Der OB merkte, dass er sich auf dünnem Eis bewegte. »Der Streit zwischen Gaude und Hubertus ist Fakt. Dafür gibt es glaubwürdige Zeugen. Die restlichen Aussagen Ihres Chefs finde ich persönlich etwas gewagt, aber Ihr Chef hat schließlich jahrzehntelange Führungserfahrung in der Verbrechensbekämpfung. Daher gehe ich davon aus, dass er weiß, was er sagt.«

Ich ersparte mir eine direkte Widerrede, da sie von vornherein aussichtslos war. Der Bürgermeister war viel zu voreingenommen von KPD. Zu seinen Gunsten musste ich eingestehen, dass schon viele, auch hochrangige VIPs, auf das hirnlose Geschwätz meines Chefs hereingefallen waren. »Ich höre. Was hat er noch gesagt?«

»Gaude hat Herrn Diefenbach seit Wochen brüskiert, indem er es abgelehnt hat, seine neuen Bücher auf Kommission in seinem Geschäft zu verkaufen. Das wird sich laut Herrn Diefenbach unter Umständen in schlechteren Verkaufszahlen in Sinsheim und Umgebung niederschlagen. Und das, obwohl er Herrn Gaude fünf Prozent Rabatt auf den Nettoverkaufspreis versprochen hat.«

Ich überlegte, ob ich vielleicht träumte. Solch ein dermaßen weit hergeholtes Mordmotiv hatte ich in meiner Laufbahn noch nie auch nur ansatzweise gehört.

»Das ist ja noch nicht alles«, fuhr der OB sichtlich unwohl fort. »Herr Gaude ist trotz seiner Ablehnung zur Veranstaltung gekommen und hat in der Pause sogar von dem Champagner getrunken.«

»Ist nicht wahr.« Mein Satz war ironisch gemeint, was aber nicht so ankam.

»Doch, und es geht noch weiter. Herr Diefenbach hat Herrn Gaude unmittelbar vor Veranstaltungsbeginn ein Friedensangebot gemacht. 1.000 Bücher als Festabnahme mit 6,5 Prozent Rabatt. Wenn Herr Gaude alle Bücher verkauft hätte, hätte sein Gewinn über 3.000 Euro betragen. Aber nein, er hat das großzügige Angebot einfach abgelehnt. Um Ihren Chef weiterhin zu provozieren, hat er sich in die erste Reihe gesetzt. Und in der Pause hat er gleich zwei Fliegen mit einer Klappe geschlagen, indem er Hubertus vergiftete.«

»Hätte er mal lieber Diefenbach vergiftet«, sagte ich ohne zu überlegen, aber mit tiefer Überzeugung. Als ich den überraschten Blick des OBs wahrnahm, verbesserte ich mich schnell: »Sie wissen, wie ich das meine.« Ich zwinkerte übertrieben, sodass er es als dummen Witz auffassen konnte. »Trotzdem, das kann ich mir wirklich nicht vorstellen. Ich habe in meinem bisherigen Berufsleben zwar schon die eine oder andere schwierige Ermittlung geführt, doch die Motive des Täters passten letztendlich immer in die gleichen Schemata.«

»Ich kann nur weitergeben, was Herr Diefenbach sagte, Herr Palzki. Wenn Sie möchten, begleite ich Sie jetzt zur Buchhandlung. Sie ist ganz in der Nähe, anschließend lade ich Sie gerne zum Essen ein. Um 17 Uhr sind wir wieder hier.«

Meine Vermutung war, dass mich der Oberbürgermeister aus mir schleierhaften Gründen unter persönlicher Kontrolle halten wollte. Das musste ich von vornherein unterbinden, da er in meinen Augen mindestens so verdächtig war wie der Buchhändler. Eher ein paar Prozentpunkte mehr. Außerdem durfte ich Stefanie und die Kinder nicht vergessen.

»Vielen Dank, Herr Albrecht, das schaffe ich alleine. Um Sie und meinen Chef zufriedenzustellen, werde ich Herrn Gaude einen Besuch abstatten. Anschließend muss ich zu Ihrem Kollegen Alexander Speer.«

»Zu Herrn Speer? Warum denn das?«

»Er war ebenfalls an dem Abend anwesend, wissen Sie das nicht mehr?«

»Natürlich weiß ich das. Aber womit kann er Ihnen helfen, was ich nicht kann? Wie wollen Sie nach Dühren kommen?«

»Dühren?«

»Ja, Dühren. Speer ist Ortsvorsteher von Dühren.«

»Das meistere ich schon«, entgegnete ich. Die genaue Adresse würde ich mir im Hotel besorgen. Mit meinem Dienstwagen war es sowieso bequemer als die ständige Lauferei. »Was wissen Sie über das Stadtjubiläum?«

Albrecht war über den abrupten Themenwechsel zunächst erstaunt. »Meinen Sie unser 1.250-Jähriges? Sie haben bestimmt überall in der Stadt die Plakate für den Festakt gesehen. Unten am Eingang steht ein Ständer mit Infobroschüren, da können Sie sich gerne bedienen.«

»Ich meine das, was Hubertus Kleinmann herausgefunden hat.«

»Hubertus? Ich verstehe nicht, Herr Palzki.«

»Hat er am Samstag nicht mit Ihnen gesprochen? Er ist doch nur wegen Ihnen zu Diefenbachs Veranstaltung gegangen.«

»Ich habe nicht die geringste Ahnung, was Sie meinen.« Entweder war er ein sehr guter Schauspieler, oder

Kleinmann hatte ihn wirklich nicht gesprochen. Dies stand im Widerspruch zu der Hoteldame Erika Müller, die mir sagte, dass er sich sofort auf den Weg zur Dr.-Sieber-Halle gemacht hatte.

Ich versuchte ihn aus der Reserve zu locken. »Kleinmann hat einen schriftlichen Beweis gefunden, dass es Sinsheim viel länger als 1.250 Jahre gibt. Am Samstagabend wollte er Ihnen die Dokumente zeigen.«

Der Oberbürgermeister schien wirklich überrascht zu sein. »Mit mir hat er nicht gesprochen. Er hat es nicht einmal versucht. Wahrscheinlich hätte ich ihn nicht einmal ausreden lassen, nach allem, was in der Vergangenheit vorgefallen ist.« Er machte eine kurze Pause. »Im Übrigen, Herr Palzki, da Sie Kleinmann nicht kannten: Er hat ständig irgendwelche Verschwörungen aufgedeckt, die mit der Zeit immer kurioser wurden. Ich hatte den Eindruck, als würde er von Monat zu Monat wahnsinniger werden, so als lebte er in einer eigenen Welt.«

»Und das Jubiläum?«

»Was soll damit sein? Das Programmheft wurde bereits im letzten Jahr beschlossen. Bei den Feierlichkeiten machen fast alle Vereine und viele andere Gruppierungen mit. Eine der zuständigen Personen für die historischen Programmpunkte ist mein Dührener Kollege Alexander Speer. Kommendes Wochenende findet der Festakt statt. Vielleicht hat Hubertus am Samstag mit ihm gesprochen?«

»Könnte sein«, gab ich ihm recht. »Was würde passieren, wenn Hubertus Kleinmann tatsächlich Hinweise auf ein älteres Sinsheim gefunden hätte?«

Jörg Albrecht überlegte. »Das wäre natürlich ein Fressen für die Presse und vermutlich ein Imageschaden für die Stadt. Aber sonst? Wir würden das Jubiläum trotzdem durchziehen, da steckt ja unheimlich viel Arbeit dahinter, insbesondere von ehrenamtlichen Helfern. Und Geld kostet so ein Festjahr schließlich auch.«

»Sie würden die falsche Jahreszahl einfach ignorieren?«

»Was heißt ignorieren, Herr Palzki? Wir würden das selbstverständlich vom historischen Standpunkt aus gesehen aufarbeiten. Die 1.250 Jahre Sinsheim sind sowieso nur symbolisch zu verstehen. Es gibt eine Urkunde, weiter nichts. Sinsheim gab es definitiv schon länger, nur halt ohne schriftlichen Hinweis. Das ist alles längst bekannt, Herr Palzki. Ich kann mir nicht denken, dass Hubertus wegen einer seiner verschrobenen Ideen ermordet wurde.«

Ich war mir sehr unsicher, ob ich den Aussagen des Oberbürgermeisters trauen konnte. »Dann bedanke ich mich für diese Information, Herr Albrecht. Würden Sie mir bitte kurz den Weg zur Buchhandlung Doll beschreiben?«

»Das ist nur ein Katzensprung von hier«, meinte der OB. »Sie gehen in Richtung Hotel und biegen an der großen Kreuzung nach rechts ab, dann finden Sie ein paar Schritte weiter linker Hand unsere wunderschöne Fußgängerzone, in der sich die Buchhandlung Doll befindet.«

»Sie haben in Sinsheim eine Fußgängerzone?«

Der OB lachte. »Was dachten Sie denn? Wir haben 35.000 Einwohner!« Ihm fiel etwas ein. Er kruschelte sich kurz durch den Papierberg auf seinem Schreibtisch, dann hielt er einen kleinen Faltplan in der Hand. »Hier, der ist für Sie, Herr Palzki. Auf der Rückseite finden Sie zwar Parteienwerbung, das ignorieren Sie aber bitte.« Er öffnete den Plan und zeigte mir den Standort des Rathauses und meinen Zielort. Tatsächlich waren es nur ein paar Zentimeter, solange mir keine Ureinwohnerin mit Rollator begegnete. »Nach dem von Diefenbach befohlenen Besuch in der Buchhandlung muss ich anschließend ins Hotel und zu Alexander Speer. Dank Ihres Plans werde ich Dühren mit meinem Wagen bestimmt schnell finden. Ich hoffe, pünktlich um 17 Uhr zurück zu sein.«

Mit diesen Worten verließ ich das Büro. Sein nachgerufenes »Aber Ihr Chef, Herr …« vernahm ich nur noch ansatzweise.

Meine Frau lästerte des Öfteren über meine Unfähigkeit, mich im freien Gelände zu orientieren. Gut, in der Vergangenheit gab es vielleicht die eine oder andere Situation, wo ich mich, allerdings stets in unwegsamen und unüberschaubaren Gebieten, temporär verlaufen hatte. Letztendlich hatte ich aber immer mein Ziel gefunden. Mittels des praktischen Plans fand ich die Buchhandlung Doll ohne Umwege, was in mir im ersten Moment trotzdem etwas Unbehagen auslöste. Es lag nicht an der Schaufenstergestaltung oder dem Gebäude an sich, nein, das war alles tipptopp. Beängstigend war alleine das Riesenvieh von Hund, das neben der Eingangstür angeleint war und mir einen Blick zuwarf, als würde er mich zum Fressen gerne haben. Von der Größe des Monstrums her gesehen, würde ich höchstens eine Zwischenmahlzeit abgeben. Als ich mich nach reiflicher Überlegung den einen oder anderen Schritt näher traute, setzten seine Killerinstinkte ein, und er machte sich zum Sprung bereit. Nur wegen der Stahlkette, mit der der tierische Killer mit dem Gebäude verbunden war, musste er aus rein physikalischen Gründen die Flugbahn auf halbem Weg abrupt beenden, was ihn nur noch wütender machte. Fort Knox könnte sich keinen besseren Wachdienst wünschen. Vielleicht wunderte sich der Inhaber der Buchhandlung schon den ganzen Tag, warum kein einziger Kunde seinen Laden betrat. Meine Gedanken spielten mal wieder verrückt: Vielleicht hatte den Hund ein örtlicher Konkurrent angebunden, um Kundschaft abzuwerben? Ob sich für diesen Zweck die Anschaffung dieses Hundes lohnte? Alleine das Futter musste ein Vermögen kosten. Klar, zwischendurch könnte man mit dem einen oder anderen Buchhandlungskunden zufüttern, aber sonst?

Ein leiser Pfiff aus Richtung Tür brachte die Wendung. »Beißer, was ist denn los mit dir?« Ich traute meinen Augen nicht. Die Seniorin mit dem Rollator, die ich auf dem Weg zum Rathaus getroffen hatte, stand mit Ihrer Laufhilfe in der Tür der Buchhandlung. »Beißer, komm her, wir gehen jetzt zum Metzger.« Der Fleischkoloss ließ sofort von mir ab und lief schwanzwedelnd zu seinem Frauchen.

Ich verzichtete weiterhin darauf, näher zu treten. »Ist das Ihr Hündchen?«, rief ich der Seniorin zu.

Jetzt erst nahm sie mich wahr. »Ach, sind Sie nicht der junge Mann, der das Rathaus sucht? Haben Sie es immer noch nicht gefunden? Kommen Sie mit, dann zeige ich es Ihnen. Ich muss mit meinem Beißer nur noch schnell beim Metzger vorbei. Der Kleine hat schon eine halbe Stunde nichts zu fressen bekommen, da wird er schnell ungeduldig.«

»Wo hatten Sie Ihren Liebling vorhin gelassen?« Ich hoffte, dass sie ihn niemals frei herumlaufen ließ.

»Der war den ganzen Vormittag mit meiner Enkelin auf dem Kinderspielplatz. Beißer kann sogar Rutschbahn rutschen, das müssen Sie sich mal anschauen. Nur mit dem Schaukeln klappt es nicht immer. Manchmal fällt er vom Brett, dann wird er aggressiv, da muss ich manchmal ein Auge drauf haben, damit Beißer nicht aus dem Ruder läuft.«

»Danke für den Hinweis«, sagte ich und drehte mich demonstrativ in Richtung Schaufenster, damit die Seniorin das Gespräch als beendet sehen konnte. Tatsächlich hatte sie, sobald sie das Vieh losgebunden hatte, mit der Vitalität ihres Beißers zu kämpfen. »Nicht so schnell, du kleiner Wicht«, rief sie. »Ich bin nicht mehr so fit wie du.«

Ich konnte nichts anderes, als mit dem Kopf schütteln und danken, nicht in Sinsheim wohnen zu müssen. Nachdem die Lebensgefahr gebannt war, konnte ich den Laden betreten.

»Guten Tag.« Eine freundlich lächelnde Dame kam mir entgegen. »Wie kann ich Ihnen helfen?« Dem Namensschild konnte ich entnehmen, dass sie Irene Deck hieß. »Suchen Sie etwas Bestimmtes?«

»Je nachdem, wie man etwas definiert. Mein Name ist Reiner Palzki. Ich suche Herrn Gaude. Am Samstagabend habe ich ihn in der Dr.-Sieber-Halle kennengelernt.«

»Ach, Sie meinen diese kuriose Veranstaltung, bei der Hubertus ermordet wurde. Klaus hat mir davon berichtet. Leider haben wir das Buch von diesem Tiefendach, oder wie er heißt, nicht im Verkauf. Normalerweise kann ich Ihnen alle im Großhandel gelisteten Bücher bis morgen früh bestellen, aber da dieses spezielle Buch nur über einen ganz speziellen Eigenvertrieb verkauft wird, kann ich Ihnen leider nicht weiterhelfen.«

Ich klärte das Missverständnis auf. »Das Buch interessiert mich keineswegs, Frau Deck. Ich möchte zu Herrn Gaude.«

Die Dame, die offenbar als einzige Verkäuferin in dem durchaus nett eingerichteten Laden bediente, ging zur Kasse und schnappte sich einen Kalender. »Ich hoffe, Sie haben keinen Termin mit Klaus Gaude. Dann hätte er leider vergessen, ihn einzutragen.«

»Nein, nein«, klärte ich sie auf. »Ich bin spontan hergekommen. Wann kann ich ihn erreichen?« Hoffentlich war er nicht gestern in Urlaub geflogen.

»Das kann ich Ihnen leider nicht genau sagen«, antwortete Irene Deck. »Er ist vor einer Viertelstunde nach Dühren gefahren.«

»Nach Dühren?«, wiederholte ich überrascht. »Doch nicht etwa zu Alexander Speer?«

Nun war Frau Deck an der Reihe mit dem Wundern. »Woher wissen Sie das?«, fragte sie perplex.

»Intuition«, log ich. Dass ich sonst niemand aus Dühren kannte, musste sie nicht wissen. Ich nutzte die Gelegenheit, sie über ihren vermutlichen Arbeitgeber auszufragen. »Wissen Sie, warum Ihr Chef am Samstag zu der Veranstaltung ging?«

Unbekümmert plauderte sie alles aus. Dabei wusste sie nicht einmal, dass ich als Polizeibeamter befugt war, Fragen zu stellen. »Klaus wollte sich den kuriosen Kerl anschauen, der ihn seit Wochen mit seinen absurden Angeboten nervte. So etwas haben wir in unserer Buchhandlung noch nie erlebt. Dieser Autor hat nicht die geringste Ahnung, wie die Buchbranche funktioniert.«

»Er hat auch keine Ahnung vom Bücherschreiben«, rutschte es mir heraus.

Irene Deck nickte. »Das hat Klaus auch gesagt. Alleine wegen dieses Möchtegernautors ist er auch nicht zu der Veranstaltung gegangen. Er wollte die Gelegenheit nutzen, um mit Herrn Speer Einzelheiten zu den nächsten Veranstaltungen zu besprechen.«

»Wegen des Jubiläums?«

»Ja, genau. Klaus und der Dührener Ortsvorsteher arbeiten bei manchen Veranstaltungen eng zusammen. Wegen des Todesfalls haben sie ihre Besprechung auf heute verlegt.«

Solange sie nicht darüber nachdachte, ob sie befugt war, diese Informationen weiterzugeben, bohrte ich weiter. »Hatten Sie den Eindruck, dass Ihr Chef und dieser Autor Tiefendach einen handfesten Streit hatten? Ging es da richtig zur Sache?«

Sie überlegte. »Mein Chef hat nach den diversen Telefonaten schon kräftig vom Leder gezogen und recht heftig geschimpft. Aber eine Weile später hatte er sich immer wieder beruhigt. Obwohl, da war einmal das …« Sie brach ab und verstummte.

»Und was war da genau?«

»Das hat bestimmt nichts damit zu tun.« Jetzt bemerkte sie, was sie gerade tat. »Wer sind Sie überhaupt? Ein Kunde sicherlich nicht, oder? Wollen Sie mich aushorchen? Das wird Ihnen nicht gelingen.« Dass sie mir schon jede Menge Informationen gegeben hatte, wurde ihr nicht bewusst.

Zwecks latenter Einschüchterung zog ich meinen Dienstausweis aus dem Geldbeutel, was ihren Redefluss wieder in Gang brachte.

»Für Herrn Gaude lege ich jederzeit meine Hände ins Feuer«, sagte sie schnell. »Das, was ich meine, hat gewiss nichts mit dem komischen Angebot des Autors zu tun.«

»Dann erzählen Sie einfach, sodass ich mir selbst ein Bild machen kann.«

Mit schüchternem Blick begann sie. »Es muss am vergangenen Mittwoch gewesen sein, nein, am Dienstag, kurz vor Geschäftsschluss. Normalerweise mache ich danach noch die Kasse und gebe Herrn Gaude die Belege. An diesem Tag war es anders. Er schickte mich eine Viertelstunde vor Geschäftsschluss heim und sagte, dass er die Kasse selbst machen würde. Das Seltsame daran ist, dass er schon den ganzen Tag über sehr nervös war und laufend auf seine Uhr starrte. Und als ich dann den Laden verließ, sah ich gegenüber auf der anderen Straßenseite einen älteren Mann herumlungern, der den Eingang der Buchhandlung genau beobachtete. Ich wunderte mich so sehr, dass ich heimlich eine Straßenecke weiter stehen blieb und zurücksah. Tatsächlich schlich der Mann kurz darauf in den Laden.«

»Wie sah er denn aus?«

»Irgendwie kriminell«, sagte Irene Deck, ohne das Aussehen näher spezifizieren zu können. Ob es sich wirklich um KPD handelte? Doch warum sollte er heimlich in die Buchhandlung schleichen? Dass er ein neues Buch geschrieben hatte, war doch öffentlich bekannt. Nach wie vor war die These mit Gaude als Mörder für mich absolut abwegig und absurd. Doch irgendetwas war hier nicht ganz sauber. Es würde mich nicht wundern, wenn ich unabhängig von meinen Ermittlungen bezüglich Hubertus Kleinmann ein davon unabhängiges und strafbares Verbrechen aufklären konnte, in dem der Buchhandlungsinhaber seine Finger stecken hatte. »Haben Sie ihn wieder rauskommen sehen?«

»Es war mir zu kalt, um länger zu warten. Außerdem wollte ich nicht zu neugierig wirken.« Irene Deck schaute kurz verlegen zu Boden. »Als ich ihn am nächsten Tag gefragt habe, meinte er nur, dass ich mich getäuscht habe. Damit er nicht wütend wurde, habe ich Klaus nicht weiter mit Fragen über diesen Fremden belästigt.«

Ich bedankte mich bei Frau Deck für die offenen Worte. Um noch etwas Goodwill zu zeigen, lobte ich zum Abschluss die Ladeneinrichtung und das vielfältige Sortiment. »Selten habe ich so viele gute Bücher auf einen Haufen gesehen«, sagte ich, auch wenn ich keine Ahnung hatte, ob es sich wirklich um gute Bücher handelte. Auf Anhieb hatte ich jedenfalls keine Schundliteratur wie Kriminalromane entdecken können.

»Viele Bücher?«, fragte sie überrascht. »Da sollten Sie erst mal unsere neue Stadtbibliothek in der Dr.-Sieber-Halle besuchen. Dort gibt es viel mehr Bücher, als wir hier haben. Das liegt natürlich daran, dass Sie in der Bibliothek auch ältere Literatur finden und Werke, die nur selten in der Buchhandlung nachgefragt werden. Frau Kemmet, die Leiterin war übrigens heute früh schon bei uns. Sie kennt Herrn Gaude privat. Im Moment arbeiten die beiden an einem gemeinsamen Projekt. Anlässlich des 1.250-jährigen Jubiläums von Sinsheim haben sie einen Schriftsteller verpflichtet, der einen Regionalkrimi zum Jubiläum schreibt. Eigentlich ist das noch streng geheim, aber da Sie nicht von hier sind, kann ich Ihnen verraten, dass der Kriminalroman bald erscheinen wird. Ich habe das Manuskript lesen dürfen, es ist wirklich äußerst spannend. Wir werden ihn natürlich in unserer Premium-Krimiecke verkaufen.«

Ich hatte einen spontanen Einfall, wer dieser Krimischreiber sein könnte. Doch das wäre nun wirklich zu weit hergeholt. Obwohl, der Not-Notarzt Dr. Metzger war schließlich ebenfalls viele Meilen von der Kurpfalz entfernt in dieser sonderbaren Stadt mit diesen sonderbaren Einwohnern aufgetaucht. Um meine relativ gute Laune nicht zu vermiesen, fragte ich nicht nach dem Namen des Möchtegernschriftstellers. Krimiautoren waren in meinen Augen keine echten Schriftsteller.

Krimischreiben, das konnte eigentlich jeder, der täglich fünf Minuten Zeit opferte. Nicht einmal die Rechtschreibung musste heutzutage ein Krimiautor beherrschen. Das Grobe erledigte die Rechtschreibprüfung des Schreibprogramms, die Feinheiten das Lektorat im Verlag. Ich weiß nicht einmal, ob es für anspruchslose Texte wie Krimis heutzutage noch menschlicher Autoren bedurfte. Ein kleines Computerprogramm, das mit einem Hauch an künstlicher Intelligenz ausgestattet war, konnte mit einem in einer Datenbank abgelegten Wortschatz sicherlich in wenigen Minuten einen halbwegs plausiblen Kriminalroman konstruieren. Besser konnten es die menschlichen Schreiberlinge bestimmt auch nicht.

»Ich lese keine Kriminalromane«, sagte ich zu ihr. »Aber trotzdem vielen Dank für den Hinweis. Ich komme in den nächsten Tagen noch mal vorbei, um mit Ihrem Chef zu reden.« Dass ich hoffte, Gaude in ein paar Minuten beim Ortsvorsteher in Dühren zu begegnen, wollte ich ihr nicht verraten. Sicherlich würde sie sich sofort aufs Telefon stürzen und Gaude vorwarnen. »Ich wünsche Ihnen einen schönen Tag.«

»Das wünsche ich Ihnen auch«, sagte Irene Deck. »Passen Sie auf, dass Sie draußen Frau Neidmar nicht begegnen. Sie war kurz vor Ihnen bei mir in der Buchhandlung, um sich mit neuer Hundeliteratur einzudecken. Ihr Hund ist nämlich nicht so harmlos, wie er aussieht. Ich hoffe jedes Mal, wenn sie kommt, dass sie ihn nicht mitbringt, da sie ihn immer neben der Eingangstür ankettet. In dieser Zeit traut sich kein anderer Kunde in den Laden. Aber was macht man nicht alles, um seine Kundschaft zufriedenzustellen.« Sie seufzte tief.

»Ich werde aufpassen«, versprach ich ihr und verließ winkend den Laden. Ich lief direkt dem Oberbürgermeister in die Arme.

8. STREIFSCHUSS

»Ich wollte gerade reinkommen«, sagte Jörg Albrecht atemlos. »Eine Besprechung ist ausgefallen, da habe ich gedacht, holst du Herrn Palzki in der Buchhandlung ab und fährst mit ihm nach Dühren. Dann müssen Sie nicht erst umständlich nach der Adresse suchen. Anschließend bringe ich Sie zu Ihrem Wagen zurück. Oder gleich ins Hotel, wenn Ihnen das lieber ist. Das sind ja nur ein paar Meter von hier.«

Ich rätselte über das Motiv des Oberbürgermeisters. Dass eine Besprechung ausgefallen ist, nahm ich ihm nicht ab. Entweder hatte er ein persönliches Interesse daran, zu sehen, was ich tat. Oder er handelte im Auftrag KPDs. Im ersten Fall würde er sich noch verdächtiger machen, als er in meinen Augen bereits war, im zweiten Fall war seine Begleitung einfach nur lästig. Ein Gegenargument gegen seine Aufdringlichkeit fand ich auf Anhieb nicht, daher entschied ich mich für seine Chauffeurdienste.

»Dann fahren Sie uns mal zu Herrn Speer. Müssen wir zurück zum Rathaus?«

»Iwo«, sagte er und zeigte auf einen verbotswidrig geparkten Pkw am Rande der Fußgängerzone. »Für dienstliche Zwecke habe ich eine Ausnahmegenehmigung«, ergänzte er schnell.

»Das kenne ich«, erklärte ich. »Herr Diefenbach nutzt sie regelmäßig. Ich selbst nur, wenn es nicht anders machbar ist. Manche Imbissbuden liegen bei uns in der Pfalz verkehrstechnisch ein bisschen blöd, und bevor ich die Pause überziehe, parke ich kurz direkt vor dem Laden und lege die Genehmigung auf das Armaturenbrett.«

Nachdem der OB losgefahren war, begann er mich auszufragen. »Konnten Sie Herrn Gaude sprechen? Hat sich der Verdacht gegen ihn bestätigt?«

»Das darf ich Ihnen leider aus Datenschutzgründen nicht sagen«, entgegnete ich todernst. »In den nächsten Tagen werde ich von meiner Dienststelle in Schifferstadt die neuste Version der Datenschutzgrundverordnung für polizeiliche Ermittlungen in kooperierenden Bundesländern erhalten. Das sind so ungefähr 50 bis 60 eng bedruckte Seiten, die Sie dann in siebenfacher Ausführung unterzeichnen müssten. Dann werden die Formulare bei uns auf der Dienststelle eingescannt und rechtssicher archiviert. Eine Ausfertigung wird anschließend ausgedruckt und nach Ludwigshafen ins Präsidium gefaxt. Nachdem durch den Eingangsstempel der ordnungsgemäße Eingang bestätigt wird, scannt ein Sachbearbeiter das Dokument erneut ein und mailt es an die Controllingabteilung, die im Flur schräg gegenüber sitzt. Dort wird das Formular wieder ausgedruckt, zweimal kopiert und vom Dienstvorgesetzten unterschrieben. Eines der Exemplare geht dann elektronisch zur Endkontrolle zurück nach Schiffer…«

»Ich hab's ja kapiert«, unterbrach mich der OB. »Sie wollen mir nichts sagen.«

»Wollen schon, aber nicht dürfen«, verbesserte ich. »Aber sobald Sie die …«

Der Oberbürgermeister war von meiner erfundenen Rede dermaßen genervt, dass er für den Rest der Fahrt nicht mehr mit mir sprach. Diesen Trick musste ich mir für meinen Chef merken.

Wir fuhren in südlicher Richtung unter der A 6 hindurch und waren schnell in Dühren angekommen. Nachdem der Oberbürgermeister seinen Wagen auf einen offiziellen Parkplatz abgestellt hatte, fand er wieder seine Sprache. »Dieser Ortsteil hat gut 2.000 Einwohner. Im nächsten Jahr kann Dühren 50 Jahre Eingemeindung feiern. Dieses Thema wird aber immer noch sehr kontrovers geführt. Wahrscheinlich wird es nur einen kleinen Festakt geben.«

Er lief schräg über die Straße, und ich folgte ihm. »Alexander Speer, Büro Ortsvorsteher«, stand an der Klingel.

»Hallo, Herr Palzki«, begrüßte mich der Ortsvorsteher freudig. »Wir haben Sie bereits erwartet.« Er drehte sich zu seinem Amtskollegen. »Sie auch, Herr Albrecht. Kommen Sie mit in mein Büro.«

Im Flur sah ich ein armdickes Erdkabel auf dem Boden liegen, das aus einem Durchbruch in der Kellerdecke kam und durch ein weiteres Loch in einem angrenzenden Zimmer verschwand. Solche Kuriositäten interessierten mich von Natur aus. »Haben Sie eine Windkraftanlage im Garten stehen?«, frotzelte ich.

»Das ist im Ortsbereich zum Glück nicht gestattet«, erwiderte der Ortsvorsteher. »Ich lasse mir in der Garage eine sogenannte Wallbox installieren, Herr Palzki. Den dafür benötigten Strom klaue ich mir für den Anfang von meinem Nachbarn. Natürlich mit seinem Einverständnis.« Er sah meine fragende Mimik. »Eine Wallbox ist ein Starkstromschnellladegerät für Elektroautos. Als Lokalpolitiker muss ich mit gutem Beispiel vorangehen. Doch kommen Sie jetzt erst mal rein in die gute Stube.«

Wir betraten ein angenehm hell eingerichtetes Büro, in dem Herr Gaude an einem Besprechungstisch saß. Er stand auf und schüttelte uns die Hand. »Meine Mitarbeiterin Irene Deck hat Sie beide vor ein paar Minuten avisiert.« Nachdem er meine Verblüffung bemerkte, erklärte er: »Irene liest für ihr Leben gerne Kriminalromane. Ihre Auffassungsgabe ist enorm, ich glaube, bei ihr könnte selbst Sherlock Holmes noch etwas lernen, wenn es ihn denn gegeben hätte.«

»Ich habe mit keiner Silbe erwähnt, dass ich zu Herrn Speer fahre«, hakte ich nach.

Gaude grinste. »Irene hat die Situation sofort folgerichtig kombiniert. Sie suchten mich, weil ich am Samstag am Tatort war. Danach wollten Sie nach Dühren fahren. Und Herr Speer ist der Einzige aus Dühren, der am Samstag ebenfalls am Tatort war, das hatte ich ihr beiläufig erzählt. Meine Mitarbeiterin hat nur noch kombinieren müssen. So funktioniert das nicht nur im realen Leben, sondern in jedem Kriminalroman. Zu mehr Fantasie sind die meisten Schriftsteller nicht fähig. Alles läuft stets linear und vorhersehbar. Nur bei sehr wenigen Krimis ist das anders. Zum Beispiel bei dem Pfälzer Krimiautor …«

»Ich glaub's Ihnen ja«, unterbrach ich ihn, weil mich das Thema überhaupt nicht interessierte. Ich ärgerte mich darüber, dass ich so vorausschaubar handelte. Wenn es sogar der Mitarbeiterin einer Buchhandlung gelang, meine nächsten Schritte vorherzusehen, so musste mir der Täter mehrere Nasenlängen voraus sein.

Klaus Gaude legte nach. »Irene ist ja immer ein bisschen neugierig. Wahrscheinlich muss man das sein, wenn man Kriminalromane liest. Sie hat Ihnen heimlich nachgeschaut, als Sie die Buchhandlung verließen. Daher hat sie Ihr Treffen mit Herrn Albrecht mitbekommen. Als Sie in seinen Wagen eingestiegen sind, hat sie sofort reagiert und mich angerufen. Natürlich hat sie dabei ein bisschen übertrieben.«

Der Ortsvorsteher begann lauthals zu lachen. »Sie hätten diese Szene live erleben sollen. Das Telefon klingelt, ich nehme ab und Frau Deck sagt mir, dass sie ihren Chef sprechen muss. Ich reiche das Telefon weiter und Herr Gaude wird zusehends blasser. ›Ich, ein Mörder?‹, stottert er plötzlich und dann: ›Die Polizei sucht mich, weil sie mich verhaften möchte?‹«

Gaude übernahm. »Im ersten Moment habe ich einen riesigen Schreck bekommen. Das, was Irene sagte, hat sehr ernst geklungen. Erst nachdem das Gespräch beendet war und ich wieder klar denken konnte, wusste ich, dass da etwas nicht stimmen konnte. Und ein Mörder bin ich sowieso nicht.« Er schaute mich unsicher an.

»Keine Angst, Herr Gaude, ich bin nicht gekommen, um Sie festzunehmen. Da hat Ihre Mitarbeiterin etwas in den falschen Hals bekommen. Vielleicht sollte sie mehr niveauvolle Krimis lesen, wenn es solche überhaupt gibt.«

Gaude atmete erleichtert aus. »Da bin ich aber beruhigt. Würden Sie mir bitte den wahren Grund nennen, warum Sie mich sprechen wollten?«

Bereits während der Fahrt hatte ich mir überlegt, wie ich diese Zwickmühle am besten auflöse, ohne einen der Anwesenden zu brüskieren. »Mit den Ermittlungen in Sachen Kleinmann hat das nur indirekt zu tun, es geht eher um eine Sache, die in den Privatbereich fällt.« Ich machte eine Pause, in der ich den beiden Politikern kurz in die Augen schaute und dabei halbwegs intelligent zwinkerte, was mir aber in solchen Situationen noch nie so recht gelungen war. »Daher darf ich Ihnen momentan aus Datenschutzgründen nichts Genaues dazu sagen. Ich werde Sie in den nächsten Tagen in der Buchhandlung aufsuchen, Herr Gaude. Und beruhigen Sie vor allem Ihre Mitarbeiterin: Es ist alles im grünen Bereich, und es besteht absolut keine Notwendigkeit, die Sache, in der ich Sie vorhin aufsuchte, sofort zu klären.«

»Aber, Sie wollten doch …«, abrupt stoppte der Oberbürgermeister, da er nicht vor seinem Kollegen von KPDs Vermutung erzählen wollte. Immerhin würde das für ihn äußerst peinlich werden, wenn sich der Verdacht an Gaude als haltlos erweisen würde. Ich selbst war davon restlos überzeugt, und in der Reaktion des OBs sah ich, dass er ähnlich dachte. Nur der Buchhändler wollte es dabei nicht bewenden lassen. Klar, neugierig haben wir ihn ja jetzt gemacht. Wer wollte in dieser Situation nicht wissen, was da los war.

»Ich bin völlig durcheinander«, meinte Gaude. »Wenn es etwas mit meiner Anwesenheit am Samstag in der Dr.-

Sieber-Halle zu tun hat, würde ich schon gerne wissen, ob ich zu den Verdächtigen zähle. Immerhin hatte Kleinmann bei mir im Laden Hausverbot.«

Warum wunderte mich das jetzt nicht? Der Tote schien ein großes Geschick darin entwickelt zu haben, es sich bei sämtlichen Zeitgenossen zu verscherzen. Bei irgendjemand hatte er es wohl übertrieben.

Ich wollte ihn gerade beruhigen, doch Gaude unterbrach mich bei der ersten Silbe. »Deswegen habe ich ihn aber nicht ermordet. Ich wusste schließlich nicht, dass er auch zu der Veranstaltung kommt. Er ist in meinen Augen ein widerwärtiger Dieb, sonst nichts. Mehrmals hatte ich ihn in der Vergangenheit im Verdacht, dass er in meiner Buchhandlung Bücher stiehlt. Kurz vor Weihnachten habe ich ihn in flagranti erwischt. Gleich fünf Fachbücher im Wert von über 200 Euro hatte er in seinen Rucksack gesteckt.«

»Welche Fachbücher?«, fragte ich schnell, da dies unter Umständen für die weiteren Ermittlungen relevant sein könnte.

»Es handelte sich um historische Themen über Sinsheim, den Kraichgau und solche Dinge. Ist das wichtig?«

Ich verneinte, da die beiden Politiker zuhörten.

»Ich habe Kleinmann, nachdem ich ihn aus meinem Laden geworfen hatte, erst am Samstag das nächste Mal gesehen. Und auch da ist er mir erst in der Pause aufgefallen. Das waren höchstens ein oder zwei Minuten, bevor er starb. Selbst wenn ich gewollt hätte, wäre keine Zeit geblieben, um mich mit ihm zu unterhalten.«

Grundsätzlich klang es glaubhaft, was Gaude erzählte.

Es wäre aber nicht das erste Mal, dass ein Schauspieler vor mir stand und mich mit angeübter Mimik und Gestik von einer Lüge zu überzeugen versuchte. Einen detaillierten Eindruck von ihm würde ich mir in den nächsten Tagen machen, wenn ich wegen des angeblichen Streits mit meinem Chef bei ihm vorsprechen müsste. »Das werde ich mir nachher notieren, Herr Gaude. Wie Sie bestimmt von Ihrer krimiaffinen Mitarbeiterin wissen, sind erst mal alle Anwesenden an einem Tatort verdächtig, also folgerichtig auch Sie. Polizeiintern gibt es natürlich Rankings, in denen die potenziellen Verdächtigen mit ihren individuellen Wahrscheinlichkeiten zugeordnet werden. In Sachen Hubertus Kleinmann stehen Sie in der tagesaktuellen Liste auf einem der untersten Tabellenplätze. Daher brauchen Sie sich keine Sorgen zu machen, Herr Gaude.« Ich bemerkte, wie es in den beiden Politikerköpfen rotierte. Ich lächelte sie beruhigend an. »Sie stehen natürlich ebenfalls auf den unteren Plätzen, meine Herren. Ihre Reputation ist in keinem Punkt gefährdet.«

»Da bin ich aber froh«, meinte Alexander Speer. »Ich hatte mit Hubertus keinen Streit. Weder am Samstag noch früher irgendwann. Er war ein etwas eigenbrötlerischer Zeitgenosse, ja, so konnte man ihn beschreiben, aber in meinen Augen relativ harmlos. Dass er Bücher gestohlen hat, das wusste ich nicht.«

Bevor ich den Grund meines Hierseins vergaß, wechselte ich das Thema. »Von verschiedenen Personen wurde mir gesagt, dass Sie federführend in der Organisation des Sinsheimer Jubiläums sind, Herr Speer.«

Alexander Speer schüttelte den Kopf. »So kann man das nicht sagen, Herr Palzki. Gemeinsam mit einem Mitarbeiter habe ich ein paar Veranstaltungen entwickelt, darunter eine kleine Ausstellung, die die historische Entwicklung unserer Stadt betrifft. Dies ist aber nur rund eine Handvoll Aktivitäten in dem prall gefüllten Jubiläumskalender. Von federführend kann daher keine Rede sein.«

Speer zeigte auf das Fenster. »Schauen Sie mal, wir haben heute das erste Mal Frühlingswetter, na ja, wenigstens beinahe. Wollen wir die Gelegenheit nutzen, es uns auf der Terrasse gemütlich zu machen? Heute früh habe ich den Winterdreck beseitigt und die Möbel aus der Garage geholt. Als Herr Gaude kam, war ich gerade fertig.«

Albrecht und Gaude stimmten zu, und ich hatte keine Einwände. Tatsächlich hatte sich die Temperatur im Laufe des Tages auf Höchstwerte für dieses kaum begonnene Jahr hochgeschraubt. Es dauerte eine Weile, bis wir alle einen bequemen Platz gefunden hatten und uns positiv über die Terrasse und den Fernblick über Wiesen und Felder ausgetauscht hatten.

»Hier sitze ich abends am liebsten«, sagte der Ortsvorsteher, der in Rekordzeit eine Kanne Kaffee und eine Kanne Tee zubereitet hatte. Auch einen Teller Kekse stellte er dazu, aber nicht solche exquisite Ware, wie ich sie beim OB kredenzt bekommen hatte.

»Erzählen Sie mir mehr über Ihre Veranstaltungen, Herr Speer.«

Ohne etwas zu sagen, stand er auf und ging ins Haus. Als er zurückkam, hatte er die gleiche Broschüre in der Hand, die mir sein Amtskollege gegeben hatte.

»Die habe ich bereits, danke«, sagte ich. »Vielleicht muss ich weiter ausholen. Es gibt die Aussage eines Zeugen, der den Ermordeten kurz vor seinem Besuch in der Dr.-Sieber-Halle gesprochen hat. Demnach hat Hubertus Kleinmann einen schriftlichen Beweis gefunden, dass Sinsheim älter ist als die offiziell genannten 1.250 Jahre.«

Speer blieb für einen Moment der Mund offen stehen. Dann lachte er. »Ach, der Hubertus wieder. Laufend hat er solche Geschichten behauptet. Den hat noch nie jemand ernst genommen.« Speer brach ab und wirkte für ein paar Sekunden geistig abwesend. Dann sprang er aus dem Loungepolster hoch und rannte ins Haus.

»Das war heute in der Tagespost«, sagte er, als er Sekunden später zurückkam. Er wedelte mit einem Kuvert. »Ich habe diesen Brief als Scherz angesehen und ihn ins Altpapier gesteckt. Zum Glück lag er noch obenauf.«

Das Kuvert trug keinen Absender und war handschriftlich an den Ortsvorsteher adressiert. Die Briefmarke wurde am Samstag abgestempelt. Im Innern des Kuverts steckte eine einzelne DIN-A4-Kopie eines computergeschriebenen Briefes. Kurz und knapp teilte der anonyme Schreiber mit der Anrede »Liebe verantwortliche Politiker« mit, dass er Beweise dafür gefunden hat, dass Sinsheim wesentlich älter sei als bisher angenommen. Weiterhin beschimpfte der Autor des Briefes die kommunale Verwaltung und den kompletten Gemeinderat als ignoranten Haufen, der sich in seinem Elfenbeinturm der Realität verweigere. In einem Nebensatz wurde ein neu gefundenes Pergament erwähnt, dessen Brisanz überregionale Wellen schlagen werde, sobald es bekannt würde. Und das sollte bereits in den nächsten Tagen erfolgen. Mit dieser Androhung endete der Brief ohne Unterschrift. Nicht einmal eine Forderung wurde gestellt, sodass eine Erpressung zunächst auszuschließen war. Insgesamt kam das Schriftstück inhaltlich äußerst wirr daher, aus diesem Grund benötigte ich einen Moment, bis ich das Ungewöhnliche an diesem Brief entdeckt hatte. Irgendeinen Fehler machte schließlich jeder. »Ich denke, wir können im Moment davon ausgehen, dass Herr Kleinmann der Urheber dieses Schreibens ist«, stellte ich fest.

Zustimmendes Nicken, während die Kopie und das Kuvert die Runde machten.

»Seltsame Anrede«, sagte ich speziell zu dem Ortsvorsteher. »Warum hat Sie Kleinmann nicht mit Namen angesprochen? Auf dem Kuvert steht er doch.«

Auch wenn mir die Antwort längst klar war, wartete ich zunächst ab. Wie ich erwartet hatte, meldete sich der Oberbürgermeister. Schmallippig gestand er: »Ich habe heute früh den gleichen Brief bekommen. Auch ich habe ihn für einen Scherz gehalten und weggeworfen. Dass ihn Hubertus geschrieben hat, auf diese Idee kam ich nicht. Ich habe auch nicht lange darüber nachgedacht.«

»Und Sie?« Ich sah Gaude fragend an.

»Ich bin zwar im Gemeinderat, einen Brief habe ich allerdings nicht erhalten.«

Seltsam, dachte ich. Wobei Kleinmann theoretisch gleichlautende Briefe an die lieben Presseleute geschrieben haben könnte. Warum nicht auch an den lieben Buchhändler? Ich verwarf den Gedanken aufgrund der Realitätsferne.

»Was könnte Kleinmann mit diesem Pergament gemeint haben?«

Der Oberbürgermeister reichte mir den Brief zurück. »Letztendlich kann man so etwas niemals ausschließen, Herr Palzki«, begann er. »Aber wie ich Ihnen vorhin im Rathaus gesagt habe, würde davon die Welt nicht untergehen. Wir alle, die wir hier auf dieser Terrasse sitzen, wissen, dass Sinsheim älter als die proklamierten 1.250 Jahre ist. Ich gehe davon aus, dass es den meisten Bürgern ebenso geht. Nicht nur in Sinsheim wird das Geburtsjahr einer Stadt anhand der ältesten vorhandenen Urkunde definiert. Oft genug ist das halt mal der Lorscher Codex. Aber warum sollte nicht in irgendeinem Kloster oder Museum eine ältere Urkunde liegen, die in irgendeiner Form Bezug auf Sinsheim nimmt? Ich kann das nicht ausschließen, niemand kann das. Und wenn das so ist, dann ist das eben so. Woran ich aber nicht glaube, ist, dass eine alte, bisher unbekannte Urkunde Brisanz für die Gegenwart haben soll. Selbst wenn es einen Kaufvertrag für einen hiesigen Hof oder ein Schloss sein sollte, dürfte der kaum für die heutige Zeit relevant sein. Solche abenteuerlichen Geschichten überlasse ich lieber den Verschwörungstheoretikern wie Hubertus.«

Sein Amtskollege nickte nachdenklich. Der Buchhändler hatte dagegen einen Einwand.

»Grundsätzlich gebe ich Ihnen recht, Herr Albrecht. Trotzdem hätte der Fund eines solchen Dokuments Auswirkungen, und ich meine jetzt nicht die Häme, mit der man unsere Stadt überziehen würde. Viele Programmpunkte des Jubiläumprogramms nehmen Bezug auf die Urkunde im Lorscher Codex. Denken Sie nur an die Ausstellung, die Herr Speer auf die Beine gestellt hat. Das wäre peinlich, wenn man diese unter den neuen Voraussetzungen zeigen wollte. Wobei ich natürlich nicht an diese Provokation von Hubertus glaube. Aber darüber nachdenken sollte man schon.«

Der Dührener Ortsvorsteher winkte mit einer lässigen Handbewegung ab. »Die Ausstellung hat so viel Schweiß und Zeit, ja, auch Geld verschlungen. Daher werden wir sie auf jeden Fall eröffnen. Es wäre unverantwortlich meinen Mitstreitern gegenüber, deren ehrenamtliche Arbeit mit Missachtung zu bestrafen, nur weil so ein Trott…, äh, weil Hubertus eine absurde Behauptung aufstellt, aufstellte.«

Ich blätterte ziellos in dem Jubiläumsprogramm, um ein paar Hintergrundinformationen zu dieser Ausstellung zu erhalten. In dem Moment, in dem ich auf die nächste Seite blätterte, pfiff ein mir nur allzu bekanntes Geräusch an mir vorbei.

»Aua!« Der Aufschrei des Ortsvorstehers ließ uns zusammenzucken. »Aua, was war denn das?« Alexander Speer stand der Schweiß auf der Stirn, während er auf seinen linken Unterarm starrte. Zuerst passierte nichts, außer einer rapide zunehmenden Gesichtsblässe bei Speer, dann bildete sich wie von Geisterhand ein roter Fleck auf seinem Hemd, der zügig in alle Richtungen wuchs.

In Kombination mit dem Pfeifen war mir die Ursache klar, obwohl ich keinerlei Grund dafür erkennen konnte. »Schnell, rennen Sie ins Haus. Alle miteinander, los!« Die Reaktion ließ zu wünschen übrig. Während Speer mit schmerzverzerrtem Gesicht seinen immer noch größer werdenden Blutfleck betrachtete, glotzten mich die beiden anderen an. »Los jetzt!«, schrie ich, »da ballert jemand in der Gegend herum.« Jetzt verstanden sie. Da alle gleichzeitig aufstanden, wirkte das Ganze sehr slapstickartig. Bereits auf dem Weg nach drinnen versuchte ich das Geschehen zu bewerten. Warum hat jemand einen einzelnen Schuss in unsere Richtung abgegeben? Wollte der Schütze den Ortsvorsteher treffen? Oder etwa mich, da sich mein Körper in der vermuteten Luftlinie hinter Speers Arm befand? Hatte ich dem Arm mein Leben zu verdanken? Aber warum hörte ich nur einen Schuss? Ging ein etwaiger Folgeschuss in meinem oder Speers Schrei unter? In dem Fall würde die Kriminaltechnik mehrere Projektile finden.

Ich jagte die Gesellschaft durchs Wohnzimmer hindurch in das Büro, das auf der anderen Seite des Gebäudes lag. »Rufen Sie die Polizei«, befahl ich dem Oberbürgermeister, der sich sofort das Telefon seines Amtskollegen schnappte. Gaude half Speer, das Hemd auszuziehen. Eine hässliche Fleischwunde kam zutage.

Als medizinischer Laie ging ich nach einer kurzen Begutachtung von einem relativ harmlosen Streifschuss aus. Speer stand nach dem Betrachten seines Armes sichtlich auf wackligen Beinen, was Gaude veranlasste, ihn sanft auf einen Stuhl zu drücken.

»Ich hole Ihnen schnell Ihr Glas von der Terrasse«, meinte der Buchhändler, der anscheinend noch nicht verstanden hatte, dass hier scharf geschossen wurde.

»Das lassen Sie schön sein«, sagte ich zu ihm. »Herr Speer hat eine Schusswunde.«

Jetzt verstand auch Gaude. Peinlich berührt antwortete er: »Meine Mitarbeiterin hätte das bestimmt sofort erkannt. Dann war das Pfeifen anscheinend die Kugel.«

»Projektil«, verbesserte ich. »Lassen Sie sich die Hintergründe von Frau Deck erklären.«

»Mist«, sagte in diesem Moment der OB. »Ausgerechnet dieser Crump hat zurzeit Dienst. Der wird sich wundern, wenn er kommt.«

Alexander Speer ging es schnell besser. Er konnte sogar alleine den Verbandskasten holen. Da ich erst kürzlich meinen Auffrischungskurs in Erste-Hilfe-Maßnahmen mit ausreichendem Erfolg bestanden hatte, half ich dem Ortsvorsteher. Gemeinsam verbanden wir den Bereich rund um die Wunde, was uns im Resultat optisch zwar nicht sonderlich zufriedenstellte, aber mit Bestimmtheit seinen Zweck erfüllte.

Es klingelte, und ich ließ es mir nicht nehmen, selbst die Tür zu öffnen.

»Sie hier?«, blökte mich sofort der Beamte Crump an.

»Wollen Sie mich verarschen? Ich habe Besseres zu tun, als mich mit Ihnen zu streiten, Palzki. Stimmt es überhaupt, dass auf den Ortsvorsteher geschossen wurde? Warum hat keiner den OB abgeknallt, das würde mir viel besser gefallen.«

»Ich bin auch hier«, rief Jörg Albrecht aus dem Büro zu uns in den Flur, worauf Crump sofort verstummte. Er folgte mir zu den anderen. Ohne Begrüßung wandte er sich an Speer. »Bist du verletzt, Alexander? Was ist passiert? Brauchst du einen Krankenwagen? Davon wurde uns am Telefon nichts gesagt.«

»Lass mal gut sein«, antwortete Speer. »Kannst du draußen nachschauen lassen? Wir saßen auf der Terrasse, als ein Schuss fiel. Wir haben nur einen einzigen Schuss gehört. Eventuell stand der Schütze am Ende des Gartens zwischen den drei Birken.«

Crump nickte und verschwand. Durch das Fenster sah ich, wie mehrere Streifenwagen vor dem Haus parkten. Dass der Schütze längst über alle Berge war, davon konnte man mit einem gerüttelt Maß an gesundem Menschenverstand ausgehen. Dennoch arbeiteten die Mitarbeiter von Crump hocheffizient, wenn auch nicht unbedingt nach Lehrbuch. Aus Sicherheitsgründen hätte man das Gebiet großflächig evakuieren und ein Spezialeinsatzkommando anfordern müssen. Doch nur in den seltensten Fällen würde diese lehrbuchgerechte Vorgehensweise zur Festnahme des Täters führen. Diese äußerst seltenen Fälle lagen, zumindest in der Vergangenheit, nur dann vor, wenn dem Täter die Fluchtmöglichkeiten versperrt waren und er sich aus diesem Grund in Tatortnähe verschanzte und aggressiv in der Gegend herumballerte. Die Lage vor Ort war hier eine andere. Nur ein Verrückter wäre bei diesem hohen Polizeieinsatz nicht geflüchtet, um seinem Opfer unmittelbar ein zweites Mal aufzulauern. Jeder halbwegs mit Verstand reagierende Schütze würde seinem Opfer erst zu einem späteren Zeitpunkt erneut auflauern. Um das Opfer zu schützen, musste man erst mal wissen, wer dafür überhaupt infrage kam. War es der Ortsvorsteher? Oder ich? Oder handelte es sich um einen grottenschlechten Schützen, der den OB oder den Buchhändler töten wollte? Auch solche Geschichten sind in den Annalen der Kriminalpolizei nachzulesen.

So standen wir neugierig hinter dem Wohnzimmervorhang und beobachteten die Treibjagd auf eine unbekannte Person. Inzwischen hatten die Beamten das Ende des Gartens erreicht. Dort wuchsen, von hohem Buschwerk umgeben, drei imposante Birken, die sogar ich aufgrund der Rindenfarbe erkannte. Der dahinter befindliche Acker lag um diese Jahreszeit völlig brach und bot daher keinerlei Versteckmöglichkeiten. Der Garten des rechten Nachbarn war mit einer niedrigen Steinmauer eingefasst. Von Garten konnte im engeren Sinne nicht die Rede sein. Auch nicht im weiteren Sinn. Die hier wachsende Naturgewalt war so vielfältig und dicht bewachsen, dass der Garten rein rechnerisch als Ausgleichsfläche für mehrere Neubaugebiete dienen konnte.

»Karl Schramm ist mit dem Roden seines Gartens

hoffnungslos überfordert«, erzählte der Ortsvorsteher über seinen Nachbarn. »Das, was Sie sehen, sind nur die Wuchsreste des vergangenen Herbstes. Wenn in den nächsten Wochen die neuen Triebe ausschlagen, muss er der Natur mit großem Maschineneinsatz gegenübertreten. Mindestens viermal im Jahr ist bei ihm ein verlängertes Großkampfwochenende angesagt. Deswegen auch sein etwas überdimensionierter Stromanschluss.« Alexander Speer hob die Schultern. »Selbst schuld, er hat damals, als er das Grundstück erwarb, sämtliche Warnungen ignoriert. Es war aber auch rekordverdächtig günstig, das Baugrundstück, da konnte man schon schwach werden. Außerdem musste Karl aus der Mietswohnung raus, da er als Perkussionist arbeitet und viel experimentelle Musik macht. Das mag nicht jeder.«

Wir schauten ihn rätselnd an.

»Auf dem Nachbargrundstück wurde bis in die 60er-Jahre des vergangenen Jahrhunderts Chemieabfall verklappt. Das ist der einzige wunde Punkt in unserem Ortsteil. Die Chemiefabrik hatte ihren Sitz später nach Ludwigshafen verlegt, inzwischen ist sie längst pleite. Der größte Teil des belasteten Abfalls wurde im Zuge der Erschließung des Neubaugebietes ausgebaggert und fachmännisch entsorgt. Aber leider nur das, was kostenmäßig einigermaßen wirtschaftlich war. Ursprünglich sollte auf dem Grundstück eine kleine Parkanlage entstehen. Karl Schramm hat dann über Beziehungen trotzdem eine Baugenehmigung erhalten. Das war aber alles vor meiner Zeit. Ich habe damit selbstverständlich nichts zu tun, so etwas würde ich niemals unterstützen. Von der Misere habe ich erst sehr spät erfahren, sonst hätte ich nicht in unmittelbarer Nachbarschaft gebaut. Dafür ernte ich jedes Jahr kistenweise rekordverdächtig große Erdbeeren. Aber Karl ist schon ein sympathischer Typ. Ich bin oft Zuhörer bei seinen zahlreichen Auftritten. Das müssen Sie sich unbedingt mal anhören.«

Dem OB stand der Mund offen. »Um auf die Erdbeeren zurückzukommen: Sind das die Riesendinger, die Sie jedes Jahr im Frühjahr und Sommer im Rathaus verteilen?«

Der Ortsvorsteher nickte ohne jedes Schamgefühl. »Ich mag nun mal keine Erdbeeren.« Er öffnete eine Kommode und zog eine CD heraus. »Hier nehmen Sie sich diese Scheibe mal mit. Sie ist zwar schon drei oder vier Jahre alt, aber einfach genial.«

Auf dem schwarz unterlegten Cover stand »Karl Schramm« sowie der Titel »Beifang«. Ich bedankte mich.

»Karl ist auch ein begnadeter Fotograf«, sprach der Ortsvorsteher weiter. »Er hat so viele Projekte gleichzeitig laufen und jede Menge Auftritte, dass ich mich wundere, wie er die Gartenarbeit bewältigt.«

Irgendwann kam Crump zurück.

»Es ist niemand mehr da«, sagte er, »wie nicht anders zu erwarten war. In der Hauswand neben der Terrasse haben wir das Projektil sichergestellt, es stammt vermutlich von einem Kleinkalibergewehr. Also nichts Großes. Zwar eine potenziell tödliche Waffe, aber sicherlich nicht von einem Profikiller.«

»Sonst nichts?«, unterbrach Speer. Seine Verletzung

schien nicht schlimm zu sein, da er seinen Arm wieder frei bewegen konnte.

»Lassen Sie mich doch erst mal ausreden«, beschwerte sich der Beamte. »Der Standort des Schützen dürfte tatsächlich zwischen den Birken gelegen haben, dort haben wir niedergetrampeltes Gras entdeckt. Diese Stelle wird gerade von ein paar Kollegen nach Spuren abgesucht. Viel verspreche ich mir davon allerdings nicht. Was mich aber insgesamt verwundert, ist der fehlende Fluchtweg. Das freie Feld scheidet ganz klar aus, und die Mauer zum linken Nachbar ist viel zu hoch. Auf der gegenüberliegenden Seite haben wir den Urwald, wenn ich das mal so nennen darf. Bis jetzt haben wir keine Durchschlupfmöglichkeiten gefunden. Eine Ratte käme vielleicht durch, aber ein Mensch?«

»Sind Sie sicher, dass Sie richtig gesucht haben?« Diese Frage rutschte mir heraus, da es auf jeden Fall einen Fluchtweg geben musste.

Crump reagierte beleidigt. »Dann suchen Sie doch selbst!«, schnauzte er mich an. Dann wandte er sich an Speer. »Die einzige logisch erscheinende Möglichkeit ist, dass der Schütze in Richtung Terrasse lief und dann seitlich am Wohnhaus vorbei zur Straße floh.«

In diesem Fall, so meine Einschätzung, musste es sich um einen besonders dreisten Ganoven handeln. Er müsste den Zeitpunkt unserer Flucht ins Haus genutzt haben, um nur wenige Meter von uns entfernt zur Straße zu rennen. Würde ein Amateur, und um solch eine Person dürfte es sich handeln, so kaltschnäuzig reagieren? Ich dachte über Alternativen nach: Vielleicht war es eine sehr schmächtige und sportliche Person, die sich im Nachbargarten auskannte? Oder hatte Speer mit dem Attentat, so abstrus es klingen mochte, den Schuss auf sich simuliert? Hatte er sich die Wunde in einem unbemerkten Augenblick selbst zugefügt? Doch woher kam das Pfeifgeräusch?

Nach einem heimlichen Blick auf die Uhr erschrak ich. Ich musste dringend zurück zum Hotel, um meine Familie zu begrüßen. Hoffentlich ließ Stefanie unseren Paul nicht allein im Hotel auf Entdeckungsreise gehen. Der mutmaßliche Schaden würde unsere Haftpflichtversicherung in den Ruin treiben.

9. DIE FAMILIE IST DA

Ich schaute zum zweiten Mal auf meine Uhr, dieses Mal überdeutlich und für alle erkennbar. »Um Himmels willen«, rief ich aus und verdrehte künstlerisch meine Augen. »Ich habe ja fast den wichtigen Termin mit …«, ich brach mitten im Satz ab. »Das darf ich leider aus Datenschutzgründen nicht sagen.« Ich schaute allen Anwesenden kurz in die Augen. »Ich hoffe auf Ihr Verständnis. Herr Albrecht, würden Sie mich bitte zurück zu meinem Wagen fahren?«

Dem OB blieb nichts anderes übrig, als meinem Wunsch Folge zu leisten. Ich sah ihm an, dass er gerne bleiben würde, um nichts zu verpassen. Zu einem anderen Zeitpunkt wäre es mir nicht anders gegangen, doch meine Familie wartete, dieser Punkt war eindeutig wichtiger.

»Mir können Sie sich gerne anvertrauen, Herr Palzki«, sagte der OB, als wir in seinem Auto Richtung Autobahn fuhren. »Ich habe vollstes Verständnis dafür, dass Sie den Ortsvorsteher und Herrn Gaude nicht in Ihre Pläne einweihen wollen. Schließlich sind ja beide Verdächtige.«

Ich nahm sofort den Ball auf. »Der Ortsvorsteher auch?«, fragte ich naiv.

»Aber selbstverständlich«, antwortete er ohne zu überlegen. »Für Herrn Speer steht viel auf dem Spiel.

Wenn dieses Pergament gefunden wird, verliert er seine Reputation in Sachen Historische Erforschung Sinsheims, die er sich jahrzehntelang aufgebaut hat. Und seine Ausstellung wird ebenfalls platzen.«

»Sowie das komplette Jubiläumsprogramm«, ergänzte ich mit gemeinem Unterton. »Dann wäre auch Ihre Reputation hinüber, Herr Verdächtigter Nummer drei.«

Mit diesem Kontra hatte der OB nicht gerechnet. »Ich? Ich soll der Mörder von Hubertus sein? Ausgeschlossen, ich war nicht einmal in der Nähe, als es passierte.«

Ich unterbrach ihn schroff. »Das Gift kann Minuten vorher in einem unbeobachteten Moment in sein Glas geschüttet worden sein.«

»Ab…, aber ich bin doch auf der Seite der Guten. Ich kooperiere mit Ihrem Vorgesetzten.«

»Justizirrtum«, fiel ich ihm ins Wort, obwohl es hier falsch war. Das Polizeiwesen hatte mit Justiz nur peripher zu tun, aber aufgrund der Gewaltenteilung nicht direkt.

»Das können Sie doch nicht im Ernst annehmen, Herr Palzki. Natürlich wäre es tragisch für das Jubiläum und den Festakt, aber deswegen würde niemand einen Mord begehen.«

Ich hätte nun einen weiteren bissigen Kommentar drauflegen und ihm sagen können, dass Menschen schon für einen oder zwei Euro ermordet wurden. Damit er mich in meiner Ermittlungsarbeit fortan nicht blockierte, beruhigte ich ihn. »Gewiss gehe ich nicht davon aus, dass Sie der Täter sind, Herr Oberbürgermeister.

Ich wollte Ihnen nur aufzeigen, dass man bei polizeilichen Ermittlungen auch scheinbar rein theoretische Möglichkeiten in Betracht ziehen muss, da die Lösung des Falles nicht immer einfach auf der Straße liegt.«

Der OB beruhigte sich schnell. »Und ich dachte schon, dass …« Er schüttelte kurz den Kopf. »Soll ich Sie nicht direkt zu Ihrem nächsten Termin fahren, Herr Palzki? Ich habe noch etwas Zeit. Und um 17 Uhr ist ja schon unser Telefonat mit Herrn Diefenbach.«

Ich schmunzelte über seinen erneuten Versuch. Hartnäckigkeit besaß er, das war wohl eine Grundeigenschaft jeden Politikers. Und er sprach von unserem Telefonat, was eindeutig suggestiv gemeint war. Aber ich kannte meine Pappenheimer, daher prallten solche Versuche bei mir generell ab.

»Es ist leider ein vertraulicher Termin, Herr Albrecht. Wenn ich mit Ihnen gemeinsam auftauche, macht der Zeuge bestimmt die Schotten dicht, und ich erfahre nichts. Daher ist es besser, wenn ich alleine bin. Um 17 Uhr bin ich auf jeden Fall pünktlich bei Ihnen im Rathaus. Falls ich mich aufgrund höherer Gewalt um ein paar Sekunden verspäten sollte, nutzen Sie gerne die Zeit, um über unsere heutigen Erfolge zu sprechen. Ich bin schon sehr gespannt, wer der nächste Verdächtige von KPD, äh, Herrn Diefenbach ist.«

Während er neben meinem Wagen parkte und ich ausstieg, unternahm er einen weiteren Versuch, den ich aber mit einem Blick zur Uhr im Keim erstickte. Ich fuhr aufs Geratewohl durch ein paar mir unbekannte Sinsheimer Gassen, bis ich Gewissheit hatte, nicht verfolgt zu werden. Ohne auch nur einen Einwohner oder eine Einwohnerin zu fragen, fand ich das Hotel.

Rein aus Gewohnheit parkte ich direkt vor dem Gebäude. Ich war gerade im Begriff auszusteigen, da traten zwei uniformierte Kollegen aus dem Hotel. Sie erblickten mich und kamen direkt auf mich zu.

Ich litt innerliche Höllenqualen. Hatte es Paul dieses Mal dermaßen übertrieben? War er womöglich verletzt oder war gar Schlimmeres passiert? Ich steigerte meine Wahnvorstellungen ins Unermessliche. Erstarrt stand ich neben meinem Wagen und erwartete die Hiobsbotschaft meines Lebens.

»Herr Palzki?«, fragte ein spindeldürrer Beamte, dessen Schnauzbart Ähnlichkeit mit Theo Waigels Augenbrauen hatte. »Sind Sie Herr Palzki aus Schifferstadt?«

Zaghaft nickte ich. Jetzt würden die beiden die Todesnachricht überbringen und den Rest meines irdischen Daseins zerstören. Der Kloß in meinem Hals wuchs und wuchs.

»Tut uns wirklich leid«, sprach der Überbringer der Todesnachricht weiter. »Wir wollten Ihnen die Nachricht schon früher überbringen, aber wir haben Sie nicht finden können. Und Ihre Frau …« Er drehte den Kopf nach hinten in Richtung Hotel und seufzte, »hat leider …«

»Hören Sie auf!«, schluchzte ich verzweifelt. Die Tränen schossen mir in die Augen. Ich kam mir so hilflos wie ein neugeborener Säugling vor. »Ich will das nicht hören. Wo ist meine Frau?«

Die beiden Beamten schauten sich gegenseitig an und schwiegen aus Pietätsgründen.

»Ja, was ist nun?«, bellte ich sie an. »Erzählen Sie schon.«

»Äh, Herr Palzki, eben haben Sie noch gesagt, dass Sie nichts hören wollen. Was ist mit Ihnen los? Ist Ihnen nicht gut? Haben Sie etwas mit den Augen?«

»Ihr Idioten«, beschimpfte ich die Kollegen. »Euer Kind ist ja auch nicht tot!«

Jetzt verstanden sie offensichtlich. »Oh, das tut uns leid, Herr Palzki. Das wussten wir nicht. Ihre Frau hat uns davon nichts gesagt.«

Es dauerte eine geraume Zeit, bis ich verstand. Sollte ich mit meiner Einschätzung dermaßen danebengelegen haben? Ging es Paul gut und er hatte nur das Hotelinventar zerlegt? »Es ist niemand verletzt? Keine Toten?«, fragte ich leise.

»Uns ist nichts darüber bekannt. Es gab allerdings vorhin einen Vorfall mit einem Verletzten in Dühren, da sind wir aber nicht eingebunden.«

»Was wollen Sie dann von mir?«

Der Beamte, der keinen Schnauzer trug, dafür grün gefärbte Haare, reichte mir einen Zettel. »Unser Vorgesetzter Herr Crump wollte Ihnen heute früh die Adresse des Opfers geben, doch er konnte weder Sie noch den Herrn Oberbürgermeister im Rathaus erreichen. Daher hat er uns beide beauftragt, Sie zu suchen.«

Die Geschichte konnte durchaus stimmen. Im Rathaus wusste niemand, dass wir beim Ortsvorsteher und ich zuvor in der Buchhandlung Doll waren.

Ich nahm dem Beamten den Zettel ab. Auf diese Idee

hätte ich alleine kommen müssen. Na ja, man kann nicht immer an alles denken.

»Wissen Sie, wo das ist?«

»Klar, Sinsheim ist relativ überschaubar. War Herr Crump bereits in der Wohnung von Kleinmann?«

Die beiden schüttelten synchron die Köpfe. »Unser Chef hält sich aus dieser Geschichte konsequent raus. Mit der Adresse will er Ihnen nur einen letzten Gefallen tun.« Die beiden feixten, als hätte Crump uns das ewige Fegefeuer gewünscht.

Mit einem stummen Gruß verabschiedeten sich die Beamten.

»Ich fahre meinen Wagen gleich wieder weg«, rief ich ihnen zur Sicherheit nach.

»Kein Problem«, rief der Theo-Waigel-Gedächtnisschnauzer zurück. »Sinsheim hat in der Verwaltung seit Längerem heftige Personalnot. Es gibt zurzeit nur eine Politesse als Halbtagsstelle, und die ist seit Wochen krankgeschrieben.«

Na denn, dachte ich mir und ging voller Hoffnung in das Hotel. Das Foyer sah aus wie bei meinem letzten Besuch. Sogar die vielen Pflanzenkübel waren unbeschädigt. Hinter dem Empfang tuschelten lebhaft zwei mir unbekannte Frauen.

»Hallo, mein Name ist Reiner Palzki. Ist meine Familie schon angekommen?«

»Palzki?« Eine der Damen verschluckte sich beinahe. »Gehören Sie auch dazu?« Sie sah mich mit aufgerissenen Augen an. »Ist Ihr Sohn etwa so groß?« Sie zeigte mit der Hand exakt die Größe Pauls nach.

»Ist mit ihm alles in Ordnung?« Ich wusste nicht, wie ich reagieren sollte.

»Zumindest vor ein paar Minuten war das noch der Fall. Gehen Sie einfach nach hinten durch in den Wellnessbereich. Soll ich Ihnen Seile und Paketband besorgen?«

Ohne mich provozieren zu lassen, ging ich nach hinten. Zuerst kam ich in eine kleine Gymnastikhalle, in der neben einigen traumatischen Erinnerungen an meine Schulzeit wie Sprossenwand und Reck diverse Heimsportgeräte aufgebaut waren. Grundsätzlich sah es nicht nach Schlachtfeld aus, aber meine Augen tränten dennoch. Dieses Mal lag es aber nicht an einer vermeintlichen Todesnachricht, sondern an dem beißenden Gestank. Solch einen penetranten Fäulnisgeruch hatte ich bisher selbst nicht in Dr. Metzgers Mobilklinik erlebt. Ich konnte sofort nachvollziehen, warum dieser Raum menschenleer war. Hier würde kein Lebewesen mehr als ein paar Minuten überleben. Ich folgte dem Schild mit der Aufschrift »Pool«. Im ersten Moment dachte ich an Pool im Sinne von Ausscheidungen, doch der Verwesungsgestank war zehnmal schlimmer. War in irgendeiner technischen Anlage Ammoniak ausgetreten? Nein, das stank anders, außerdem wäre ich dann längst bewusstlos.

Das Schwimmbad war nicht sehr groß, aber liebevoll eingerichtet. Auch hier befand sich kein Mensch, und der Gestank legte an Intensität noch mal zu, obwohl ich das vor ein paar Sekunden für unmöglich gehalten hätte. Mangels Blickfang über der Wasserebene fiel mir sofort das Rudergerät auf, das auf dem Boden des Schwimmbeckens lag. War das die Tat meines Sohnes? In dem Moment öffnete sich die nächste Tür und Paul kam zum Vorschein. Mit ihm flutete eine weitere olfaktorische Gaswolke gigantischen Ausmaßes den Raum.

»Papa«, rief Paul. »Gut, dass du da bist. Kannst du mir bitte helfen?« Ohne Unrechtsbewusstsein kam er auf mich zu.

»Womit?«, fragte ich als Begrüßungsersatz.

»Mit dem Ding da«, sagte er und zeigte auf das Rudergerät. »Die haben vielleicht mal einen Schrott hier im Hotel. Ich wollte rudern, aber das Boot ist sofort untergegangen. Das kann doch nicht sein, oder?«

Da ich mir so etwas schon gedacht hatte, hakte ich nach: »Wie hast du das schwere Gerät in den Pool gebracht?«

Paul zeigte mir die Muskeln seines Oberarmes, was mich für einen Moment schmunzeln ließ. Dann tippte er sich an den Kopf. »Mit Hirnschmalz, Papa. Ich habe einfach sämtliche Handtücher aus den Wandschränken genommen und damit eine Rutschbahn für das Rudergerät gebaut. Auf den Handtüchern konnte ich die Maschine ganz leicht in den anderen Raum ziehen.« Er schaute mich mit naivem Blick an. »Papa, die weißen Handtücher sind jetzt leider ziemlich ölig. Ich habe sie wieder in den Wandschränken versteckt. Das bleibt unser Geheimnis, Papa, gell?«

Dieser Teil war nun gelöst. Die Haftpflichtversicherung würde über diesen Minischaden nur lachen. Da waren sie von uns ganz andere Schadensmeldungen gewohnt. Einen Punkt galt es noch zu klären. »Warum stinkt es hier so erbärmlich? Geht das auch auf dein Konto?«

Paul tat, als würde er tief einatmen. »Ach das, das ist doch nur ein bisschen Rauch. Wie bei dem Lagerfeuer, das ich mit Herrn Ackermann im letzten Sommer bei uns im Garten gemacht habe, weißt du noch?«

Ich wusste es noch. Ein Wunder, dass die Feuerwehr das Neubaugebiet retten konnte.

»Und wo hast du das Feuer gemacht?« Die Rauchgase hielten sich tatsächlich in Grenzen, erklärten den Höllengestank aber nur ansatzweise.

Paul zeigte auf den Raum, aus dem er gekommen war. »Da drin ist so ein kleines Holzhäuschen aufgebaut. Und in der Hütte steht ein komischer Grill.«

Während Pauls Rede lief ich zu dem besagten Raum. Nachdem ich das Türschild »Sauna« gesehen hatte, wurde mir einiges, aber immer noch nicht alles klar. »Du hast in der Sauna ein Feuer gemacht?«

Paul hob abwehrend die Hände. »Nein, Papa. Da war vorher ein Mann drin und hat Kohlestücke angesteckt. Als er gegangen ist, bin ich rein, um zu schauen, was er gemacht hat. Mann, ist da eine Bullenhitze drin.«

»Und dann?«

Paul schaute mich verschmitzt an. »Du weißt doch, Papa, dass ich ein findiges Kerlchen bin. Gleich als wir im Hotel angekommen sind, habe ich mich mit dem Koch angefreundet. Der hat mir ein paar Kartoffeln und ein paniertes Schnitzel gegeben und noch so ein paar komische Sachen zum Essen.« Paul verzog das Gesicht und ich erahnte, dass er mit »komische Sachen« Gemüse meinte. »Das Zeug habe ich dann in dem heißen Raum auf den Grill gelegt, aber dann hat es so schrecklich angefangen zu stinken. Vielleicht ist die Kohle zu alt?«

Mir fiel nicht ein, wie ich die Tat meines Sohnes vertuschen könnte. Da keine unmittelbare Lebensgefahr herrschte, beschloss ich, die Situation auszusitzen. Das Rudergerät, die Handtücher und die Verschmutzung des Wasserbeckens würde ich der Versicherung melden oder, wenn es unbemerkt ging, auf KPDs Spesenkonto schreiben lassen. Über das Grillgut in der Sauna würden sich in der nächsten Zeit ein paar Leute ziemlich wundern, aber sei's drum.

»Komm, wir gehen«, befahl ich Paul. »Wo sind Mama und deine Geschwister?«

»Oben, in dem geilsten Zimmer, in dem ich je gewohnt habe, Papa. Krieg ich zu Hause auch so ein Kinderzimmer?«

Ich rollte mit den Augen. »Welche Zimmernummer?«

Paul nannte mir die Nummer der Suite, die ich am Samstag hatte. »Bist du dir da sicher?«, fragte ich nach.

Mein Sohn nickte. »Zuerst hatten wir ein anderes Zimmer. Dann kam jemand, der hatte so eine Uniform angehabt wie die Polizisten bei dir auf der Arbeit, nur anders halt. Dann durften wir auswählen, welche Kopfkissen und Bettdecken wir haben wollen. Und noch viele andere Sachen. Das hat der Mann alles von einem Zettel abgelesen. Da stand auch das Wasserbett drauf.

Und da haben Melanie und ich solange gebettelt, bis der Mann gegangen ist, um nachzufragen, ob wir das Zimmer tauschen können. Das hat dann auch geklappt. Papa, das ist das geilste Bett, in dem ich jemals geschlafen habe. So ein Bett baue ich mir zu Hause auch. Ich hoffe, dass der Wasserschlauch lang genug ist, damit ich ihn vom Garten durch mein Fenster bis ins Zimmer kriege. Wie ich das Bett baue, weiß ich noch nicht so genau, kann ich die alten Bretter in der Garage haben? Bestimmt hilft mir Herr Ackermann dabei. Und ein paar Nägel brauche ich auch noch.«

Wir hatten endlich die Zimmertür erreicht. Nach einem forschen Klopfen öffnete Stefanie.

»Da bist du ja endlich, Reiner.« Sie entdeckte Paul. »Wo hast du die ganze Zeit gesteckt? Ich hoffe, dass nichts passiert ist.«

»Ich war brav wie immer, Mama. Der Koch hat mir ein paar Sachen zum Grillen gegeben.«

Stefanie schaute zuerst Paul und danach mich an. »Alles klar?«

Ich nickte, wenn auch mit schlechtem Gewissen. »Ich habe ihn im Wellnessbereich aufgegabelt. Wie geht es dir und den Kindern?«

Stefanie machte den Weg frei, und ich betrat die mir bekannte Suite. Auf einem kleinen Beistellbett lagen die kleinen Zwillinge Lisa und Lars und schliefen friedlich um die Wette. Auf dem Wasserbett lag Melanie in halber Zimmerhöhe auf einem kolossalen Stapel an Bettdecken. Da sie ihr Handy in der Hand hielt und Ohrstöpsel trug, registrierte sie mein Kommen nicht. Paul grinste in sich hinein, dann stürmte er mit einem Wahnsinnssprung direkt auf das Bett neben seine Schwester. Diese wurde mittels Gegendruck des Wasserbettes bis fast zur Zimmerdecke katapultiert.

»Hilfe!«, schrie sie in Panik und riss sich die Ohrhörer raus. »Paul, du dumme Sau!«, schrie sie zornig, als sie auf dem Bett zur Ruhe pendelte.

Stefanie stand daneben und seufzte. »Reiner, ich glaube, der Urlaub wird für mich nicht allzu entspannend. Ich bin noch nicht dazu gekommen, das Gepäck zu holen. An der Rezeption wurde mir gesagt, dass im Moment leider kein Personal zur Verfügung steht, um es in unser Zimmer zu bringen. Würdest du das bitte übernehmen?«

Ich schluckte. Am liebsten hätte ich um Erbarmen gefleht. Ich wusste nur zu gut, warum kein Personal zur Verfügung stand. Niemand wollte sich diese Schwerstarbeit antun. Da ich seit Kindesbeinen regelmäßig unfreiwillig die Opferrolle übernehmen musste, nickte ich ergeben und machte mich auf den Weg. Meine allerschlimmsten Befürchtungen bewahrheiteten sich nicht: Der Aufzug funktionierte einwandfrei, war dafür aber ständig belegt. So dauerte es rund eine Stunde, um unsere fast komplette Wohnungseinrichtung in die Suite zu schaffen.

»Papa, hast du mein Schlagzeug vergessen?«, brummte Paul, der die Koffer und Taschen durchsuchte. »Ohne mein Schlagzeug kann ich nicht einschlafen.«

»Papa, ich brauche den WLAN-Code«, motzte Melanie. »Und zwar sofort. Ich muss dringend ein paar

Videos downloaden. Fotos von dem geilen Bett habe ich schon in meinem Account geteilt. Willst du mal die Reaktionen lesen, Dad?«

Ich verzichtete darauf, Melanie zu antworten. Bestimmt würde noch heute Abend das Jugendamt mit einem Spezialeinsatzkommando auftauchen. Stefanie begann, das Gepäck auszuräumen. Ich nutzte die Gelegenheit, ein wenig auf dem Sessel auszuruhen, auf dem ich bereits eine wilde Nacht verbracht hatte. Die Wanduhr zeigte mir, dass der Termin beim Oberbürgermeister über zwei Stunden in der Zukunft lag. Zufrieden lehnte ich mich zurück und schloss die Augen.

»Krk, bäh.«

Ich öffnete die Augen. Sofort wusste ich, wo das leise Geräusch herkam. Ich geriet in Panik. Erfahrungswerte hatte ich zur Genüge: Diese kleinen, kaum wahrnehmbaren Geräusche würden sich innerhalb kürzester Zeit zu einem wahren Inferno erweitern.

»Brumpf, juchz.«

Am ganzen Körper zitternd stand ich auf. Noch hatte Stefanie nichts mitbekommen.

»Stefanie, ich muss leider noch mal weg. Du weißt ja, dass ich im Dienst bin und für KPD die Ermittlungen führen muss. Heute habe ich nur noch einen kleinen Außentermin, danach ein Telefonat mit KPD im Büro des OBs. Gegen Abend können wir gemeinsam essen gehen. Ist das für dich in Ordnung?«

Beinahe hatte ich den Redegeschwindigkeitsrekord meiner Nachbarin, Frau Ackermann, gebrochen. Meine Frau sah mich verwundert an. Ich gab ihr einen flüchtigen Kuss, hob die Hand zum Abschied und flüchtete aus der Suite. Kaum am Aufzug angekommen, startete die akustische Hölle: Die gesamte Etage des Hotels wurde Zeuge des Aufwachens unserer Zwillinge Lisa und Lars.

10. FRIEDRICH DER GROSSE

»Lerchenneststraße«, las ich auf dem Zettel, den mir die beiden Beamten im Auftrag von Crump gegeben hatten. Seltsame Straßennamen gab es schon in diesem Sinsheim, dachte ich. Anhand des Faltplans fand ich mich schnell zurecht, auch wenn die Zieladresse etwas außerhalb im Ortsteil Steinsfurt lag.

Verwundert rieb ich mir die Augen. Hatte mich Crump in die Irre gelotst – oder gab es zwei Straßen mit diesem seltsamen Namen? Nachdem ich meinen Wagen vorschriftsgemäß geparkt hatte, stand ich vor einem Fachwerkhausensemble und verglich die Hausnummer. Ein Irrtum schien ausgeschlossen. Dennoch konnte ich mir nicht vorstellen, dass Hubertus Kleinmann in einem Museum gewohnt haben soll. An der besagten Adresse residierten die Freunde des Lerchennestes e. V. – Friedrich der Große-Museum. Sogar meine Geschichtskenntnisse reichten aus, um zu wissen, dass der Lorscher Codex um Jahrhunderte früher entstanden war, als Friedrich der Große gelebt hatte, der im 18. Jahrhundert König der Preußen war.

»Kann ich Ihnen helfen?« Ein Mann trat interessiert aus einem der Fachwerkhäuser. »Das Museum ist heute leider geschlossen. Wir haben nur an Sonn- und Feiertagen geöffnet oder auf Voranmeldung. Oder wollen Sie Mitglied in unserem Verein werden? Wir sind inzwischen über 200 Mitglieder, da wären Sie in guter Gesellschaft.«

Ich entschloss mich, mit der Tür ins Haus beziehungsweise in den Hof zu fallen. Ich streckte dem Mitgliederwerber meinen Dienstausweis entgegen.

»Oh, Polizei«, rief er erschrocken aus. »Wir haben nichts zu verbergen, Herr Palzki. Womit kann ich Ihnen helfen?«

»Ich will eigentlich gar nicht zu Ihnen«, sagte ich. »Ich suche die Wohnung von Herrn Kleinmann. Anscheinend wurde mir eine falsche Adresse gegeben.«

Mein Gegenüber zuckte für einen winzigen Moment zusammen. »Zu Hubertus wollen Sie? Wurde der nicht am Samstag ermordet?«

»Woher wissen Sie das?«

Mein Gegenüber zeigte mit seinem Arm in alle möglichen Richtungen. »Jeder erzählt das. Überall wird das erzählt. In der Dr.-Sieber-Halle soll es passiert sein. Stimmt es denn nicht?«

Ich ignorierte die Frage. »Wohnt Kleinmann nun hier oder nicht?«

»Natürlich wohnt er, äh, wohnte er hier.« Er zeigte auf ein Nebengebäude, das im Gegensatz zu den anderen einen unrenovierten Eindruck machte.

»Erlauben Sie, dass ich mich vorstelle?«

Mit dieser Frage war er meiner Frage um einen Sekundenbruchteil zuvorgekommen. Ich musste nur kurz nicken.

»Mein Name ist Hans-Ingo Appenzeller. Ich bin Erster Vorsitzender des Vereins.« Er machte eine kurze Pause. »Außerdem bin ich der Vermieter von Hubertus. Ich meine, ich war der Vermieter.«

Prima, dachte ich. Da war ich nicht nur an der richtigen Adresse, sondern auch bei einem passenden Ansprechpartner gelandet. »Haben Sie einen Schlüssel für die Wohnung? Wir haben bei dem Toten keinen gefunden.« Diese Aussage hatte ich mir aus den Fingern gesogen, um nicht in Erklärungsnot zu geraten, weil ich als Beamter keinen Schlüssel dabeihatte.

»Nein«, antwortete er sofort, dann sah er kurz zu Boden und murmelte. »Ja, doch, natürlich habe ich einen Schlüssel. Für Notfälle, wissen Sie. Hubertus wusste davon.«

»Selbstverständlich«, antwortete ich, obwohl ich ihm kein Wort glaubte. »Würden Sie mir bitte diesen Schlüssel geben?«

Appenzeller nickte mehrmals zustimmend. »Ich hole ihn.« Er verschwand in dem Museumsgebäude. Ich betrachtete indessen das Gehöft.

»Dieses altfränkische Kleinbauerngehöft stammt aus dem frühen 17. Jahrhundert und wurde in den 1970er-Jahren instand gesetzt.« Unbemerkt war Appenzeller zurückgekehrt. In der einen Hand hielt er einen Schlüsselbund, mit der anderen gab er mir einen Flyer. »Als 18-Jähriger war der spätere Friedrich der Große im Jahre 1730 vor seinem Vater auf der Flucht. In Steinsfurt endete die Flucht, und sein Freund und Fluchthelfer wurde hingerichtet.«

»Aha«, antwortete ich. Irgendwo hatte ich diese

Geschichte schon einmal gehört. Ich wollte den Schlüssel an mich nehmen, doch der Vereinsvorsitzende ging in forschem Tempo voran zu Kleinmanns Haus.

»Ich muss Ihnen etwas beichten, Herr Palzki«, sagte er, als wir vor der Eingangstür standen. »Sie werden es sowieso herausfinden. Ich habe Hubertus vor vier Wochen wegen Eigenbedarf gekündigt. Nicht, dass Sie denken, ich hätte etwas mit seinem Tod zu tun.« Er schaute mich unsicher an.

»Waren Sie am Samstag in der Dr.-Sieber-Halle oder in deren Nähe?«

»Ich? Aber nein. Dafür habe ich mehrere Zeugen, Herr Palzki. Ich war …«

»Schon gut«, unterbrach ich ihn. »Schreiben Sie die Namen und Adressen auf und geben Sie die Liste an den Oberbürgermeister.«

»An den Oberbürgermeister? Ich verstehe nicht.«

»Das hat schon seine Richtigkeit. In diesem speziellen Fall bündeln wir alle Informationen im Büro des OBs. Ich gehöre einer Spezialermittlungseinheit aus Rheinland-Pfalz an.«

»Um Himmels willen«, brach es aus Appenzeller heraus. »Ist der Fall so brisant?«

Ich nickte bedeutungsschwer. »Verraten Sie mir trotzdem, mit welcher Begründung Sie Kleinmann gekündigt haben?«

Schlagartig wurde der Vereinsvorsitzende blass. »Da Sie von einer Spezialeinheit sind, finden Sie es ja doch heraus. Der Kündigungsgrund ist nur vorgeschoben. In Wirklichkeit wollen wir das Museum erweitern. Hubertus' Wohnung ist innerhalb der Museumsanlage wie ein Fremdkörper. Hinzu kommt, dass das Gebäude stark sanierungsbedürftig ist und Hubertus sich stets geweigert hat, Renovierungsarbeiten zu dulden. Er hatte mit den meisten Vereinsmitgliedern Krach, und mehr als einmal mussten wir ihn während der Öffnungszeiten zur Ordnung rufen, weil er Besucher belästigt hat.«

»Belästigt?«

»Nicht im strafrechtlichen Sinn. Er ist immer im Hof herumgelaufen und hat allen Besuchern seine abwegigen Theorien erzählt. Die Leute sind aber wegen des Museums gekommen, nicht wegen des Geschwafels von Hubertus.«

Ich hatte die Bedeutsamkeit längst erkannt. »Das heißt, dass der Tod von Kleinmann für Sie und die anderen Mitglieder ein Glücksfall ist. Kleinmann hätte sich wahrscheinlich gegen die Kündigung gewehrt. Das kann jahrelang dauern, wenn sich ein Mieter gegen eine Eigenbedarfskündigung wehrt. Und teuer wäre es auf jeden Fall geworden. Anwalts- und Gerichtsgebühren und wahrscheinlich die Miete, die er dann nicht mehr gezahlt hätte.«

»Er hat sowieso kaum Miete gezahlt«, wehrte sich Appenzeller. »Aber er hatte in der Tat angekündigt, bis zum letzten Atemzug zu kämpfen. Ich weiß, dass mich diese Aussage verdächtig macht, es gibt da auch mehrere Zeugen. Aber Sie müssen mir einfach glauben, Herr Palzki. Die Kündigung hat rein gar nichts mit dem Tod von Hubertus zu tun.«

Ich hatte längst einen anderen Verdacht. »Sie sagten, dass Sie die Wohnung beziehungsweise das ganze Gebäude dem Museum zur Verfügung stellen wollen, habe ich das richtig verstanden?«

Es folgte ein zaghaftes Nicken. »Mietfrei, selbstverständlich.«

»Da könnte doch durchaus eines Ihrer Mitglieder in vorauseilendem Gehorsam …«

Appenzeller verstand sofort. »Niemals! Ich lege für jedes einzelne unserer Mitglieder persönlich die Hand ins Feuer. Ihre Behauptung ist völlig aus der Luft gegriffen.«

»Wie dem auch sei«, sprach ich weiter. »Bitte besorgen Sie mir eine Liste aller Ihrer Mitglieder, mit Adresse und allen Daten, die Sie haben. Vergessen Sie den Datenschutz, der ist bei polizeilichen Ermittlungen außer Kraft gesetzt.«

»Wie Sie wollen, Herr Palzki. Soll ich die Liste zu Herrn Albrecht schicken?«

»Sie haben gut aufgepasst«, lobte ich ihn. »Jetzt will ich mir aber die Wohnung von Herrn Kleinmann anschauen.«

Ein nicht vorhandenes polizeiliches Siegel an der Eingangstür zeigte mir, dass bisher kein Beamter auf die Idee gekommen war, die Wohnung zu versiegeln. Kein Wunder bei dem Zuständigkeits-Hickhack in diesem Fall.

Der erste Blick in die Wohnung war schockierend. Es gab nur zwei Möglichkeiten zur Erklärung: Die erste, dass Hubertus Kleinmann ein Messie war, schloss ich sofort wieder aus. Der Flur und die Zimmer waren eine einzige große Sperrmüllansammlung. Hier musste ein äußerst aggressiver Täter am Werk gewesen sein und sich alle Mühe gegeben haben, sämtliche Einrichtungsgegenstände bis ins kleinste Detail zu zerlegen. Das im wahrsten Sinne des Wortes zerrissene Sofa war eines der Indizien, dass mit roher Gewalt vorgegangen worden war.

»Gütiger Himmel!«, rief hinter mir Appenzeller, der es sich nicht hat nehmen lassen, mir zu folgen. »Wer macht denn so etwas?«

Ich drehte mich zu ihm um. »Das muss doch einen Höllenlärm verursacht haben.«

Der Vereinsvorsitzende hob abwehrend seine Hände. »Was weiß ich! Ich wohne nicht auf dem Museumsgelände. Unter der Woche stehen die Gebäude meist leer. Nur Hubertus wohnte hier. Ich schwöre Ihnen, ich habe davon nichts gewusst.« Seinem überraschten Blick nach glaubte ich ihm zunächst, wohl wissend, dass er ein guter Schauspieler sein könnte. Vielleicht mimte er regelmäßig bei Veranstaltungen Friedrich den Großen? Dann könnte er mir gegenüber genauso gut den Unschuldigen spielen.

Einen kleinen Schrank hinter der Couch hatte der Eindringling besonders intensiv unter die Lupe genommen. Dem Umfeld nach zu schließen, musste er mit alten Büchern, Schriften und losen Papieren vollgestopft gewesen sein. Die Papierflut war exorbitant. In einer wahllosen Stichprobe besah ich mehrere historische Karten und vergilbte Bücher, die alle etwas mit der hiesigen Region zu tun hatten. Ein paar der Werke besaßen den typischen Einband einer Bibliothek nebst Zuordnungscode, andere, insbesondere die Karten, trugen einen Stempel mit dem Hinweis »Eigentum der Stadt Sinsheim« oder auch anderer Gemeinden.

Der Einbrecher hatte sich nicht damit begnügt, die Bücher zu sichten. In seinem Wahn hatte er viele davon regelrecht zerfetzt. Meinem psychologischen Gespür nach hatte er nicht gefunden, was er suchte. Hätte er sein Ziel erreicht, wäre die Durchsuchung der Wohnung unvollständig geblieben. Warum sollte sich ein Einbrecher der unnötigen Gefahr aussetzen und länger verweilen als unbedingt nötig? In diesem Fall wäre, wie es bei gezielten Einbrüchen häufig war, ein Teil des Objektes durchsucht worden, während der andere Teil in seinem Ursprungszustand erhalten geblieben wäre. Dies traf hier nicht zu. Selbst die letzte Ecke war durchwühlt worden, der Spülkasten der Toilette von der Wand gehebelt, die Flächenleuchte von der Wohnzimmerdecke gerissen und die Matratze des Bettes aufgeschlitzt. Herr Appenzeller setzte sich auf die Reste eines Sessels und musste dabei aufpassen, nicht abzustürzen, da die Sitzfläche alles andere als vollständig war und waagerecht stand. Da ich jahrelang Erfahrung als Kriminalbeamter besaß, wusste ich, dass die meisten Menschen ihre Geheimnisse wie Geld oder persönliche Erinnerungen hohen Wertes weder in der Küche noch im Schlafzimmer versteckten. In über 80 Prozent aller Fälle wurde man im Wohnzimmer fündig. So tickten die Menschen nun mal: Auch wenn man seine Wertsachen aus Sicherheitsgründen nicht offen auf den Tisch legen und bestaunen konnte, so mussten die Verstecke in der Nähe sein, um die Schätze abends beim Fernsehen gedanklich bei sich zu haben.

Auffällig war, dass sich der Einbrecher mit Büchern und sonstigen Papieren intensiver befasst hatte als mit dem Rest der Einrichtung, folglich suchte er keine großen Gegenstände. Goldbarren schieden daher eher aus, Bargeld nicht von vornherein, da ausgehöhlte Bücher ein beliebtes Bargeldversteck waren. Die Bestandsaufnahme der Literatur würde ich den Sinsheimer Kollegen aufdrücken, der OB kannte sicherlich eine Möglichkeit, dies in die Tat umzusetzen. Ich war schließlich nicht zum Arbeiten, sondern zum Ermitteln im baden-württembergischen Ausland.

Mein innerer Riecher täuschte mich nicht: Die Bretter, aus denen ursprünglich der Bücherschrank bestand, legten es nahe. Im Innern musste sich ein Safe befunden haben. Keiner, der zusätzlich an der Wand befestigt war, sondern einer, der dem Eigentümer lediglich ein Gefühl von Sicherheit vermittelte, da er, mochte er auch zehn oder 15 Kilogramm wiegen, leicht abzutransportieren war. Da der geöffnete Safe nicht in der riesigen Sperrholzansammlung lag, hatte ihn der Einbrecher nicht vor Ort öffnen können oder wollen. Vermutlich eher nicht können, sonst hätte er nicht die komplette Wohnungseinrichtung durchsucht und zerstört. Es lag auf der Hand: Das angeblich von Kleinmann gefundene Pergament, dessen Veröffentlichung für das anstehende Jubiläum fatale Auswirkungen haben könnte, wurde im Safe aufbewahrt. Trotzdem, so richtig sicher war ich mir nicht. Während ich dastand und nachdachte, hörte ich einen Aufschrei.

»Was ist denn hier los? Hallo, ist hier jemand?«

Die Stimme kannte ich, doch erst, als ich vom Wohnzimmer in den Flur trat, konnte ich eine Person zuordnen: Erika Müller, die Exfreundin von Hubertus Kleinmann.

»Was machen Sie hier?«, fragte ich zurück. »Haben Sie heute frei?«

»Frei? Wie meinen Sie das? Ach so, Sie meinen die Arbeit im Hotel. Ich arbeite nur in Teilzeit. Aber sagen Sie mal, was ist hier passiert?«

Eine doofe Antwort hatte mir bereits auf der Zunge gelegen, doch das wäre im Moment wenig hilfreich gewesen und hätte nur Verwirrung gestiftet. »Was wollen Sie hier? Sie wissen doch, dass Herr Kleinmann verstorben ist.« Mir kam ein wilder Gedanke. »Haben Sie einen Schlüssel zu der Wohnung?«

Müller lief rot an. »Ich? Nein, Hubertus hätte mir nie …« Sie trug einen innerlichen Kampf mit sich selbst aus. Sie öffnete ihre Hand, und ich sah einen Sicherheitsschlüssel. »Es ist nicht so, wie Sie denken, Herr Palzki.« Ihre Stimme zitterte. »Hubertus hat ihn mir am Samstag gegeben.« Sie schaute sich um. »Warum ist hier alles kaputt?«

Nach wie vor ging ich auf ihre Fragen nicht ein. »Das ist ja mal interessant«, entgegnete ich stattdessen und meinte den Schlüssel. »Haben Sie sich mit Ihrem Freund wieder vertragen?«

»Mit Hubertus? Nein, das verstehen Sie grundlegend falsch. Die Geschichte mit Hubertus liegt schon lange zurück. Streng genommen waren wir nicht mal ein richtiges Paar, sondern nur, äh, das tut jetzt nichts zur Sache. Wurde in die Wohnung eingebrochen? Wissen Sie schon, warum?« Sie versuchte, vom Flur ins Wohnzimmer zu kommen, doch ich versperrte ihr den Weg.

»Keine Ahnung«, antwortete ich. »Aber vielleicht wissen Sie es. Warum wollten Sie in die Wohnung, obwohl Sie wussten, dass der Mieter nicht mehr lebt?«

»Hallo, Frau Müller.« Hans-Jörg Appenzeller war vom Schlafzimmer in den Flur getreten. »Sie habe ich ja schon lange nicht mehr gesehen. Hubertus hat am Freitag oder Samstag noch über Sie gesprochen.«

Verrückt, was man so zufällig als Beifang erfuhr. Sofort mischte ich mich ein. »Sie haben vor ein paar Tagen mit Herrn Kleinmann gesprochen? Warum sagen Sie das erst jetzt?«, pflaumte ich den Vereinsvorsitzenden an.

Er schaute mich unschuldig an. »Warum sollte ich nicht mit Hubertus gesprochen haben? Er wohnte schließlich hier, und an den Öffnungstagen des Museums läuft man sich zwangsläufig über die Füße. Wir waren zwar keine dicken Freunde, nach der Eigenbedarfskündigung schon gar nicht, das ändert aber nichts daran, dass wir miteinander gesprochen haben.«

Ich unterbrach ihn ungeduldig. »Und worüber haben Sie sich unterhalten? Und vor allem: wann?«

Appenzeller überlegte nur kurz. »Das muss am Samstag gewesen sein, ja, am Samstag, jetzt kann ich mich erinnern. Er sagte zu mir, dass sich in seinem Leben in der allernächsten Zeit etwas ändern wird. Er wirkte sehr positiv gestimmt. Im ersten Moment dachte ich, dass er eine neue Wohnung gefunden hat und auszieht, doch dann sagte er, dass er gegen Abend zu Frau Müller, also Erika hat er gesagt, gehen würde, um mit ihr etwas Persönliches besprechen zu wollen. Ob er wirklich persönlich sagte, weiß ich nicht mehr so genau, aber es hat auf jeden Fall so geklungen.«

So langsam verknüpften sich die ersten Fäden. »Was hat er noch gesagt?«

»Nichts mehr. Wir wurden von einem Museumsbesucher unterbrochen, der eine Frage hatte. Danach war Hubertus verschwunden. Das war das letzte Mal, dass ich ihn lebend gesehen habe.«

»Haben Sie ihn tot gesehen?«, rutschte es mir heraus, weil mein Mund mal wieder schneller als das Gehirn war.

Appenzeller runzelte die Stirn. »Tot? Nein, bestimmt nicht. Wie kommen Sie auf diese Idee?«

Ohne Vorwarnung drehte ich mich zu der Dame. »Dann bin ich jetzt aber sehr gespannt, Frau Müller.« Provozierend blickte ich sie an.

»Ich habe keine Ahnung«, sagte sie, was nicht sehr überzeugend klang.

»Was wollen Sie der Polizei verheimlichen? Wenn Sie nicht kooperieren, muss ich Sie zur Zeugenaussage nach Schifferstadt bringen lassen. Das liegt nicht nur in einem fernen Bundesland, sondern kann auch ein paar Tage dauern. Wir haben zwar nicht die effizienteste Verwaltung auf unserer Dienststelle, aber unsere Verhörspezialisten knacken die härteste Nuss. Ruckzuck sind Sie dann kein Zeuge mehr, sondern Tatverdächtige. Dann wird's richtig lustig.« Ich hoffte, ihr damit gehörige Angst eingejagt zu haben. Der Vereinsvorsitzende hatte meine Drohung zwar ebenfalls gehört, doch wenn es hart auf hart kam, würde ich alles leugnen. Als Polizist war man ja zum Glück stets in der glaubwürdigeren Position.

Die Nuss war geknackt, ihr Zittern hatte sich verstärkt. »Er hat mir nur diesen Schlüssel gegeben und gesagt, dass ich in seine Wohnung soll, falls ihm etwas passiert.«

Ein forscher Blick meinerseits genügte, um sie zum Weiterreden zu überzeugen. »In seinem Safe hinter der Couch würde ich ein Kuvert mit Unterlagen finden. Darin würde auch eine Handlungsanweisung liegen sowie Hubertus' Testament. Er hat mir keine Einzelheiten erzählt, nur dass es den einen oder anderen Kopf kosten wird, wenn das Material in dem Kuvert öffentlich bekannt wird. Geglaubt habe ich das natürlich nicht, da Hubertus, wie ich Ihnen bereits erzählt habe, ständig übertrieb und wild vor sich hin fantasierte. Ich habe wirklich keine Ahnung, um was es ging, Herr Palzki. Wenn ich gewusst hätte, dass es dieses Mal um was Ernstes geht, hätte ich mich sofort an die Polizei gewandt.« Sie sah mich flehend an. »Wenn ich daran denke, dass ich für seinen Tod verantwortlich bin.«

»Verantwortlich, wieso?«

»Ich war es doch, die ihm den Tipp gegeben hat, dass der Oberbürgermeister bei der Veranstaltung in der Dr.-Sieber-Halle war. Nur deswegen ist er dorthin gegangen. Dort wurde er dann ja ermordet.«

Grundsätzlich war das korrekt, doch ich sah diese Sache etwas anders. »Wenn der Vorfall in der Dr.-Sieber-Halle nicht gewesen wäre, hätte ihn der Mörder mit hoher Wahrscheinlichkeit kurze Zeit später an einem anderen Ort ermordet.«

Sie bekam glasige Augen.

»Sie wissen wirklich nicht, worum es ging? Jede Kleinigkeit könnte wichtig sein.«

Sie schüttelte heftig mit dem Kopf. »Ich kann Ihnen da nicht weiterhelfen. Haben Sie den Safe gefunden? Das hilft bestimmt weiter. Ich habe den Schlüssel, und den zusätzlichen Zugangscode kenne ich auch. 1-2-5-0, den hat mir Hubertus am Samstag verraten.«

Ich ließ mir von ihr den Schlüssel geben, falls der Safe unerwarteterweise doch noch gefunden werden sollte. »Der Einbrecher hat den Safe vermutlich mitgenommen. Haben Sie eine Ahnung, wer das gewesen sein könnte?«

Ihre Augen weiteten sich, wobei sich die ersten Tränen lösten. »Nein, wirklich nicht. Wie gesagt, ich hatte in der letzten Zeit nur selten Kontakt mit Hubertus. Vielleicht war es sein Mörder?«

Auf diese Idee zu kommen, war nicht schwer.

Hans-Jörg Appenzeller war die ganze Zeit unruhig im Hintergrund von einem Fuß auf den anderen getreten. Schließlich nahm er seinen ganzen Mut zusammen. »Was meinen Sie, Herr Palzki, wann kann ich anfangen, die Wohnung ausräumen zu lassen? Selbst wenn Erben existieren sollten, wovon mir aber nichts bekannt ist, wird den ganzen Müll in dieser Wohnung niemand haben wollen.«

Ich nahm ihm seine Illusionen. »Herr Appenzeller, wir sind mitten in den Ermittlungen zu einem Kapitalverbrechen. Bei dieser Wohnung handelt es sich um einen Tatort. Hier wurde zwar niemand ermordet, dennoch steht der Einbruch in direktem Zusammenhang mit dem Mord an Herrn Kleinmann. Sie werden warten müssen, bis die Untersuchungen offiziell beendet sind. Das kann durchaus eine Weile dauern. Und ohne vorgreifen zu wollen: Auch wenn Sie davon ausgehen, dass es keine Erben gibt, muss dennoch erst danach recherchiert werden. Vielleicht möchte einer der Erben in die Wohnung ziehen?«

Appenzeller erschrak. »Ist das denn möglich? Ich habe doch wegen Eigenbedarf gekündigt.«

»Das kann ich Ihnen nicht sagen, ich bin kein Jurist. Erkundigen Sie sich bei einem Experten.«

Abschließend notierte ich mir die Adressen von Appenzeller und Müller nebst Telefonnummern. Danach bat ich die beiden, mit mir gemeinsam Kleinmanns Wohnung zu verlassen. Da ich für meine Kreativität bekannt war, ließ ich mir von dem überraschten Vereinsvorsitzenden eine Rolle Kreppband bringen, die dieser laut seiner Auskunft im Büro liegen hatte. Die beiden sahen mir ungläubig dabei zu, wie ich mit ein paar Kreppbandstreifen die Eingangstür versiegelte. Mit Kugelschreiber schrieb ich zur Sicherheit »Polizeisiegel« auf das Band.

»Passen Sie bitte auf, damit das Siegel niemand beschädigt«, sagte ich zu Appenzeller.

»Das kann ich Ihnen nicht garantieren«, antwortete er. »Ich bin unter der Woche nicht ständig vor Ort, und das Haus ist frei zugänglich. Da Sie aber abgeschlossen haben und den Schlüssel mitnehmen, müsste ein ungebetener Gast die Tür aufhebeln.«

Ich nickte beiläufig. Appenzeller hatte mir seinen Schlüssel gegeben, wobei ich nicht wusste, ob er weitere Schlüssel zu Kleinmanns Wohnung besaß. Außerdem war der mutmaßliche Täter offensichtlich ebenfalls mit einem Schlüssel in das Haus gelangt, da keine Einbruchsspuren an der Haustür zu erkennen waren. Im Geiste notierte ich mir, die Gegenstände des Opfers kontrollieren zu lassen, die er zum Zeitpunkt seines Todes dabeihatte. Ich war schon jetzt gespannt darauf, ob sich unter den Sachen ein Haustürschlüssel befand. Diese Aufgabe würde ich, genauso wie die Beauftragung der Spurensicherung für diesen Tatort, an den Oberbürgermeister delegieren. Der Besuch bei Jörg Albrecht stand sowieso an, inklusive einer kleinen zeitlichen Verzögerung.

Ich verabschiedete mich von Appenzeller und Müller. Danach drehte ich mich um – und vor mir standen unvermittelt zwei andere Personen.

»Herr Palzki?« Der Chef des Krimiverlags errötete in rekordverdächtig schnellem Tempo. »Was, äh, was machen Sie hier?« Seine Begleiterin war ebenso überrascht.

»Erzählen Sie mir doch zuerst, was Sie hier machen?«, retournierte ich.

Armin Gmeiner stammelte Unverständliches, weil er sich ertappt fühlte. Claudia Senghaas, die Programmleiterin, reagierte dagegen recht abgebrüht: »Wir wollen dieses Museum besuchen«, sagte sie dreist. »Stimmt's, Armin?«

Der Angesprochene nickte erleichtert. »Ja, genauso ist's, Herr Palzki.« Seine Stirn war klatschnass vor Schweiß.

Bevor ich die beiden in die Mangel nehmen konnte, gab mir der Vereinsvorsitzende Schützenhilfe. »Wir haben heute leider geschlossen«, meinte er. »Aber da Sie mit Herrn Palzki persönlich bekannt sind, kann ich Ihnen gerne eine Sonderführung durch die Ausstellung geben.«

»Machen Sie das ein anderes Mal«, sagte ich zu Appenzeller und wandte mich danach unvermittelt an die Verlagsleute. »Woher kennen Sie die Adresse von Hubertus Kleinmann?«

Ihre Reaktion zeigte mir, dass ich einen Volltreffer gelandet hatte. Betreten blickte Gmeiner zu Boden und rückte mit der Wahrheit heraus. »In unserem Verlag erscheinen für gewöhnlich rein fiktive Geschichten über Verbrechen wie Mord und Totschlag. Nur selten gibt es mal eine Art Anlehnung an einen realen Fall. Hier haben wir nun plötzlich die Möglichkeit, ein tatsächlich verübtes Verbrechen in Romanform zu veröffentlichen. Realistischer geht's ja wirklich nicht mehr. Wir versprechen uns davon einen zusätzlichen Werbeeffekt. Einen Autor, der für die Umsetzung infrage kommt, haben wir bereits ausgesucht und kontaktiert. Er ist zwar in einer benachbarten Region verwurzelt, aber das dürfte kein Problem sein, er hat uns bereits zugesagt. Dummerweise ist er im Moment noch mit einem anderen Projekt beschäftigt. Ihrem Dialekt nach, Herr Palzki, kommen Sie aus der Pfalz. Falls Sie gerne Kriminalromane lesen, kennen Sie bestimmt den Kurpfälzer Schriftsteller Dietmar Becker. Er hat in unserem Verlag eine der am längsten laufenden Krimireihen etabliert.«

Ich stöhnte auf. Ausgerechnet Dietmar Becker, der mich inzwischen selbst in meinen Träumen verfolgte. Der krimischreibende Student der Archäologie mischte sich seit Jahren in meine Ermittlungsarbeit ein, um anschließend die harmlosen Fälle völlig unrealistisch zu beschreiben und als maßlos übertriebene Geschichten zu veröffentlichen. Von richtigen Krimis konnte man bei diesen Geschichten eigentlich gar nicht sprechen, nicht einmal von akzeptabler Literatur. Ich hatte zwar noch nie einen seiner grottenschlechten Romane auch nur angelesen, dennoch war mir völlig unbegreiflich, wie es Becker schaffte, sich einer stetig wachsenden Leserschaft zu erfreuen.

»Ist mir völlig unbekannt«, antwortete ich mit einem spottenden Unterton. »Ich kenne in meiner Heimat nur anständige Leute mit einem anständigen Beruf.« Mit einem Blick auf Kleinmanns Wohnung fügte ich an: »Und was wollen Sie hier? Ein bisschen Polizist spielen, so wie dieser Becker, der mich seit Jahren bei der Arbeit stört?«

»Sie kennen ihn ja doch!«, rief Claudia Senghaas auf. »Und überhaupt, diese Ähnlichkeit!« Sie besah mich wie ein achtes Weltwunder. »Sie sehen aus wie der Protagonist in Dietmar Beckers Krimis. Hoffentlich sind Sie nicht ebenso tollpatschig.« Sie lachte kurz auf, brach aber sofort wieder ab. »Entschuldigen Sie bitte, das war nicht ernst gemeint. Herr Beckers Ermittler ist bewusst etwas skurril angelegt, ich wollte Ihnen da wirklich nicht zu nahe treten. Es ist nur diese optische Übereinstimmung, die mich verblüfft. Herr Becker spricht ja seit Jahren davon, dass er seine Figur einem realen Vorbild entlehnt hat, der ein guter Freund von ihm sei.«

»Das kann ich nicht sein«, antwortete ich schroff. »Becker und ich sind keine Freunde.« Ich beeilte mich, das Thema zu wechseln. »Ich weiß immer noch nicht, was Sie hier wollen.«

»Nur ein bisschen umsehen«, übernahm der Verlagsleiter. »Ein Stimmungsbild einfangen, um es mal poetisch auszudrücken. Da unser Autor leider nicht vor Ort sein kann, möchten wir ihm die Örtlichkeiten möglichst genau beschreiben. Wir im Verlag legen nämlich viel Wert auf möglichst realistische Ortsbeschreibungen, auch wenn die Handlungen natürlich erfunden sind.«

»Aber dieses Mal nicht«, unterbrach die Programmleiterin. »Im Moment sind wir zufällig mitten in einem richtigen Mordfall gelandet. Ich wusste bisher nicht, dass es so spannend sein kann, selbst Ermittler zu spielen. Ich kann mittlerweile Herrn Becker nur zu gut verstehen, wenn er meint, dass die Würze im Autorenleben die Recherche ist. Es war ja auch nicht ganz einfach, die Adresse des Opfers herauszubekommen.«

Ich verzichtete darauf nachzufragen, wo sie die Adresse herhatten. Kleinmann dürfte so gut wie jeder gekannt haben. Mit hoher Wahrscheinlichkeit stand er mit seiner Anschrift sogar im Telefonbuch. »Sie sind nur gekommen, um sich das Haus von außen anzusehen?« Ich stellte die Frage möglichst beiläufig.

»Natürlich«, ereiferte sich Armin Gmeiner. »Mit der Durchsuchung der Wohnung und der Zerstörung der Einrichtung haben wir nicht das Geringste zu tun.«

Im gleichen Moment hatte nicht nur er, sondern alle Anwesenden begriffen. Der Verlagschef errötete zum zweiten Mal, dieses Mal weit intensiver. »Es ist nicht so, wie Sie meinen. Wir haben nur …«

Claudia Senghaas übernahm das Wort. »Wir haben geklingelt, da wir nicht wussten, ob Herr Kleinmann alleine gewohnt hat. Zunächst blieb alles still, dann hörten wir ein Glas zerspringen. Inzwischen sind wir uns nicht mehr sicher, ob das Geräusch aus der Wohnung kam oder nicht. Jedenfalls hat Armin an der Tür gedrückt, und dann sprang sie einfach auf.«

»Wir sind aber nicht rein«, ereiferte sich Gmeiner. »Vom Eingang aus haben wir das Chaos im Flur gesehen. Ich habe schnell ein paar Fotos mit dem Handy gemacht, dann haben wir das Gelände sofort verlassen. Die Tür haben wir wieder zugemacht. Dort werden Sie meine Fingerabdrücke finden, an anderen Stellen bestimmt nicht.«

»Wann war das?«, fragte ich barsch.

»Vor nicht mal einer Dreiviertelstunde. Aus Sicherheitsgründen haben wir 100 Meter von diesem Haus entfernt geparkt, den Trick haben wir von Herrn Becker. Wir saßen die ganze Zeit im Wagen und diskutierten, ob wir die Polizei rufen sollen oder nicht. Irgendwann haben wir uns darauf geeinigt, noch mal kurz zu schauen, ob wir in der Umgebung jemand entdecken. Danach wollten wir die Polizei rufen, das hat sich ja jetzt erledigt.«

Ich weiß nicht, warum, aber ich glaubte den beiden. Sicherlich kannten sie aus ihrer Krimiverlagsarbeit heraus Tausende Tricks, um Polizeibeamte zu täuschen. Doch wenn alle Autoren ausschließlich so banale Tricks wie dieser Dietmar Becker draufhatten, brauchte ich um meine Reputation nicht fürchten. Klar, irgendwas verheimlichten die Verlagsleute, aber Mörder waren sie nicht. Mit ihrer Aussage konnte ich leider nicht mehr allzu viel anfangen. Hätten wir die beiden abgefangen, bevor wir selbst in die Wohnung gingen, könnten wir eventuell anhand der Handyaufnahmen überprüfen, ob der Einbrecher zu dieser Zeit noch zugegen war. Inzwischen waren drei weitere Personen durch die Wohnung gestiefelt, was die Handyaufnahmen wertlos machte.

In meiner Hosentasche vibrierte mein Handy bereits zum x-ten Mal. Die Nummer besaßen nur sehr wenige Personen, da ich weder Wert drauf legte, außerhalb meines Büros und meines Zuhauses angerufen zu werden, noch selbst irgendwen anzurufen. Längst grübelte ich, ob der Anruf von meiner Frau kam und Paul zentrale Teile von Sinsheim in die Luft gejagt hatte. Ohne meinen Sohn besonders in Schutz nehmen zu wollen, ging ich aber davon aus, eigentlich hoffte ich es eher, dass der Anruf vom Oberbürgermeister kam. Selbstverständlich hatte ich ihm meine Mobilfunknummer nicht gegeben, doch da es inzwischen geraume Zeit nach 17 Uhr war, dürfte KPD hinter diesem Telefonterror stecken. Da ich sowieso das Museumsgelände verlassen und mich von den Anwesenden verabschieden wollte, zog ich das Handy heraus und nahm das Gespräch an.

Ein kurzes Aufatmen meinerseits, es war tatsächlich der OB. Ich ließ ihn erst gar nicht aussprechen, sondern schrie in den Apparat: »Ich komme sofort, Herr Albrecht. Nur ein paar Minuten.«

Ich beendete das Gespräch und steckte das Teil ein. »Sie haben es gehört, ich muss dringend zum Oberbürgermeister. Bitte entschuldigen Sie mich.«

»Gibt es noch eine Leiche?«, fragte Erika Müller, die die ganze Zeit stille Zuhörerin gespielt hatte.

»Kann sein.« Ich hob kurz die Schultern an. »In Sinsheim ist zurzeit alles möglich.«

Der Verlagschef sprach mich an. »Würden Sie mir bitte Bescheid geben, wenn es neue Spuren gibt, Herr Palzki? Meine Visitenkarte haben Sie bereits. Sie können mich gerne formlos per Handy informieren. Frau Senghaas und ich überlegen gerade, ob wir den Protagonisten unseres aktuellen Krimiprojektes nach Ihnen benennen. Wäre das nicht eine große Ehre für Sie? Wir würden den Charakter selbstverständlich so anlegen, wie Sie wirklich sind, Herr Palzki.«

Ich ließ die beiden ohne Antwort stehen. Diesem Wahnsinn konnte ich am Ende der Ermittlungen wahrscheinlich nur entgehen, wenn ich den Verlagschef oder seine Programmleiterin als Täter festnehmen würde. Das wäre dann ein wirkliches Spektakel.

11. HEXENSTEIN

Inzwischen fand ich mich im Innenbereich von Sinsheim erstaunlich gut zurecht. Ohne mich auch nur ein einziges Mal zu verfahren, fand ich das Rathaus. Einwohner mit oder ohne Rollator musste ich ebenfalls keine befragen.

»Da sind Sie ja endlich, Herr Palzki«, tadelte der OB, als ich ohne anzuklopfen sein Büro betrat.

»Tut mir leid, aber die Ermittlungen haben gerade eine tragische Wendung genommen.« Ein bisschen Übertreibung würde dem OB den Wind aus den Segeln nehmen.

Er horchte auf. »Tatsächlich? Gibt es womöglich eine weitere Leiche?«

Ich verdrehte die Augen. Warum rechnete jeder nach einem Mord grundsätzlich mit einem weiteren? Lag es wirklich daran, dass die Leute zu viele Krimis konsumierten? »Bis jetzt nicht«, sagte ich. »Das kann aber jederzeit passieren. Hinter der Geschichte steckt viel mehr, als wir bisher annehmen.«

»Das Pergament, ich weiß«, ergänzte der OB. »Wenn wir nur wüssten, wo Hubertus es versteckt hat.«

»Ich weiß es«, sagte ich, setzte mich an den Tisch und griff bei den Keksen zu.

»Sensationell«, frohlockte Albrecht. »Sie haben das Pergament gefunden? Kann ich es sehen?«

»Nicht so voreilig«, holte ich ihn auf den Boden der Tatsachen zurück. »Ich weiß nur, wo Herr Kleinmann es versteckte. Zu Hause, in seinem Zimmersafe.«

Der Oberbürgermeister patschte sich mit der Hand an die Stirn. »Dass ich da nicht selbst drauf gekommen bin. Na ja, ich bin ja auch kein Kriminaler. Sollen wir uns gleich auf den Weg machen?«

Auf eine Antwort musste er warten, da ich mir den Mund bis zum Anschlag und teilweise darüber hinaus gefüllt hatte. »Das können wir uns sparen, der Täter war schneller als wir. Sie könnten aber Crump hinschicken, den Tatort aufnehmen. Der wird sich freuen.«

»Tatort? Also doch ein Toter?«

Ich war knapp vor einer Resignation. »Tatorte gibt es auch ohne Tote, Herr Oberbürgermeister. Kleinmanns Wohnung wurde durchsucht und das komplette Mobiliar zertrümmert. Das muss alles bis aufs Kleinste untersucht werden. Da wird die Kripo ein paar Stunden zu tun haben. Ich habe die Wohnung übrigens versiegelt.«

Der OB grinste und schnappte sich den Telefonhörer. »Da wird sich Crump freuen. Wie ich aus inoffiziellen Quellen gehört habe, wollte er heute Abend mit seiner Frau ins Theater gehen.«

Nach einem unerfreulichen Telefonat berichtete mir der OB von dem 17-Uhr-Telefonat mit meinem Chef.

»Herr Diefenbach hat zwar keine Zahlen genannt, mit der Resonanz seines zweiten Auftritts ist er aber einigermaßen zufrieden. Es gebe noch geringfügig Luft nach oben, doch er ist guter Dinge.«

KPD würde niemals ein Desaster zugeben. Und um ein solches musste es sich handeln, da war ich mir ganz sicher. Schade um den schönen Wald, der wegen KPDs unverkäuflichen Büchern gerodet wurde.

»Und zur Sache? Haben Sie Diefenbach auf den aktuellen Stand gebracht?«

»Jaja«, ereiferte sich der OB, wurde aber sofort kleinlaut. »Obwohl, so viel gab es ja nicht zu berichten. Den Streifschuss auf Herrn Speer habe ich natürlich erwähnt, aber da ist ja nicht groß was passiert. Ihr Chef hält den Ortsvorsteher übrigens nach wie vor für äußerst tatverdächtig. Sie sollen ihn nicht aus den Augen lassen, Herr Palzki.«

»Trotz des Attentats auf Speer? Und was ist mit dem Buchhändler, Herrn Gaude?«

»Der Schuss wäre völlig irrelevant für die laufenden Ermittlungen, meinte Ihr Chef. Und Klaus Gaude bleibt nach Alexander Speer weiter auf Platz zwei.« Er sah mich kurz an. »Bezüglich Herrn Gaude gehe ich mit der Meinung Ihres Chefs nicht konform, aber die Sache mit Herrn Speer hat schon ein Geschmäckle.«

Und wieder hatte der OB versucht, möglichst beiläufig die Spur auf seinen Dührener Kollegen zu lenken.

»Ich werde das bei meinen Ermittlungen einfließen lassen«, sagte ich möglichst locker. »Ich sehe das aber nur als unverbindliche Handlungsempfehlung meines Dienstvorgesetzten an.«

»Da ist Herr Diefenbach strikt anderer Meinung«, unterbrach mich der OB. »Er wünscht ausdrücklich, dass Sie sich auf diese beiden Herren konzentrieren.

Und zusätzlich auf eine Dame, die er nun nach reiflichem Nachdenken ebenfalls verdächtig findet.«

»Eine Dame? Etwa Erika Müller, die frühere Partnerin von Kleinmann?«

Da der OB nicht über die gleiche Informationsbandbreite wie ich verfügte, schaute er recht verwirrt drein. »Wie kommen Sie auf Erika? Nein, Ihr Chef meint Daniela Kemmet, die Leiterin der Stadtbibliothek. Am Samstag hatte Herr Diefenbach nach seinen Angaben noch einen sehr patenten Eindruck von ihr gehabt, doch inzwischen kam er zu der Erkenntnis, dass sie durchaus etwas mit dem Tod von Hubertus zu tun haben könnte. Zumal sie ebenfalls Ärger mit Hubertus hatte.«

»Das ist jetzt nicht Ihr Ernst, oder? Beziehungsweise KPDs Ernst?«, ergänzte ich. »Kleinmann hatte mit jedem Ärger.«

Jörg Albrecht versuchte abzuwiegeln. »Ich verstehe Sie ja, Herr Palzki. Auch ich habe so meine Probleme damit, Frau Kemmet als Verdächtige zu sehen. Aber die Sache mit dem Champagner ist schon ein gewichtiges Argument.«

Jetzt war ich an der Reihe, nicht zu verstehen. »Champagner, was soll das jetzt schon wieder?«

»Herr Diefenbach meinte, dass im Laufe des Samstagabends eine Kiste Champagner verschwunden ist. Und wer soll für den Diebstahl infrage kommen außer der Leiterin der Bibliothek? Sie besitzt alle Schlüssel der Dr.-Sieber-Halle. Herr Diefenbach vermutet, dass sie den Rest des vergifteten Champagners zur Seite geschafft hat. Ob sie selbst oder ein Handlanger Hubertus vergiftet hat, muss allerdings erst bewiesen werden.«

Ich hatte selten solch einen Stuss gehört. Klar, ich wusste, was mit dem Edelsekt passiert war. Eigenhändig hatte ich ihn Kemmet geschenkt, was ich aber weder zugeben konnte noch wollte. »Ich nehme die Thesen meines Dienstvorgesetzten zur Kenntnis«, bestätigte ich formal. »Für heute werde ich Feierabend machen. Morgen früh werde ich die aktuelle Verdächtigenliste abarbeiten, damit Herr Diefenbach mit mir zufrieden ist.« Hoffentlich war der OB damit einverstanden, denn einen Plan für den morgigen Tag hatte ich noch nicht.

»So machen wir es, Herr Palzki. Um wie viel Uhr darf ich Sie am Hotel abholen? Ich habe mir morgen ein paar Stunden freischaufeln können und an meinen Stellvertreter delegiert.«

Wie ein Magnet versuchte Albrecht sich an mich zu heften. So ging es mir ständig. Wenn nicht KPD an mir wie eine Klette hing, war es der Pseudokrimischreiber Dietmar Becker. Und nun war es ausnahmsweise mal ein Fremder. »Ich rufe Sie morgen früh an, sobald ich meine heutigen Notizen gesichtet und verarbeitet habe.« Seit meiner Ankunft hatte ich bisher nur zwei Wörter geschrieben, und das war mein Name an der Rezeption des Hotels.

Der OB nickte. »Ich bin ab sieben Uhr im Rathaus erreichbar, Herr Palzki. Werden Sie morgen voraussichtlich schon jemanden verhaften können?«

»Nicht mal festnehmen«, antwortete ich. »Wir haben

nicht einmal den Hauch eines Beweises, von einem eindeutigen Motiv ganz abgesehen.«

»Ja, aber das Pergament …«, unterbrach der Oberbürgermeister.

»Mal schauen«, sagte ich unbestimmt und verließ sein Büro. Den Weg zum Hotel kannte ich inzwischen auswendig.

»Herr Palzki?« Der Ruf kam von der Rezeption. Die Dame hatte ich seit meiner Ankunft schon einmal gesehen. Ihren Namen wusste ich nicht. »Es wurde etwas für Sie abgegeben.« Sie drehte sich um und holte eine in Geschenkpapier verpackte Flasche hervor. Auf einem kleinen Schildchen stand in Blockbuchstaben: »Für Herrn Palzki als Dankeschön«.

»Wer hat das abgegeben?«, wunderte ich mich.

»Keine Ahnung, das hat mein Kollege angenommen. Ist das sehr wichtig? Haben Sie Geburtstag?«

Ich verneinte und riss das Geschenkpapier auf. Wie ich erwartet hatte, kam eine Flasche von KPDs Champagner zum Vorschein. Hatte ich es mit einem dermaßen raffinierten Täter zu tun, der über alle meine Ermittlungsschritte auf dem Laufenden war? Der Champagner war ja erst vorhin durch KPDs Anruf in den Fokus geraten. Will der Mörder damit für Verwirrung sorgen? Wie tief steckte der OB in der Sache? Während ich darüber nachdachte, spielte ich mit den Fingern an der Alufolie herum, mit der der Korken umwickelt war. Ich wunderte mich, als das Stanniol einfach abfiel und der Korken zum Vorschein kam. Irgendjemand hatte den Aluschutz entfernt und anschließend dilettantisch wieder angebracht. Neugierig geworden betrachtete ich den Korken genauer. Meine Expertise bezüglich des Aussehens von Korken bei ungeöffneten Flaschen hielt sich stark in Grenzen, doch ich hatte sofort den Verdacht, dass an dieser Stelle etwas manipuliert wurde. Vielleicht war ich paranoid geworden, ich nannte es vorsichtig.

»Würden Sie bitte im Rathaus anrufen und herausfinden, ob der Oberbürgermeister Albrecht zu sprechen ist? Ich war vor ein paar Minuten bei ihm.«

Die Dame tat ohne Rückfrage, was ich wollte. Wahrscheinlich wurden von ihr als Empfangsdame schon ganz andere Dinge verlangt. Ich hatte Glück, der Stadtchef war noch im Büro.

»Das ging ja schneller, als ich dachte«, dröhnte Albrechts Stimme aus dem Hörer. »Haben Sie kurzfristig einen Abendtermin reingekriegt? In zehn Minuten kann ich Sie abholen. Ich muss nur schnell das Abendessen bei meiner Frau absagen.«

»Nein, um Himmels willen, sagen Sie nicht das Essen ab.« Ich wusste schließlich aus eigener Erfahrung, wie unvernünftig Frauen auf solche kurzfristigen Absagen reagieren konnten. »Es geht nur um eine Flasche Champagner, die für mich im Hotel abgegeben wurde. Ich vermute, dass der Inhalt manipuliert ist.«

»Vergiftet? Ist das die Flasche, aus der Hubertus getrunken hat?«

»Keine Ahnung. Würden Sie bitte die Flasche abholen lassen und von den zuständigen Behörden untersuchen lassen?«

Der Oberbürgermeister sagte mir zu, dass er sofort Crump über die Sache informieren würde und ich die Flasche bis dahin sicherstellen sollte.

Die Dame hinter der Rezeption stand seit einer Minute mit offenem Mund da und lauschte dem Telefonat.

»Bitte stellen Sie die Flasche zurück ins Regal«, sagte ich ihr, als ich das Telefonat beendet und ihr den Hörer zurückgegeben hatte. »Der Champagner wird nachher von Polizeibeamten abgeholt. Geben Sie bitte auch das Geschenkpapier mit, eventuell findet man Fingerabdrücke auf der Verpackung.«

»Ich hatte die Flasche doch auch in der Hand. Und mein Kollege ebenfalls.«

»Dazu werden die Beamte sich bestimmt melden.« Ich nickte ihr kurz zu und widmete mich geistig meiner nächsten Herausforderung, indem ich auf den Lift zuging, um zu meiner Familie zu kommen.

Das Chaos in der Suite hielt sich in Grenzen. Paul musste den ganzen Tag in Höchstform gewesen sein und sich bis über seine Grenzen hinaus verausgabt haben. So müde hatte ich ihn noch nie erlebt. Melanie hatte es sich in einer Ecke, die so groß war wie unser Wohnzimmer, mit schätzungsweise einem Dutzend Deckbetten und unzähligen Kopfkissen unterschiedlichster Größe ein Lager gebaut, auf dem sie scheinbar unbehelligt lag. Ihre Umwelt nahm sie wegen des Kopfhörers und des Starrens auf ihr Handy nicht wahr.

Stefanie fütterte gerade Lisa und Lars ab, die ungewohnt friedlich nebeneinander auf einer Couch saßen und vor sich hin brabbelten. So langsam begannen die beiden, ihren Wortschatz auszubauen und zu kleineren Sätzen zu kombinieren. Egal, ob Wort oder Minisatz, sie endeten allesamt mit einem deutlich zu vernehmenden Ausrufezeichen. *Ich will!*, war die Zusammenfassung ihrer Lautbekundungen. Im Gegensatz zu den größeren Geschwistern bezogen sich die Forderungen zurzeit noch auf eine möglichst süße Nahrungsversorgung sowie interessante Spielsachen. Hier gab es im Großen und Ganzen nur zwei Dauerkonflikte: zum einen die unmöglichen Uhrzeiten, zu denen die Forderungen gestellt wurden, zum anderen die Definition, was eine kindergeeignete Spielsache war. Für Lisa und Lars war klar: Alles, was sich in ihrem greifbaren Umfeld befand, war per se zum Spielen geeignet. Da die beiden inzwischen mit ihren ersten Schritten die Welt erkundeten, hatte sich die Menge der potenziellen Spielmöglichkeiten sprunghaft extrem vergrößert.

»Was ist mit Paul los?« Meine erste Frage galt dem Neunjährigen, da er das atypischste Verhalten aller meiner Kinder zeigte.

»Wasserbett«, sagte Stefanie. »Der ist fast den ganzen Mittag Trampolin gesprungen. Zum Glück ist das Bett nicht geplatzt. Ich hatte mit dem Schlimmsten gerechnet. Hätte unsere Haftpflichtversicherung den Schaden übernommen, wenn Paul das Hotel geflutet hätte?«

Ich blieb sachlich. »Nur wenn du nicht zugeschaut hast, denn dann hättest du deine Aufsichtspflicht verletzt.« Vorsichtig wagte ich mich an den nächsten

Schritt heran. »Was machen wir essenstechnisch? Bei euch riecht es zwar irgendwie nach Imbissbude, das ist aber bestimmt nur eine Täuschung. Wollen wir nachher gemeinsam essen gehen? Mit Lisa und Lars?« Mir war klar, dass dies unmöglich funktionieren konnte. Die Alternative, meine Frau von einem Pizzalieferdienst zu überzeugen, konnte ich mir von vornherein ersparen. Ernährungstechnisch lagen zwischen meiner Frau und mir Universen.

»Das ist alles geregelt«, antwortete sie und seufzte mehrmals tief. »Es war eine reine Notwehrmaßnahme, glaube es mir bitte. Nicht, dass du denkst, ich wäre von meinen Prinzipien abgewichen.« Sie seufzte erneut.

Anhand ihrer vorbeugenden Entschuldigung und dem Geruch, der in der Luft hing, konnte ich mir denken, was jetzt kommen musste. Dennoch, der Gedanke war sensationell.

»Ich bin mit den vieren zu einer Imbissbude neben dem Bahnhof gelaufen«, erklärte Stefanie und sah dabei alles andere als glücklich aus. »Eines kann ich dir sagen, mein lieber Mann. Einen Vaterschaftstest kannst du dir ersparen, und zwar bei allen vier. So viel wie heute haben die bei mir schon lange nicht mehr gegessen.«

Ich schluckte einen entsprechenden Kommentar herunter, weil er nicht zielführend gewesen wäre. »Seltsam«, sagte ich vorsichtig, obwohl ich den Grund nur zu gut kannte. »Was habt ihr denn Schönes gegessen?«

»Schönes?« Stefanies Lippen bebten. »Das einzige Vegetarische, das es dort gab, waren fettige Pommes. Und selbst die wurden im selben Fett wie die Frikadellen gebacken. Du kannst dir ja denken, dass ich keinen einzigen Bissen herunterbekommen habe.«

Sofort kam der Samariter in mir durch. »Soll ich uns eine Pizza bestellen?« Mit glänzenden Augen schmachtete ich sie an. Das Ergebnis war nicht ganz so wie erhofft.

»Pizza? Bist du verrückt? Weißt du, wie viele Kalorien so ein Ding hat? Pizzen triefen meistens nur so von Fett. Nein danke, ich habe mir auf dem Rückweg in einem Supermarkt ein paar Reiswaffeln gekauft, einen Bioladen scheint es in dieser Stadt nicht zu geben. Damit komme ich bis morgen früh über die Runden.«

Jetzt begann mein Magen zu knurren. »Und was haben die Kinder gegessen?«

Stefanie schaute kurz zur Decke, bevor sie Antwort gab. »Frikadellen, Cheeseburger und so Sachen. Selbst Lars und Lisa haben das Zeug in sich reingeschlungen. Das wird ein hartes Stück Arbeit, die beiden von diesen ungesunden Sachen zu entwöhnen. Der Besuch der Imbissbude hat unsere Finanzen ziemlich strapaziert. Von dem Geld hätte ich zu Hause eine Woche lang ein schmackhaftes und gesundes Mittagessen zubereiten können.«

Auf den Widerspruch, dass etwas Gesundes auch schmackhaft sein konnte, machte ich sie nicht aufmerksam. »Dann seid ihr alle satt?«

»Die Kinder auf alle Fälle. Du kannst gerne ein paar von meinen Reiswaffeln haben, das würde deinem Gewicht auf alle Fälle guttun. Ich habe sowieso den Eindruck, als hätte dein Taillenumfang in letzter Zeit wieder ein paar Zentimeter zugenommen. Ansonsten schau mal da vorne auf den Schreibtisch. Da müsste noch eine halbe Packung kalte Pommes liegen.«

Na prima, dachte ich. Falls ich den Abend und die Nacht überlebte, musste ich mir morgen im Laufe des Tages die eine oder andere Nahrungsquelle suchen. Die Kekse des Oberbürgermeisters waren alleine nicht ausreichend, wie mir mein Magen gerade wieder geräuschvoll meldete.

Der Abend und die Nacht verliefen einigermaßen reibungslos. Paul und Stefanie schliefen auf dem Wasserbett, Melanie auf ihrem selbst gebauten Bettdeckenensemble. Lisa und Lars begnügten sich mit dem Zustellbett, in dem sie die ganze Nacht um die Wette pupsten, was Stefanie auf die ungesunde Ernährung schob.

Ich machte es mir in dem bekannten Sessel bequem. Mit ein paar Kissen, die ich bei Melanie stibitzte, funktionierte dies eigentlich ganz gut. Die Bequemlichkeit stand zwar in keinem guten Verhältnis zum Übernachtungspreis der Suite, doch die Kosten sollten nicht mein Problem sein.

Normalerweise war ich das Gegenteil eines Frühaufstehers, doch dieses Mal machte ich eine Ausnahme. Das lag zum Teil an der gigantischen Dusche mit allen Raffinessen, die ich ausgiebig in Ruhe testete. Zum gewichtigeren Teil lag es aber an dem Frühstücksbuffet, das ich mir den ganzen Abend und die Nacht geistig vorgestellt hatte.

»Ich gehe schon mal runter zum Frühstück«, sagte ich zu Stefanie, die sich gerade im Bett reckte. »Du kannst später mit den Kindern runtergehen, Frühstück gibt es bis elf Uhr. Ich weiß leider nicht, wann ich wegmuss. Ich melde mich im Laufe des Tages bei dir, okay? Sobald die Ermittlungen abgeschlossen sind, verbringen wir gemeinsam ein paar Ferientage in Sinsheim.«

Ich war froh darüber, alleine zum Frühstück zu können. Nicht, dass ich eine familienfeindliche Einstellung besaß, aber im Moment war ich froh über ein paar freie Minuten, um meine Gedanken zu sortieren. Beim Fall Kleinmann hing ich nach wie vor voll in der Luft. Ich hoffte, dass ich durch intensives Nachdenken weiterkam.

Ich überfüllte meinen ersten Teller und stellte ihn auf den Tisch, während mir der Speichel aus den Mundwinkeln lief. Da es nur eine zentrale Kaffeemaschine gab, goss ich mir gleich drei Tassen ein, um während des ersten Hungerstillens unnötiges Aufstehen zu vermeiden. Ich setzte mich hin, trank einen Schluck und biss in das Brötchen.

»Herr Palzki?«

Ein uniformierter Beamter trat in den Frühstücksraum. Ich tat das einzig Vernünftige: Ich stellte mich taub und biss erneut in das Brötchen.

Meine Schildkrötentaktik versagte, was wahrscheinlich daran lag, dass ich die einzige männliche Person im Raum war, die alleine an einem Tisch saß.

»Sind Sie Herr Palzki?«

Der Beamte stellte sich dermaßen aufdringlich neben meinen Stuhl, dass es mir unmöglich war, ihn zu übersehen oder gar zu überhören.

Mit vollem Mund versuchte ich den Angriff abzuwehren. Wie kleine Raketen flogen ein paar Brötchenbrocken über den Tisch und zerschellten auf dem Rücken einer weiß beblusten Dame am Nachbartisch. »Ich bin noch nicht im Dienst«, knurrte ich möglichst genervt und atmete zeitgleich auf, weil die Dame den Angriff nicht bemerkt hatte.

»Das kann ich nicht beurteilen.« Der Beamte ließ nicht locker.

»Dann setzen Sie sich doch zu mir und essen eine Kleinigkeit. Sie sind selbstverständlich eingeladen. Wir Pfälzer haben eine großzügige Spesenregelung.«

Für einen Moment war er hin- und hergerissen, was ihn eine Spur menschlich wirken ließ. »Das geht leider nicht, ich bin im Auftrag von Herrn Crump hier.«

Locker bleiben, sagte ich zu mir selbst und biss zum dritten Mal in das belegte Brötchen. »Crump? Der ist doch bei den Ermittlungen außen vor.« Jetzt begriff ich. »Geht es um die Flasche Champagner? Das ging ja mal flott. War in dem Gesöff Gift enthalten?«

Ich merkte deutlich, wie der Beamte krampfhaft schluckte, weil er Magensäure ohne Ende produzierte. Er war kurz davor, mir den Teller zu stehlen. »Von einer Flasche Champagner weiß ich nichts«, meinte er. »Ich soll Sie im Auftrag von Herrn Crump mitnehmen.«

»Keine Chance«, erwiderte ich und verschlang mit dem vierten Bissen den Rest des ersten Brötchens. »Ich steige doch nicht bei wildfremden Menschen ins Auto. Davor haben mich schon meine Eltern gewarnt. Woher soll ich wissen, ob Sie wirklich ein Polizist sind? Gerade in dieser Branche wird viel Schindluder betrieben.« Ich machte mich an den Kartoffelsalat, der zum Frühstück für die meisten eine Spur zu fettlastig war, für mich aber eine ideale Grundlage darstellte.

Völlig spaßbefreit zeigte er mir seinen Dienstausweis. »Kommen Sie jetzt bitte mit.«

»Tut mir leid.« Ich hoffte nach wie vor, den lästigen Kerl loszuwerden. »Meine Ermittlungen führe ich ausschließlich in Kooperation mit meinem Vorgesetzten, dem guten Chef der Schifferstadter Kriminalinspektion, Herrn Klaus Pierre Diefenbach. Und natürlich mit dem Sinsheimer Oberbürgermeister Jörg Albrecht.«

»Aber zu Herrn Albrecht will ich Sie ja bringen.«

»Albrecht? Eben haben Sie noch von Crump gesprochen. Meiner Meinung nach sind das völlig verschiedene Dinge, ja, sogar Menschen.«

Der Beamte war kurz davor, die Kontrolle über sich zu verlieren. »Ich bringe Sie zu beiden. Herr Albrecht will Sie sehen, und Herr Crump hat mich beauftragt, denn nur er ist mein direkter Vorgesetzter.«

Arme Sau, dachte ich und aß erst mal weiter. »Ist es denn so wichtig?«

»Die Spurensicherung ist fast fertig, Sie werden am Tatort erwartet«, nervte er weiter.

Ich hoffte immer noch auf ein glückliches Ende. »Meinen Sie mit Tatort das Museumsgelände? Da war ich gestern schon. Herr Crump soll die wichtigsten Ergebnisse zusammentragen und dem OB übergeben. Dann kann ich sie mir bei der 17-Uhr-Konferenz anschauen.«

»Was reden Sie denn da die ganze Zeit?« Er wurde

immer unwirscher. »Wir sollen zum Hexenstein fahren.«

Diesen Namen hörte ich zum ersten Mal. Ich wurde ein klein wenig neugierig. »Was ist der Hexenstein, und vor allem, ist dort etwas passiert?«

Der Beamte ging nur auf den zweiten Teil meiner Frage ein. »Es hat eine Leiche gegeben.« Er wartete, bis ich meinen Hustenanfall beendet hatte. »Erika Müller wurde stranguliert, vermutlich mit einem Draht.«

Ich bereute, ihn so lange hingehalten zu haben. Das Frühstück konnte ich nach dieser Information vergessen. »Warum haben Sie das nicht gleich gesagt?« Widerwillig stand ich auf, doch in meinem Zustand wollte ich das Feld nicht räumen. Bei einer Buffetkraft verlangte ich eine Rolle Alufolie und begann, ein großzügiges Breakfast to go zusammenzustellen. Die Dame am Buffet schaute etwas eigenwillig aus der Wäsche, sagte aber keinen Ton. Nicht einmal, als ich von ihr eine große Tüte verlangte.

Wenig später saß ich in einem Streifenwagen. Der OB würde mich später bestimmt wieder zurückbringen.

Für einen Tatort mit Leiche war erstaunlich wenig los. Bei uns in der Pfalz wurden bei Kapitalverbrechen generell riesige Beamtenpulks in Bewegung gesetzt. Vielleicht arbeiteten die Beamten in Baden-Württemberg effizienter, was ich aber sofort als unrealistisch verwarf. Es musste an dem Dauerzwist zwischen dem Oberbürgermeister und Crump liegen. Nur das Allernötigste wurde getan, für den Rest waren wir Pfälzer zuständig. Also ich, denn auf KPD war niemals Verlass und mit den telefonischen 17-Uhr-Konferenzen schon gar nicht.

Im Hintergrund sah ich zwei Spurensicherer vor sich hin werkeln sowie einen Notarzt, der in diesem Moment ein paar Papiere an eine sehr junge Beamtin übergab, die leger am Notarztwagen lehnte und tief über Lunge rauchte.

Den Oberbürgermeister hatte ich noch nicht entdeckt, dafür aber Crump. Nachdem auch er mich wahrgenommen hatte, ließ er eine etwa 50-jährige Frau stehen, mit der er sich unterhalten hatte, und kam auf mich zu.

»Das ist Ulla Huxel«, sagte Crump begrüßungslos und zeigte auf die Dame in Joggingbekleidung, mit der er eben im Gespräch gewesen war. »Sie hat die Leiche entdeckt.« Etwas leiser fuhr er fort: »Passen Sie auf, sonst erfahren Sie ungefragt ihre komplette Lebensgeschichte.« Er rollte mit den Augen und wünschte mir mit einem fiesen Unterton viel Spaß. Um zum Tatort zu kommen, musste ich an der Frau vorbei. Sofort nahm sie die Gelegenheit wahr, mich anzusprechen.

»Sind Sie der ermittlungsführende Beamte? Herr Crump sagte mir, dass Sie schon unterwegs sind. Sie müssen wissen, ich habe die Tote gefunden. Aber ich schwöre Ihnen, ich habe die Frau nicht ermordet. Ich jogge regelmäßig hier am Hexenstein, müssen Sie wissen. Ich …«

»Alles klar«, unterbrach ich ihren Redefluss. »Haben Sie die Leiche berührt oder sind Sie ihr sehr nahe gekommen?«

»Um Himmels willen«, rief sie und riss die Arme hoch. »Ich habe sofort gesehen, dass sie tot ist. So etwas ist mir noch nie passiert, nicht einmal in den vier Jahren, in denen ich in Würzburg gewohnt habe. Aber als waschechte Sinsheimerin bin ich zurückgekommen. Ich arbeite …«

»Das können Sie später alles zu Protokoll geben«, schnitt ich ihr das Wort ab. »Halten Sie sich bitte für die Polizei zur Verfügung.«

»Selbstverständlich«, sprach sie sofort weiter. »Sie können mich morgens in der Verwaltung in der Sozialstation Meckesheim erreichen. Ansonsten zu Hause oder in der Stadtbibliothek. Sie ist ja quasi mein zweites zu Hause.«

Ich hatte längst ohrenmäßig abgeschaltet, doch das Wort »Stadtbibliothek« hatte mein Gehirn dennoch registriert. »Sie kennen Daniela Kemmet?«

Überrascht sah sie auf. »Natürlich, wie kommen Sie jetzt da drauf? Ich kann Ihnen aber auch …«

»Danke, ich habe genug Informationen. Geben Sie bitte Herrn Crump Ihre Kontaktdaten.«

»Die habe ich ihm vorhin schon gegeben. Dann muss ich Ihnen …«

»Dann ist alles geklärt, ich wünsche Ihnen einen guten Tag. Sie können Ihre Joggingrunde beenden.«

»Dazu bin ich jetzt viel zu aufgeregt. Ich muss nun …«

Mehr verstand ich nicht mehr, da ich in Richtung Tatort ging. Dass sie die Leiterin der Stadtbibliothek kannte, musste Zufall sein, alles andere war undenkbar. Falls Huxel in die Sache mit Müller verstrickt wäre, hätte sie nicht die zufällige Leichenfinderin gespielt. Außer sie wusste, dass wir zwangsläufig eine Spur zu ihr finden würden, wenn irgendjemand anders die Leiche gefunden hätte. Vielleicht gab es haufenweise Fingerabdrücke von ihr an der Leiche oder der Umgebung, die sie nun leicht mit der Auffindesituation begründen konnte. Aber sie hatte ja explizit gesagt, nicht in der Nähe der Leiche gewesen zu sein.

Ich kam gerade noch rechtzeitig, um den Arzt befragen zu können, da er im Begriff war wegzufahren.

»Können Sie mit ein paar Sätzen sagen, was Sie schon wissen? Ist dies hier der Tatort oder nur der Ablageort?«

»Wer sind *Sie* jetzt schon wieder?«, fragte der Arzt unwirsch. »Warum muss ich euch Polizeibeamten immer alles mehrfach erklären? Als ich ein paar Jahre in der Pfalz gearbeitet habe, ging das immer viel effizienter. Dort geht alles zack, zack, aber hier?«

»Ich bin doch nur ein kleiner Beamter«, goss ich weiteres Öl ins Feuer. »Es sind nur noch läppische 20 Jahre bis zur Pension, das habe ich schnell geschafft.«

Der Arzt reagierte anders als erwartet. »Endlich mal ein Beamter, der das offen zugibt. All Ihre Kollegen sitzen meiner Meinung nach ihre Zeit bis zur Pensionierung ab und arbeiten nur mit minimalstem Einsatz, aber zugeben würde das niemand.«

»Ich bin schon immer eine ehrliche Haut gewesen.«

»Dann schießen Sie mal los, was wollen Sie wissen?« Der Arzt musste mich in sein Herz geschlossen haben.

»Alles«, antwortete ich knapp. »Ich muss hier die

ganze Drecksarbeit machen, aber niemand sagt mir etwas. Ich habe es so leid.« Hoffentlich übertrieb ich es nicht mit der Mitleidstour.

»Jaja, immer auf die Kleinen«, fiel der Arzt in das Gejammer ein. »Hier haben Sie aber nicht viel zu tun. Frau Erika Müller, so heißt die Tote, wurde woanders ermordet. Und zwar mit einem dicken Draht, der rostig sein muss. Entsprechende Partikel sind eindeutig feststellbar. Ihre Kollegen haben zudem relativ frische Reifenspuren sichern können, eventuell ein Hinweis auf einen Wagen, mit dem die Tote hergebracht wurde. Ansonsten kann ich Ihnen im Moment nichts sagen. Ich habe aber am Rande mitbekommen, dass Herr Crump die Tote gut kannte. Das war überhaupt äußerst seltsam: Ich kam in etwa zeitgleich mit Herrn Crump an, und wir gingen beide zur Leiche. Als er sie erkannte, hat er sich höllisch erschrocken, aber nur für einen kurzen Moment. Dann hat er völlig neutral mit seinen Mitarbeitern den Tatort aufgenommen, dabei aber extrem geschwitzt trotz der kalten Witterung. Als ich ihn wenig später darauf ansprach, leugnete er zunächst die Bekanntschaft mit dem Opfer. Nach kurzem Überlegen hat er es dann doch zugegeben. Er hat das mit dem Schock erklärt, den er angeblich hatte.«

Und wieder einmal war es lohnend, sich mit allen verfügbaren Leuten zu unterhalten. Ich konnte mir zwar nicht vorstellen, dass ein Kripobeamter in diese Tat verstrickt war, trotzdem speicherte ich diese Sache in meinem internen Hirnkalender ab. Im Hintergrund sah ich, wie der Oberbürgermeister aus seinem Dienstwagen stieg und direkt in die Arme von dieser redestarken Zeugin lief. Dann viel Spaß, dachte ich, während ich davon ausging, dass Jörg Albrecht nun für Stunden beschäftigt sein würde. Wie durch ein Wunder konnte er das Gespräch, eher den Monolog, innerhalb einer Minute abbrechen. Er stiefelte direkt auf mich zu.

»Das wäre ja noch schöner«, bellte er los, »dass ich mir ausgerechnet jetzt die Geschichten von irgendwelchen Bürgern anhören soll. Hallo, Herr Palzki, so früh haben Sie nicht mit einem Treffen zwischen uns gerechnet, oder?« Ohne mich zu Wort kommen zu lassen, sprach er weiter. »Ausgerechnet Erika, das ist unvorstellbar. Sie arbeitete Teilzeit im Hotel und war eine ganz Liebe. Früher war sie mal mit Hubertus befreundet, das ist aber schon lange her. Alexander Speer kannte sie ebenfalls gut.«

Ich musste etwas klären, was nicht passte. »Sie sind eben erst angekommen, oder? Nach meinen Informationen müssten Sie schon eine Weile hier sein, Herr Albrecht.«

Der OB lachte. »Sie sind wirklich ein guter Kriminaler, dem nichts entgeht, Herr Palzki. Ihre Kombinationsgabe ist verblüffend. Sie haben allerdings ein kleines Informationsdefizit. Ich bin in der Tat schon eine Weile hier, habe mich aber für ein paar private Telefonate in meinen Wagen zurückgezogen.«

Er lachte erneut kurz auf, dann zog er den Ausdruck einer E-Mail aus der Tasche. »Sie haben recht gehabt, Herr Palzki.« Er wedelte mit dem Zettel vor meinen Augen. »Normalerweise benötigt das Labor für solch eine Analyse Minimum einen vollen Tag. Mit meiner Intervention hat es nur eine Nacht gedauert. Crump hatte mich gestern Abend telefonisch zu Hause benachrichtigt, als ihm in Ihrem Auftrag der Champagner gebracht wurde. Ich habe umgehend reagiert und eine Sofortanalyse beauftragt. Wozu ist man schließlich Oberbürgermeister und hat Beziehungen? Um zum Fazit zu kommen: Der Inhalt der Flasche ist tödlich, die kleinste Dosis reicht, um jedwedes Leben zu beenden. Im Übrigen handelt sich um das gleiche Gift wie bei Hubertus.«

Ich hatte mal wieder den richtigen Riecher gehabt. Die Frage aber war, ob mich mit dem Champagner wirklich jemand umbringen wollte oder ob es nur als letzte Warnung zu verstehen war. Hatte ich den Täter, womöglich unbewusst, in eine Defensivrolle gebracht? Stand der Fall kurz vor der Aufklärung? Ich grübelte darüber nach, wo ich etwas übersehen haben könnte. Warum wurden Kleinmann und Müller ermordet? Und warum der Anschlag auf den Ortsvorsteher? Lag es wirklich nur an einem alten Pergament? War letztendlich dieses Schriftstück für den Tod von zwei Menschen verantwortlich? Auch wenn alle Indizien dafür sprachen, mein Bauchgefühl sagte etwas anderes. Und noch eins wusste ich: Mein Bauchgefühl hatte in der Vergangenheit weit häufiger recht gehabt als sämtliche Thesen und Indizien.

Das Mobiltelefon des OBs klingelte. »Ja«, meldete er sich. Seine Mimik wurde immer überraschter, je länger er zuhörte. Mit einem »wir kommen sofort« beendete er das Gespräch. »Wir müssen los, Herr Palzki. Ich nehme Sie mit.«

12. DER ROTE FADEN

Auf dem kurzen Weg zum Dienstwagen des OBs trat uns erneut die joggende Zeugin in den Weg, um uns vermeintlich weitere wichtige Details aus ihrem Leben zu berichten. Unisono ignorierten wir sie. Als wir im Wagen saßen, klärte mich Jörg Albrecht auf. »Keine Angst, Herr Palzki, es gibt keine weitere Leiche. Nur einen Einbruch.«

»Einbruch? Bei Erika Müller?« Für mich lag es auf der Hand. Der Mörder hatte in der Wohnung von Hubertus Kleinmann etwas Wichtiges gesucht, aber nicht gefunden. Ob es sich um das Pergament handelte oder ob der Gegenstand im Safe gelegen hatte oder nicht, war zunächst irrelevant. Jedenfalls musste der Täter gewusst oder es erfahren haben, dass Müller einen Schlüssel besaß und den gesuchten Gegenstand beiseitegeschafft hatte. Deswegen wurde sie gekidnappt. Nachdem sie das Geheimnis preisgegeben hatte, wurde sie mit dem Draht erdrosselt. So langsam hatte ich einen ersten roten Faden. Ob der Mörder inzwischen hatte, was er wollte? Warum dann aber die Geschichte mit dem vergifteten Champagner?

Der OB riss mich aus den Gedankengängen. »Nein, nicht bei der Toten. Crump fährt mit seiner Mannschaft gleich nachher zu Müllers Wohnung. Ich habe ihm ordentlich die Meinung gegeigt, weil er Kleinmanns

Wohnung nach dessen Ermordung nicht untersucht hat. Er rüffelte zwar zurück, dass ich ihm über meinen Schwager die Ermittlungen entzogen habe, doch so einfach kann er es sich nicht machen.«

Der Dauerzwist zwischen Albrecht und Crump interessierte mich überhaupt nicht. Außerdem hatte er mit seinem Kommentar meinen roten Faden zerschnitten. »Und wo wurde eingebrochen?«, fragte ich genervt.

»In der Stadtbibliothek«, antwortete der OB.

Den Rest der Fahrt blieb ich stumm. Meine Gedanken kreisten wirr um das Geschehen der vergangenen Tage, ohne zu einem befriedigenden Ergebnis zu kommen. Albrecht parkte direkt vor dem Eingang der Dr.-Sieber-Halle. Frau Kemmet kam uns aufgelöst entgegen.

»Herr Albrecht, Herr Palzki«, berichtete sie atemlos. »Danke, dass Sie so schnell kommen konnten. Ich weiß nicht, ob ich die Ausleihe schließen soll, um die Spurensicherung nicht zu behindern. Es hat eine Weile gedauert, bis ich den Einbruch bemerkt habe.«

»Wurden keine Türen oder Fenster aufgehebelt oder sonst wie beschädigt?«

»Der Haupteingang ist unversehrt, die Nebentüren ebenso. Die Fenster habe ich eben kurz überprüft, auch diese sind allesamt verschlossen und unbeschädigt.«

»Wurde überhaupt etwas gestohlen? Gibt es einen Vandalismusschaden?«

Kemmet schüttelte den Kopf. »Nein, es sieht eigentlich aus wie immer. Deswegen habe ich es ja auch nicht gleich bemerkt. Kommen Sie bitte mit.«

Sie führte uns in einen Nebenraum. »Dies ist ein Teil unseres Archivs. Inoffiziell nutzen wir es als kleine Präsenzbibliothek. Die Werke können von einem engen Personenkreis, in der Regel Wissenschaftler, eingesehen und kopiert, aber nicht ausgeliehen werden.« Sie zeigte auf eine Lücke in einem Regal. »Hier stand eine Handvoll Werke aus dem 18. Jahrhundert. Reiseberichte, in denen Sinsheim oder der Kraichgau eine Rolle spielten, sowie die Abschrift eines alten Kirchenbuchs. Ich habe überall gesucht, die Bücher sind verschwunden. Gestern standen sie noch auf ihrem Platz, da bin ich mir absolut sicher.«

Gedanklich machte ich eine Rolle rückwärts. Würde dieser Diebstahl in meinen roten Faden passen? Ging es gar nicht um ein angeblich von Kleinmann gefundenes Pergament, sondern um einen Hinweis, der in einem der gestohlenen Bücher stand, der bisher nur niemand aufgefallen war?

Der Oberbürgermeister schaute gedankenversunken in das Loch im Bücherregal. »Können Sie die Titel der gestohlenen Bücher nachvollziehen, Frau Kemmet?«

»Selbstverständlich, Herr Albrecht. Sämtliche Medien sind inventarisiert. Kopien der einzelnen Seiten haben wir aber nicht, die Bücher sind nicht digitalisiert. Vielleicht in anderen Bibliotheken, das müsste man erst recherchieren, falls dies notwendig sein sollte.«

Ich wusste nicht, was das bringen sollte. Selbst wenn Kopien der Bücher vorhanden sein sollten, wussten wir nicht, wonach wir suchen sollten. »Wurde sonst noch etwas gestohlen?«

»Der Rest der Medien scheint vollständig zu sein. Ich werde eine Weile brauchen, um das mit Sicherheit sagen zu können.« Sie schaute betreten zu Boden.

Ich bemerkte sofort, dass etwas nicht stimmte. »Los, raus mit der ganzen Wahrheit, was ist noch passiert?«

Sie schaute mit einem schnellen Seitenblick zu Albrecht, dann fixierte sie mich. »Soll ich Ihnen das wirklich sagen, Herr Palzki?«

»Jetzt, wo Sie uns neugierig gemacht haben, was soll ich da sonst antworten?«

»Wie Sie meinen«, sagte sie und fuhr leiser fort: »Die Kiste mit dem Champagner, die Sie mir am Samstag geschenkt haben, die ist auch verschwunden.«

Der Oberbürgermeister wirkte sehr verwirrt. Ich erklärte ihm die Sache. »Da aufgrund der geringen Besucherzahl am Samstagabend sehr viel Champagner übrig war, habe ich Frau Kemmet als Dankeschön für die Hilfe bei der Vorbereitung der Veranstaltung ein Kistchen geschenkt. Zum Beispiel für VIPs der Stadtverwaltung oder für ein Gewinnspiel der Stadtbibliothek.«

»Ja, genau«, fuhr mir Kemmet ins Wort. »Deswegen habe ich die Flaschen ja auch in der Bibliothek in einen Schrank hinter der Ausleihtheke gestellt. In den nächsten Tagen hätte ich Ihnen eine Flasche ins Rathaus gebracht, Herr Albrecht. Gestern stand die Kiste mit den Flaschen noch im Schrank.«

Es lag für mich auf der Hand, dass der Champagnerdiebstahl, der Buchdiebstahl und die Kapitalverbrechen zu einem einzigen Fall gehörten. So viele Zufälle auf einem Haufen, das konnte nicht sein. Was wäre, wenn Frau Kemmet die Täterin war und den Champagner vergiftet hatte? Meiner Meinung nach konnte es aber keinen Zusammenhang zu der Kiste mit den Flaschen geben, da diese ein Geschenk von mir waren. Und ich war mir sicher, dass die Kiste unversehrt war.

Der Oberbürgermeister wandte sich an mich. »Sollen wir Crump und die Spurensicherung anrücken lassen? Macht das überhaupt Sinn?«

Ich erkannte die Absicht des OBs und war gleicher Meinung. »Hier finden wir nichts, der Einbrecher hat mit Sicherheit keine Spuren hinterlassen. Er konnte den Einbruch in aller Seelenruhe durchführen. Und einen Schlüssel wird er auch gehabt haben, was die potenzielle Täterzahl aber nur theoretisch einschränkt. Ich denke, es ist in Ihrem Sinne, wenn wir die Bibliothek wieder öffnen. Frau Kemmet kann aber trotzdem eine Inventur der Präsenzbibliothek machen, das ist aber nicht so dringend.«

»Ich sehe das genauso«, beeilte sich der OB zu sagen. »Wollen wir etwas essen gehen? Ich habe gehört, Sie wurden bei Ihrem Frühstück gestört.«

»Ja, leider«, antwortete ich betrübt. »Mein energiereiches Überlebenspaket habe ich leider versehentlich im Wagen des Beamten liegen lassen, der mich im Hotel abgeholt hat.« Ich setzte einen Blick auf, als wäre ich halb verhungert. »Eine gut sortierte Imbissbude würde mir zur Kompensation völlig ausreichen. Aber vorher sollten wir kurz zur Wohnung von Erika Müller fahren. Vielleicht ist Crump inzwischen vor Ort.«

»Das ist eine gute Idee«, beschied mir Albrecht. »Die Adresse habe ich mir vorhin aufgeschrieben. So langsam werde ich ein richtiger Kriminalbeamter.« Stolz drückte er seine Brust heraus und wirkte dabei fast schon eine Spur wie mein Chef. »Einen Imbiss kann ich uns auch empfehlen. Eigentlich sind alle in Sinsheim zu empfehlen, doch dieser ist mein Lieblingsladen.«

Während der Fahrt schwärmte mir der OB von unserem übernächsten Ziel vor. Gewisse Ähnlichkeiten zu meinem persönlichen Favoriten, der Currysau in Speyer, waren deutlich zu erkennen. Meine Magensäure war kurz davor, auf den Beifahrersitz überzuschwappen.

Wir parkten vor einem älteren Zweifamilienhaus, dem der Sanierungsstau deutlich anzusehen war. Die Regenrinnen, insbesondere die Fallrohre, waren nur noch mit viel Fantasie als ein ganzes Gewerk zu erkennen, der verschmierte und unvollständige Putz wirkte wie eine unifarbene Batikarbeit. Das mit Schwalbenschwänzen gedeckte Dach war mit zahlreichen Blechen geflickt, und der windschiefe Kamin drohte jede Sekunde in den Vorgarten zu stürzen.

»Das ist keinesfalls typisch für Sinsheim«, entschuldigte sich der Oberbürgermeister. »Insgesamt sind wir ein schmuckes Städtchen mit einem liebenswerten Zentrum und ebenso lebensfreudigen Ortsteilen. Von kleineren Ausnahmen wie dieser Liegenschaft mal abgesehen. Kaum zu glauben, dass hier noch jemand wohnt.«

»Wohnte«, verbesserte ich. »Oder hatte Frau Müller Familie?«

»Nicht, dass ich wüsste. Das lasse ich nachher über das Einwohnermeldeamt überprüfen.«

Im seitlichen Hof parkten zwei Streifenwagen. Dem Klingelschild nach wohnte im Erdgeschoss eine Person oder eine Familie mit einem endlos langen und unaussprechlichen Namen. Immerhin war ein Selbstlaut enthalten. Das Schild des Obergeschosses wies auf Erika Müller, sodass das Opfer mit hoher Wahrscheinlichkeit alleine wohnte. Die Eingangstür stand offen.

»Wir sind oben«, dröhnte es uns von Müllers Wohnung entgegen.

Eine schäbige knarzende Holztreppe später standen sich die Lieblingsfeinde Albrecht und Crump für einen winzigen Augenblick gegenüber. Beide blieben stumm. Der OB ging an Crump vorbei in die Wohnung und ich folgte ihm. »Wir sind erst vor ein paar Minuten angekommen«, rief Crump uns hinterher.

In der penibel aufgeräumten Dreizimmerwohnung waren zwei Beamte an einer ersten groben Bestandsaufnahme. Die Einrichtung konnte durchaus als gehoben bezeichnet werden, Frau Müller hatte bestimmt nie einen IKEA von innen gesehen.

Während der OB den Flachbildfernseher bestaunte, der mit Ausnahme der Lautsprecherboxen die komplette Seite des Wohnzimmers einnahm, handelte ich zielgerichteter. Das Wohnzimmer offenbarte meiner jahrelangen Erfahrung wenig Möglichkeiten, Geheimnisse oder wichtige Gegenstände zu verstecken. Das Einbauschlafzimmer mit dem französischen Bett wirkte auf mich deutlich interessanter. Ich kam auch relativ schnell zum

Ziel: In den ersten Schränken war das drin, was jeder erwarten würde: Frauenkleider en masse. Dennoch kam der Treffer auch für mich völlig unerwartet: Es handelte sich um ein Kleinkalibergewehr nebst Munition. Das Gewehr stand ohne Schutz zwischen mehreren Wintermänteln, die Munitionspackungen lagen auf einem Fachboden. Meinem ersten Gedankengang nach dem Fund zufolge, war Müller die Schützin, die den Dührener Ortsvorsteher angeschossen hatte. Allerdings war völlig unklar, ob es sich um dieselbe Waffe handelte und ob sie Müller überhaupt gehörte.

Ich wickelte die Waffe in ein Handtuch und übergab sie im Flur einem Beamten. »Bitte lassen Sie das Gewehr untersuchen. Insbesondere auf Fingerabdrücke. Die dazu passende Munition liegt im Schlafzimmerschrank.«

Der Oberbürgermeister hatte die Übergabe mitbekommen und kam in den Flur. »Wurde damit auf Herrn Speer geschossen?«

Ich zog die Schultern hoch. »Das Kaliber passt, den Rest kann ich Ihnen nicht beantworten. Vielleicht hat der Täter die Waffe in Müllers Wohnung lanciert, damit sie gefunden wird.«

»Das glaube ich weniger«, sagte der OB. »Kommen Sie mal mit.« Er ging zurück ins Wohnzimmer, ich folgte ihm. Auf der dem Fernseher gegenüberliegenden Seite hing eine Urkunde an der Wand: Erika Müller – Kraichgaumeisterin – 50 Meter Kleinkaliberschießen 2019.

»Donnerwetter«, fuhr es aus mir heraus, doch im gleichen Moment bemerkte ich den Fehler. Eine derartige Schützin hätte niemals danebengeschossen. Selbst wenn der Schuss nicht unbedingt tödlich gewesen sein musste, so hätte Müller getroffen. Wer war der tatsächliche Schütze?

Mein Magen erinnerte mich geräuschvoll an mein Kaloriendefizit. Der OB schaute mich sorgenvoll von der Seite an. »Haben Sie nur Hunger oder ein medizinisches Problem? Die ärztliche Versorgung ist bei uns auf jeden Fall auf hohem Niveau gewährleistet.«

»Hunger ist bei mir immer ein medizinischer Notfall«, frotzelte ich. »Ich denke, wir können uns bei der weiteren Durchsuchung der Wohnung auf das Team Crump verlassen und unsere Ermittlungen woanders weiterführen.«

Crump, der immer noch im Treppenhaus stand und gleichzeitig rauchte und telefonierte, reagierte mit Erleichterung, als wir die Treppe nach unten nahmen.

Die Fahrt zum Imbissladen war nicht weit. Wie es sich für einen Behördenchef gehörte, wollte Albrecht auch dieses Mal direkt vor dem Eingang parken. Leider war diese Parkmöglichkeit nicht nutzbar, unabhängig davon, dass hier absolutes Halteverbot herrschte. Die freimütige Auslegung der gesetzlichen Bestimmungen hätte ich noch akzeptiert, nicht aber den Wagen, hinter dem der OB nun hielt.

»Können wir nicht woanders hinfahren?«, bettelte ich, obwohl mir mein Magen ein deutliches akustisches Warnsignal gab.

»Warum denn?« Jörg Albrecht war bereits im Begriff auszusteigen.

Stumm zeigte ich nach vorne.

Der OB verstand immer noch nicht. »Ein Notarztwagen, na und? Auch Sanitäter haben mal Hunger. Ohne Mampf kein Kampf.« Ohne sich weiter um meine doppelte Notlage zu kümmern, stieg er endgültig aus. Mir blieb nichts anderes übrig, als ihm zu folgen.

»Oh, der Palzki ist immer noch in Sinsheim«, dröhnte eine schiffshupenlaute Stimme durch den Laden. Zwei Fleischbrocken landeten an meiner Wange und auf der Stirn. Dr. Metzger, der gefürchtetste Not-Notarzt nördlich des Südpols schlug sich auf die Schenkel. »Stell dir das mal vor, Günter: Palzki hat mehrere Tage ohne seine Frau und seinen Chef überlebt, dazu noch auf völlig fremdem Terrain.« Metzger schüttelte sich vor Lachen. Dann schnappte er sich den nächsten Burger, von denen etliche pyramidenförmig auf einem Tablett aufgebaut waren.

Günter Wallmen versuchte zu beruhigen. »Hacke doch nicht immer so auf Herrn Palzki herum, Matthias. Vielleicht kann er uns ja helfen. Du weißt schließlich, wie schwierig es ist, die hiesige Verwaltung von unserem neuen und einzigartigen Projekt zu überzeugen. Der Bürgermeister in diesem Dorf scheint ein harter Hund zu sein. Wir haben es bisher nicht einmal geschafft, bis zu ihm vorzudringen.«

Während der OB eine Maulsperre bekam, klagte Metzger weiter. »Aber nur, weil der ständig unterwegs ist. Das sagt jedenfalls sein Sekretariat. Aber sei's drum, wir können es ja mal versuchen, obwohl ich mir sicher bin, dass Palzki weder den Bürgermeister noch sonst eine repräsentative Person aus Sinsheim kennt. Da müssten wir uns an seinen Chef, den Diefenbach, wenden.«

Nicht nur Albrecht blieb stumm, sondern ich ebenfalls. Am besten dürfte es sein, die beiden zu ignorieren und eine ordentliche Bestellung aufzugeben. In diesem Moment entdeckte ich im hinteren Teil des Lokals zwei weitere Personen, die an einem Stehtisch standen und ebenfalls Burger futterten.

»Herr Palzki, nett, Sie mal wiederzusehen«, begrüßte mich Claudia Senghaas, die Programmleiterin des Kriverlags. Ihr Chef Armin Gmeiner konnte aufgrund des hohen Füllgrades seines Mundes nur nicken.

»Sie werden begeistert sein, Palzki«, schrie Metzger und trat an den Stehtisch der Verlagsleute. »Günter und ich verhandeln gerade einen Kooperationsvertrag, um in einer neuen Krimireihe als Realfiguren aufzutreten. Natürlich alles ärztlich geprüft und voll korrekt. Also keine Übertreibungen und medizinischer Humbug, wie es regelmäßig in Schundromanen zu lesen ist. Insbesondere Krimis und die Arztserien in den Groschenromanen sind ja meist so was von weit weg von der Realität angelegt. Wir aber werden zukünftig als Ärzteteam Metzger und Wallmen in einer Krimireihe mitspielen und dem Leser interessante Aspekte aus unserer vielfältigen medizinischen Arbeit erklären. Da kann man sich zukünftig beim Lesen eines Krimis medizinisch weiterbilden. Apothekenrundschau und so Zeug werden komplett überflüssig. Das ist auch für einen Krimiverlag Neuland. Mit einfachen Mitteln kann die Zielgruppe beträchtlich erweitert werden, in dem die Krimis zukünftig in Apotheken verkauft werden.«

»Wir werben mit dem Wirkstoff ›Krimi‹«, unterbrach Wallmen begeistert. »Ein besseres Marketing kann es gar nicht geben. Herr Gmeiner und Frau Senghaas haben das Potenzial sofort erkannt. Wir beginnen mit einer Reihe, deren erster Band in Sinsheim spielt. Aus Rücksicht auf Matthias und mich werden die Folgebände in der Kurpfalz spielen. Na, ist das nicht der blanke Wahnsinn?«

Ich konnte ob der Neuigkeiten nur geschockt mit dem Kopf schütteln, doch Metzger war noch nicht fertig. »Sobald wir mit dem zweiten Band beginnen, können Sie auch gerne mitmachen, Palzki. Das Chaos, was Sie in der Kurpfalz ständig anstellen, ist absolut krimigeeignet. Die vielen Fettnäpfchen, in die Sie ständig reintreten, das gibt eine Wahnsinnsgeschichte.« Metzger zwinkerte mir zu. »Aber erst mit dem zweiten Band. Hier in Sinsheim müssen wir aufpassen, das habe ich Herrn Gmeiner und Frau Senghaas als Bedingung gemacht: Meine Schwester Anna Gramm und ihr Hotel bleiben komplett außen vor. Nicht, dass noch jemand mitbekommt, dass sie im Hinterzimmer Designerdrogen herstellt.« Metzger machte eine kurze Pause und legte den Zeigefinger vor seinen geschlossenen Mund. »Ich weiß ja, Palzki, dass Sie ein scharfer Bulle sein können, aber in Baden-Württemberg sind Sie nicht zuständig, sonst hätte ich Ihnen dieses kleine Geheimnis natürlich nicht verraten.«

Günter Wallmen übernahm den Monolog. »Seine Schwester produziert nicht nur für den freien Markt, sondern arbeitet auch Bestellungen von Matthias und mir ab. Quasi wie eine Apotheke, nur halt irgendwie experimentierfreudiger. Anna hat schon ein paar wirklich heftige Kräutermischungen hergestellt, da bleibt einem glatt die Luft weg.«

»Nicht nur die Luft«, schnaufte Metzger. »Auf jeden Fall ist das finanziell ein supergutes Geschäft.«

13. KRASSES ENDE

Das, was ich da hörte, wurde immer bizarrer. In mir drehte sich alles – und auf einmal passierte es: In meinem Kopf schalteten ein paar Tausend Synapsen wie Relais einen neuen Neuronenkreis: Die Frau, die bei meinem ersten und zugleich letzten Besuch in dem Hostel von Metzgers Schwester Anna Gramm ohne etwas zu sagen hinter der Rezeption verschwand, das musste Erika Müller gewesen sein. Stunden später stand ich ihr in dem richtigen Hotel gegenüber, doch mit ihrer Uniform hatte ich sie nicht erkannt, es gab ja schließlich auch keinen Anlass. Kurze Zeit nach dem Auftritt bei Anna Gramm musste sie an dem Abend ihre Arbeit an der Rezeption im Hotel begonnen haben. Meine Synapsen gaben sich damit noch nicht zufrieden. Mit dieser Initialzündung hatte ich auch den Rest des Falles gelöst. Zwar nicht im Detail, doch die Sache lag klar vor mir: Ich hatte mal wieder den Wald vor lauter Bäumen nicht gesehen. Klar war mir aber noch etwas anderes: Ich befand mich in einer brandgefährlichen Lage, denn jeden Moment konnte der Mörder zu dem Entschluss kommen, dass ich ihn enttarnt hatte. Je mehr ich darüber nachdachte, desto mehr verfestigte sich meine Theorie. Eine andere Lösung war ausgeschlossen, zumal das Motiv klar auf der Hand lag. Wie blind ich doch war!

»Haben Sie es sich überlegt, Herr Palzki?« Armin Gmeiner kam schmatzend näher. »Jemand wie Sie könnten wir in unserer neuen Krimireihe gut gebrauchen. Natürlich nur in Kombination mit Ihrem Chef, das Ganze soll schließlich realistisch bleiben.«

»Honorar gibt es dafür leider nicht«, ergänzte die Programmleiterin. »Es gibt nur Ruhm und Ehre sowie ein Belegexemplar.«

Der Not-Notarzt stand daneben und war wegen seiner intensiven Speiseaufnahme nicht in der Lage, Kommentare abzugeben, ohne die Hälfte seines Einsatzes zu verlieren. Etwas hilflos blickte ich von einem zum anderen, da ich nicht wusste, wie ich reagieren sollte: Auf die Belästigungen von Metzger eingehen, den Verlagsleuten eine gesalzene Abfuhr erteilen, mir ein paar Tausend schmackhafte Kalorien bestellen oder den Mörder überführen. Vor Hunger versuchte sich mein Magen bereits nach außen zu stülpen, doch ich blieb mir gegenüber hart. Ich wollte gerade Maßnahmen ergreifen, um die schlimmsten seit Jahrzehnten in Sinsheim vollbrachten Verbrechen aufzuklären, da klingelte das Handy des Oberbürgermeisters.

»Was haben Sie?«, fragte der OB in das Mikrofon. »Einen Drohbrief haben Sie erhalten? Mit ausgeschnittenen Zeitungsbuchstaben?«

Selbst Metzger vergaß zu schmatzen, um dem Telefonat folgen zu können. »Sollen wir vorbeikommen?« Nach einer kurzen Pause folgte der letzte Satz: »Ist in Ordnung, wir kommen gleich. Herr Palzki ist bei mir.« Er beendete das Gespräch.

»Das war Alexander Speer«, klärte uns Albrecht auf. »Sie haben ja gehört, worum es geht. Fahren wir?«

Ich nickte, da ich damit der Metzger'schen Hölle entkommen konnte. Zwecks Lebenserhaltungstrieb schnappte ich mir im Hinausgehen einen der fetten Burger, die auf dem Tablett des Notarztes lagen.

»Pfui Teufel«, fluchte ich und spuckte den Fleischbrocken auf den Gehweg. »Was ist denn das?« Ich schaute mir das angebissene Teil näher an. Zwischen den beiden Fleischpattys, die so groß wie Unterteller waren, lagen Blätter, die mich an exotische Teesorten erinnerten. Mit einem Ekelgefühl warf ich beim Einsteigen in den Wagen den Burger in den Rinnstein. Wahrscheinlich war das Stück effektiver als handelsübliches Rattengift.

Die kurze Strecke nach Dühren war mir bekannt. Der Ortsvorsteher stand vor dem Haus. Aufgeregt wedelte er mit einem Blatt Papier. Er wartete kaum, bis wir ausgestiegen waren. »Herr Palzki, das wird langsam kriminell, ich fordere Personenschutz, und zwar sofort.«

Aus Albrechts Schilderungen während der Fahrt wusste ich, was mich erwartete. Ich nahm Speer das Blatt ab, fremde Fingerabdrücke waren bestimmt nicht zu finden, und überflog den kurzen Text, den der Schreiber aus einer Zeitung ausgeschnitten hatte. Um welche Ausgabe es sich handelte, würden die Techniker leicht herausfinden. Ob das weiterhalf, stand auf einem anderen Blatt. Alexander Speer wurde in dem Brief nicht mehr oder weniger als sein baldiger Tod angekündigt. Weshalb oder warum, hierzu gab der Text keine Auskunft. Auch nicht dazu, wie er seinen Tod verhindern konnte, zum Beispiel mit der Zahlung eines Geldbetrags. Irgendwie ergab das keinen Sinn.

»Wie wurde der Zettel zugestellt?«, fragte ich den Ortsvorsteher.

»In einem normalen Briefkuvert mit der Tagespost. Ich habe das Kuvert auf meinem Schreibtisch liegen. Soll ich es holen?«

»Später«, antwortete ich. »Mir fällt nämlich gerade ein, dass ich einen sehr wichtigen Termin habe, den ich nicht verpassen darf. Wollen Sie uns begleiten, Herr Speer? Dann können wir uns unterwegs über den Fall unterhalten. Ich habe nämlich seit Kurzem eine Theorie, die mich schnell zum Täter führen wird.«

Mit meinem letzten Satz hatte ich beide neugierig gemacht. »Klar, kein Problem«, sagte er. »Im Moment dürfte es im Wagen von Herrn Albrecht sicherer sein als in meinem Haus. Wo geht es denn hin?«

»Ins Hotel«, gab ich zur Auskunft, als Albrecht losfuhr.

»Erwartet Sie Ihre Familie?«, fragte der OB interessiert.

»Nein, nicht dieses. Ich meine ein anderes Hotel.«

Die beiden Lokalpolitiker versuchten abwechselnd, aber erfolglos, mir den Namen des Hotels zu entlocken. Als ich Herrn Albrecht bat, vor der »Roten Laterne« zu parken, war die Verwunderung groß.

»Dort wollen Sie rein, Herr Palzki? Das war früher mal ein Bordell. Die jetzige Eigentümerin liegt seit einer Weile im Rechtsstreit mit der Stadtverwaltung«, sagte

Albrecht. »Das Gebäude soll abgerissen werden. Es ist ein Schandfleck für Sinsheim.«

»Ich geh da nicht rein«, erklärte der Dührener Ortsvorsteher und verschränkte demonstrativ seine Arme vor dem Bauch.

Ich stieg aus und zuckte mit den Schultern. »Gut, dann gehe ich eben alleine hinein. Wenn es Sie nicht interessiert, wer der Täter ist, dann warten Sie solange draußen.« Wieder einmal war es mir gelungen, die beiden Lokalpolitiker neugierig zu machen. Sie folgten mir, wenn auch mit deutlich sichtbarem Unwillen in die »Rote Laterne«.

Da ich wusste, was mich erwartete, holte ich noch einmal tief auf Vorrat Luft, bevor ich die Lobby betrat. Mir war klar, dass es nicht mehr lange bis zu einer Entscheidung und der Entlarvung des Mörders dauern würde. Dass es so schnell gehen würde, überraschte mich außerordentlich.

Kaum hatten wir die schmuddelige Empfangshalle betreten, entdeckte uns Anna Gramm, die sich mutmaßlich rege an ihrem hosteleigenen Alkoholvorrat gelabt hatte. Mit verschwitztem und promillegerötetem Gesicht taumelte sie hinter der Rezeption hervor und knallte in ihrem vorgeglühten Zustand mit voller Wucht die rechte Hand an Speers Wange. Der Lautstärke des Knalls zu urteilen, musste der Ortsvorsteher in diesem Moment mehrere Backenzähne verloren haben.

»Du Schwein, du elendes!«, fuhr sie ihn an. Eine zweite und dritte Schlagattacke konnte Speer aufgrund der vorbereitenden ausholenden Schwungbewegung abwehren. Metzgers Schwester ging in den Verbalangriff über: »Du Sau, du hoscht mir des gute Gschäft versaut! Ich kännt dich kloppe bis zum Umfalle. Mit dem Hubertus wär ich a so fertisch gworre. Des war doch nur ähn große Spinner!«

Alexander Speer stand mit weit aufgerissenen Augen da und hielt sich die Wange. Er wollte etwas sagen, doch Anna Gramm kam ihm zuvor. »Weil du mei Gschäft kaputtgemacht hoscht, verrot ich dich an die Bulle. Dann kumscht du in de Knascht und ich handel mit meim Bruder weiter mit de Droge.« Unvermittelt folgte der nächste Schlag auf Speers Wange, den dieser aufgrund der Plötzlichkeit nicht abwehren konnte. »Glei nochhert geh ich zu de Bulle un verrot, was du gemacht hoscht. Das du die Erika dod gemacht hoscht, war zu viel, du kleener Gauner.«

Der Ortsvorsteher trat zwei Schritte zurück, um aus der Schlaglinie zu kommen. Gleichzeitig zog sein Politikerkollege Albrecht sein Handy aus der Tasche, doch ich gab ihm ein Zeichen, sodass er es wegsteckte.

Ich versuchte die Lage zu deeskalieren. »Frau Gramm, ich bin zufällig von der Polizei. Was werfen Sie Herrn Speer genau vor?«

Ihre Mimik nahm groteske Züge an. »Du bischt ähn Bulle? So siehste awer net aus. Des mit de Droge wu ich ewe gsagt hab, dess stimmt nadierlich net. Des war alles nur Bledsinn.«

»Und das mit Herrn Speer?«

»Des is alles die Wohrheit. De Alexander hot erscht de Hubertus umgebrocht, weil der so dummes Zeich gebabbelt hot und dann a noch die Erika.« Sie baute sich breitbeinig vor Speer auf und drückte die Hände an ihre Hüfte.

»Glauben Sie ihr kein Wort«, flüsterte Speer leise. Etwas lauter fuhr er fort: »Ich weiß nicht, wovon sie redet. Offensichtlich will sie von irgendwelchen Drogen ablenken, mit denen sie im Hotel handelt.«

Jetzt wurde es Zeit, Teile meines Wissens preiszugeben. »Leider sind Sie nicht ganz so unschuldig, wie Sie tun, Herr Speer. Darf ich Sie an die dicke Stromleitung in Ihrem Haus erinnern, die ich entdeckt habe?« Der Ortsvorsteher trat erschrocken einen Schritt zurück.

»Ich weiß längst, dass es sich nicht um einen Stromanschluss in Ihrer Garage handelt. Die Geschichte mit dem Elektroauto haben Sie erfunden. Die zusätzliche Stromversorgung von Ihrem Nachbarn mündet bei Ihnen nämlich im Keller.« An seiner Mimik erkannte ich, dass ich einen Volltreffer gelandet hatte. Meine Glückssträhne ausnutzend, legte ich nach: »Sie haben bei sich zu Hause illegale Pflanzen angebaut und auch geerntet. Hier, in diesem Etablissement fand die nächste Stufe der Verwertung statt. Erika Müller und Anna Gramm haben Drogen hergestellt und wahrscheinlich auch vermarktet.«

Just bis zu diesem Moment war ich der Überzeugung, dass Alexander Speer unbewaffnet war. In diesem, zugebenermaßen nicht ganz trivialen Punkt, irrte ich mich. Die Schusswaffe, die er aus seiner Jacke zog, richtete er zunächst auf mich.

»Sie sind ein schlaues Kerlchen, Herr Palzki. Leider werden Sie diese Story niemandem erzählen können. Außerdem wird sich die Sinsheimer Bevölkerung wundern, weil ihr Oberbürgermeister plötzlich wie vom Erdboden verschwunden ist. Mal schauen, ob ich mit Ihrem Tod eine nette Geschichte entwickeln kann. Mein Kollege Albrecht oder Sie, Herr Palzki: Einem von beiden werde ich die Morde in die Schuhe schieben. Wehren können Sie sich nicht dagegen, weil sie dann längst selbst tot sind.« Hektisch wedelte er mit der Waffe, dabei löste sich ein Schuss, der die über der Theke hängende halb volle Drei-Liter-Flasche Asbach traf. Der eklatante Miefgestank in der Lobby wich schlagartig einem penetranten Alkoholodor.

»Anna, was ist los mit dir? Komm, sperre die beiden hinten in der Toilettenanlage ein. Dort gibt's keinen Fluchtweg. Dann können wir uns in Ruhe einen Plan überlegen.«

Die durch reichlich Alkohol in ihrer Urteilskraft eingeschränkte Anna Gramm machte zunächst keine Anstalten, der Aufforderung zu folgen. Sie ging hinter die Theke, betrachtete kurz die Scherben der Asbachflasche und schenkte sich dann einen hochprozentigen vierfachen Irgendwas ein. »Willscht die jetztert a noch umbringe?«, bellte sie Speer an. »Mir wär des jo egal, awer dass du die Erika tot gemacht hoscht, des nervt mich schunn ganz arg. Ich muss jetztert die ganze Ärwet alläh mache. Des geht mer schun uff de Senkel.«

Um unser Leben zu retten, musste ich die unklare Situation nutzen, um Zeit zu gewinnen. Dies funktionierte in dieser lebensbedrohlichen Lage nur mittels reden. »Dass Sie Hubertus Kleinmann an dem Abend in der Dr.-Sieber-Halle vergiftet haben, ist mir schon länger bekannt«, log ich dreist. »Ich gehe davon aus, dass er Ihre Pflanzen entdeckt hat.«

»Ach was«, entfuhr es Speer. »Wie hätte Hubertus bei meinen Sicherheitsvorkehrungen in meinen Keller kommen sollen? Erika, die dumme Nuss, hat es ihm verraten. Und der Spinner hatte anschließend nichts Besseres im Sinn, als mich zu erpressen! Das kann ich mir doch nicht bieten lassen, oder? Wenn das an die Öffentlichkeit gekommen wäre, hätte ich meinen Ortsvorsteherposten an den Nagel hängen können.«

»Sie haben ihn nur wegen der Erpressung ermordet?«, fragte ich überrascht. »Ging es nicht um das Pergament?«

Speer lachte höhnisch. »Glauben Sie wirklich, dass es mir oder irgendjemand anderes etwas ausmachen würde, ob Sinsheim ein paar Jahre älter ist oder nicht?« Der Oberbürgermeister Albrecht versuchte mit kleinsten Schritten in Richtung Tür zu schleichen. »Bleiben Sie stehen, werter Kollege«, schnauzte ihn Speer an. Dann wandte er sich wieder mir zu. »Hubertus hatte schon Tage vor seinem Tod mit seinem Fund angegeben. Er wollte vor der Veröffentlichung seines Pergaments eine Weile den Oberbürgermeister ärgern, als Rache, weil er ihn immer so hat abblitzen lassen.«

»Hat er wirklich ein Pergament gefunden?« Die Frage kam von Albrecht.

Der Dührener Ortsvorsteher nickte. »Zuerst habe ich es auch nicht geglaubt. Wir wissen ja, dass Hubertus ein Spinner war. Nach seinem Tod bin ich noch in der gleichen Nacht in seine Wohnung eingestiegen. Einen schriftlichen Hinweis, der auf die Erpressung mir gegenüber hindeutete, habe ich nicht gefunden. Dafür habe ich das Pergament entdeckt – und das sah sehr echt aus.«

»Sah?«

»Ja, was glauben Sie denn, Herr Albrecht? Selbstverständlich habe ich es gleich verbrannt. Solche Sachen braucht kein Mensch. Seien Sie doch froh, ich habe unser Stadtjubiläum gerettet.« Er machte eine kurze Pause, dann ergänzte er: »Davon werden Sie aber leider nichts mehr haben.«

Anna Gramm hatte es offensichtlich geschafft, zumindest rudimentär zuzuhören. »Unn warum hoschten dann die Erika tot mache misse?«

Alexander Speer antwortete wütend: »Weil sie mein Vertrauen missbraucht hat. Damit man mich nicht verdächtigt, bat ich Erika, mit ihrem Gewehr auf mich zu schießen. Der Schuss sollte natürlich danebengehen. In der Aufregung kam es zu dem Streifschuss. Im ersten Moment dachte ich, sterben zu müssen, so weh hatte das getan. Zu dem Zeitpunkt hat sie es zwar geahnt, aber nicht gewusst, dass ich Hubertus getötet habe. Dann habe ich mich dummerweise verplappert. Fortan hat sie mich erpresst. Nur weil sie vor Jahren mal mit dem Kerl befreundet war. Jedenfalls blieb mir nichts anderes übrig, als sie ebenfalls zu beseitigen. Glauben Sie nicht, dass mir das Spaß gemacht hat. Aber was sein muss, muss sein. Ich habe ihren Tod etwas martialisch dargestellt, damit man irgendeinen Verrückten für den Mörder hält.«

»Und warum haben Sie mir die Flasche Champagner geschickt?« Ich hatte immer noch keine Idee, wie ich den Mörder überrumpeln konnte.

Speer lachte hämisch. »Das war Zufall, Herr Palzki, reiner Zufall. Ich bin in der Stadtbibliothek eingestiegen, um eine weitere falsche Spur zu legen. Es musste ja nach wie vor so aussehen, als wäre das verschwundene Pergament der Auslöser für diese mörderischen Taten. Die Flaschen habe ich zufällig entdeckt und es als schicke Idee empfunden, Ihnen einen Gruß aus der Stadtbibliothek zu schicken.« Er zuckte mit den Schultern. »Ein Toter mehr oder weniger, da wäre es auch nicht mehr drauf angekommen.«

Der Ortsvorsteher blickte böse zu Anna Gramm, die inzwischen den zweiten oder dritten vierfachen Irgendwas eingeschenkt und getrunken hatte. »Hör auf zu saufen«, fuhr er sie an. »Wenn das alles rauskommt, bist du mit dran. Und dein Bruder auch, der ist sowieso einer der größten Nutznießer gewesen.«

»Loss de Matthias außem Spiel«, lallte Gramm. »Der tut wenigschtens ab und zu Lewe rette und bringt net wie du die Leit um. Zumindescht net vorsätzlich.«

Speer winkte den Einwand mit einer mürrischen Handbewegung ab. Die andere Hand mit der Waffe zeigte immer noch in meine Richtung. »Im Knast landet ihr alle zwei, das ist dir doch hoffentlich klar. Wenn ich nachher die beiden hier umlege«, er schaute kurz zum OB und mir, »dann kann ich immer noch auf Unzurechnungsfähig plädieren. Aber bei dir und deinem Bruder ist es anders: Da werden ein paar schöne Jahre zusammenkommen. Und eines sage ich dir: Im Knast hast du es nicht so komfortabel wie in deiner Herberge.«

Bevor Anna Gramm zu einer Äußerung fähig war, legte er nach. »Aber so weit muss es ja nicht kommen, wenn du jetzt langsam mal in die Gänge kommst und die beiden Herren in dein Klo einsperrst. Du musst nachher nicht hierbleiben, wenn ich mich um die Beseitigung von Albrecht und Palzki kümmere.«

Die folgenden Sekunden waren sehr unübersichtlich.

Der Oberbürgermeister sah seine letzte Chance im direkten Angriff auf seinen Amtskollegen. Da er wie ich unter strenger Beobachtung stand, konnte er sich in den letzten Minuten nur im Zeitlupentempo unauffällig in Richtung eines Tisches bewegen. Während Speer mit Anna Gramm motzte, riss der OB eine massive Blumenvase mit künstlichen Blumen, die vermutlich von einer Kerwe-Schießbude stammte, vom Tisch und schleuderte sie in Richtung Speer. Dieser bemerkte die hektische Bewegung seines Amtskollegen und riss die Waffe in dessen Richtung. Im gleichen Moment zerschlug Anna Gramm wütend und inzwischen auch desorientiert einen übervollen Porzellan-Aschenbecher mit Kondomwerbung an einer Metallsäule, sodass Kippen und Porzellanbrocken ähnlich dem interstellaren Urknall mit steigender Fluchtgeschwindigkeit expandierten. Aufgrund des Lärms zog Speer im Reflex die Waffe erneut in eine andere Richtung. Völlig unkontrolliert löste sich ein Schuss, der die gerade im Anflug befindliche Blumenvase traf und in Tausend Splitter explodieren ließ. Vasensplitter, Aschenbecherreste und Zigarettenkippen bildeten für einen winzigen Augenblick ein künstlerisches Kunstwerk mitten im Raum.

Als reaktionsstarker Polizeibeamter stürmte ich nach vorne, wurde aber von einem größeren Teil des Aschenbechers, der an meiner Stirn seine expansive Flugbahn beendete, schmerzhaft gebremst. Während mir das Blut über ein Auge lief, stürmten mehrere Männer das Foyer und rangen Speer, Albrecht und auch mich nieder. Anna Gramm stand fassungslos hinter der Rezeption.

»Was ist denn hier los?«, brüllte eine Stimme, die ich nur zu gut kannte, allerdings niemals zum jetzigen Zeitpunkt an diesem Ort vermutet hätte. »Ist Herr Palzki hier?«, fragte die Person weiter.

Der Mann, der mit einem Hechtsprung auf mich gesprungen war, erkannte mich und rollte zur Seite. »Du?«, fragte er verwundert. Dann entdeckte er den frischen Blutfleck auf seinem Hemd, der sich von meinem Kopf übertragen hatte.

»Ja, ich«, antwortete ich und stand trotz heftigen Schwindels und pochender Stirn auf. Zwei, drei schnelle Schritte und ich hatte die Waffe von Speer, die er im Kampf verloren hatte, in meinen Besitz gebracht. Die Lage war unter Kontrolle, beide Politiker lagen auf dem Boden, fixiert von jeweils einem Polizeibeamten.

»Sie kommen gerade rechtzeitig«, lobte ich KPD und reichte diesem die Waffe.

»Wa, äh, was soll ich damit?«, stotterte er. »Und was soll das Chaos, das Sie hier veranstalten, Palzki?«

Ich hatte keine Ahnung, warum KPD just in diesem Moment mit seinen Untergebenen in die »Rote Laterne« gekommen war. Dass er irgendwelche Hintergrundinformationen zu der Täterschaft Speers hatte, schloss ich aus, zumal nun die beiden Beamten, die Speer und Albrecht niedergerungen hatten, sich erhoben und entschuldigten. Speer wirkte ob der Entschuldigung überaus perplex. Da ich damit rechnete, dass er in Kürze neues Ungemach plante, vielleicht hatte er eine weitere Waffe einstecken, kümmerte ich mich um die Fixierung des Mörders.

»Was tun Sie da, Palzki?«, mischte sich KPD mit halbdebiler Mimik ein, während ich den vor sich hin fluchenden Speer provisorisch mit einem aus den 70er-Jahren des vergangenen Jahrhunderts handgearbeiteten Makramee-Kunstwerk, das verstaubt an der Wand hing, fesselte. »Sind Sie verrückt geworden?«

Oberbürgermeister Albrecht trat zu KPD, um ihn aufzuklären. Doch im gleichen Moment erkannte Anna Gramm ihren ehemaligen Klassenkameraden. Lachend kam sie hinter der Theke hervor. »Bischt du es wirklich, Bärtchen?« Sie betrachtete interessiert die maßgeschneiderte Uniform meines Chefs. »Kummscht du grad vun ähm Fasnachtsumzuch?«

KPD schaute peinlich berührt zu Boden. In jeder anderen Situation würde ich jetzt nachlegen und meinen Chef sozial demontieren. Bärtchen, dieser Spitzname von Diefenbach war mir bis heute unbekannt. Leider hatte ich im Moment mit dem widerspenstigen Speer genug zu tun. Zu meiner Genugtuung stocherte

Anna Gramm weiter verbal auf meinen Chef ein. Sie ging direkt auf KPD zu und täuschte ein Küsschen auf seine Wange an. KPD erstarrte, unter anderem aufgrund der intensiven Alkoholwolke. »Hoschte eigsehe, dass dir ähn Bart net steht? Was häm mer iwwer dich immer gelacht, Bärtchen.«

Die Lage im Foyer hatte sich insgesamt etwas beruhigt. Das Aussehen von Alexander Speer war grotesk. Eingewickelt in einen zwei Meter langen Makramee-Wandteppich sah er unbeschreiblich aus. Da niemand das Gespräch übernahm, redete Gramm weiter. Sie sprach den Oberbürgermeister, der neben KPD stand, an. Ihrer alkoholbedingt lauten Stimme lauschten alle Anwesenden, was ich KPD von Herzen gönnte, auch wenn er uns mutmaßlich eben das Leben gerettet hatte.

»In de Schul hot sich de Klaus net rasiere wolle, weil er ähn Bart hawe wollt. Awer alles, was do gewachse iss, war irgendwie zerfleddert. Des hot schrecklich ausgsehe. Ab dem Zeitpunkt hän mir den Klaus nur noch Bärtchen gerufe und dann …« Mitten im Satz nahm sie den gefesselten Speer wahr. Sie wandte sich abrupt an KPD. »Den Gauner muscht sofort verhafte, Bärtchen. Der hot die Erika totgemacht. Unn de Hubertus a.«

Bevor ich das Chaos auflöste, musste ich mich um meine Wunde kümmern. Der Blutfluss an meiner Stirn war versiegt, optisch entsprach ich zurzeit eher der Opferrolle in einem schlechten Horrorfilm. Mangels allgemeiner Hygiene in diesem Etablissement benutzte ich zur ersten Säuberung das Beste, was ich auf Anhieb finden konnte: Versiffte, aber trockene Bierdeckel einer längst in Insolvenz gegangenen Brauerei, mit denen ich die größeren Blutflecken auf Wange und Hals abschabte. KPD und seine Mannen sahen mich ratlos an.

»Jetzt machen Sie schon, Herr Diefenbach«, forderte ich ihn genervt auf. »Nehmen Sie Alexander Speer offiziell fest. Er hat die beiden Morde begangen.«

»Herr Speer?«, fragte KPD ungläubig zurück.

»Ja, genau«, provozierte ich. »Wussten Sie das nicht? Er hat übrigens bereits gestanden.«

KPD gab sich einen Ruck. »Natürlich wusste ich das schon lange. Ich bin stolz auf Sie, dass Sie von alleine auf den Täter gekommen sind. So langsam färbe ich als guter Chef doch auf meine Untergebenen ab.« Mit einer Handbewegung gab er seinen Untergebenen zu verstehen, sich um den eingewickelten Speer zu kümmern. Deren Handlungsspielraum war sehr eingeschränkt, da der Ortsvorsteher durch meine Fesselung komplett fixiert war.

»Palzki«, fuhr mein Chef fort, und ich merkte, dass er wieder in seinem Element war. »Ich habe leider keine Zeit, mich um den Papierkram zu kümmern. Erledigen Sie das für mich, ich unterschreibe das Protokoll morgen früh beim Frühstück. Zu diesem Zeitpunkt werde ich eine Pressekonferenz einberufen lassen, um die Lösung meines Falles zu präsentieren. Natürlich werde ich die Gelegenheit nutzen, mein neues Werk angemessen zu präsentieren.« KPD schielte zu seiner ehemaligen Klassenkameradin, doch die blieb stumm. In dem Moment, als er gehen wollte, schoss ich nach. Noch hatte ich ein gewisses Informationsdefizit. Dass KPD mal wieder die Lorbeeren für die Aufklärung einfahren würde, war mir von vornherein so klar wie egal. Aber den Grund für sein Hiersein, den musste ich unbedingt erfahren.

»Wieso sind Sie eigentlich in Sinsheim, Herr Diefenbach?«

KPD stellte sich in Positur. »Ich habe mir natürlich ständig über den Fall den Kopf zerbrochen, Palzki. Bedauernswerterweise war ich leider nicht vor Ort, was die Aufklärung stark verzögerte. Herr Speer stand seit dem Kapitalverbrechen bei mir an erster Stelle der Verdächtigen. Als Fachexperte hat man nämlich gewisse Erfahrungsvorteile gegenüber seinen einfachen Untergebenen. Um den Erfolg nicht zu gefährden, habe ich Ihnen das zunächst verheimlicht. Mit meinen Aufgaben habe ich Sie aber beständig in die richtige Richtung gelenkt. Und Sie sehen, Palzki, es hat ja am Ende funktioniert. Da ich sowieso gerade auf der Durchreise war, dachte ich mir, ich schaue mal nach, ob sich mein Untergebener an die Dienstanweisungen seines sehr guten Chefs hält. Auf dem Rathaus habe ich erfahren, dass sich Herr Albrecht kurz vorher mit seinem Handy gemeldet hatte und er im Begriff war, mit Herrn Speer und Ihnen dieses Gebäude zu betreten. Da habe ich sofort gewusst, was die Stunde schlägt, und bin mit meinen Untergebenen hierhergefahren. Keine Sekunde zu spät, oder?« Er lächelte dermaßen arrogant, dass seine goldüberkronten Weisheitszähne blitzten. »Den Papierkram können Sie genauso gut in Schifferstadt erledigen. Es gibt für Sie keine Notwendigkeit mehr, in Sinsheim zu verweilen. Wenn Sie gleich losfahren, können Sie heute noch auf der Dienststelle ein paar liegen gebliebene Akten bearbeiten. Ich werde jetzt in mein Hotel fahren und ein wenig die Wellnessangebote ausnutzen. Gleich morgen früh geht's weiter zum nächsten Veranstaltungsort. Die Halle wird bestimmt ausverkauft sein.«

Schlagartig sah ich mein Ende kommen. Verzweifelt versuchte ich, mein Leben zu retten. »Sie haben etwas Entscheidendes vergessen, Herr Diefenbach.«

Ein fragender Blick inklusive Stirnrunzeln war seine einzige Reaktion.

»Ihre ehemalige Klassenkameradin, Bärtchen.« Ich versuchte ihn zu provozieren. »Sie hat im Hotel Drogen hergestellt. Gehen Sie ruhig in das Zimmer hinter der Rezeption und lassen Sie sich überraschen. Das sollten Sie unbedingt persönlich überwachen, damit nichts in dunklen Kanälen versickert.«

Die Antwort war nicht die, die ich erwartet hatte. »Dann machen Sie das eben noch schnell, Palzki. Dafür werden aber keine zusätzlichen Überstunden aufgeschrieben.« KPD schielte zu Anna Gramm, die inzwischen in einem Sessel eingeschlafen war. »Wecken können Sie sie später. Jetzt muss ich aber gehen.«

»Wohin?«, fragte ich verzweifelt, obwohl mir die Antwort bekannt war.

»Ins Hotel natürlich, Palzki. Ich werde die Nacht in der Suite verbringen und morgen früh die Rechnung bar bezahlen. So viel kann ja nicht zusammengekommen sein. Langsam muss sogar ich mit den Ausgaben bremsen.«

ENDE

DANKSAGUNG

Dieses Mal lief alles anders. Oder annerschter, wie der geübte Pfälzer zu sagen pflegt. Im Herbst 2017 bekam ich einen Anruf aus Frankfurt, direkt von der Buchmesse. Claudia Senghaas, Programmleiterin des Gmeiner-Verlags und seit, man kann es ohne Übertreibung sagen, Jahrzehnten erfolgreich für den Reifeprozess der Palzki-Reihe zuständig, fragte mich, ob ich Lust auf einen weiteren Palzki-Roman hätte. Diese Frage verwunderte mich im ersten Moment, da wir zu diesem Zeitpunkt die Reihe gefühlt bis zum übernächsten Jahrtausend durchgetaktet hatten. Dann rückte sie damit heraus, dass ihr etwas ganz Besonderes vorschwebte. Auf der Buchmesse hatte sie sich gerade mit zwei langjährigen Bekannten getroffen. Ja, Sie vermuten richtig: Es handelte sich um Daniela Kemmet, die Leiterin der Stadtbibliothek in Sinsheim, sowie Klaus Gaude, den Inhaber der Buchhandlung Doll, ebenfalls in Sinsheim. Die beiden berichteten Claudia, dass sie für das damals drei Jahre in der Zukunft liegende 1.250-jährige Stadtjubiläum ein paar Aktionen planen wollten. Unter anderem schwebte ihnen der Gedanke an ein wie immer geartetes Buch im Kopf herum. Spontan konkretisierte Claudia die Idee, doch einen Krimi über das bevorstehende Jubiläum zu schreiben, und sie hätte da sogar bereits einen Vorschlag für einen geeigneten Autor. Im Beisein ihrer Bekannten schnappte sie sich ihr Handy und rief den Autor an. Ergebnis siehe oben. Am nächsten Tag habe ich den ersten Exposé-Entwurf verschickt.

Ohne das Dreamteam Claudia, Daniela und Klaus hätte »Festakt« nicht entstehen können. Mehrere Treffen in Sinsheim in diversen Cafés und Pizzerien waren nicht nur die ernährungstechnische Grundlage, der permanente Informationsfluss, vor allem per E-Mail, die Würze des vorliegenden Krimis. Vielen Dank, es hat Spaß gemacht, mit euch diese Geschichte zu erfinden und vor allem, dass ihr das Wagnis eingegangen seid, unsterblich in das Palzkiversum einzugehen.

Quasi nebenbei haben wir Klaus Gaudes hilfsbereite Mitarbeiterin Irene Deck ohne ihr Einverständnis eine Rolle in »Festakt« verordnet. Inzwischen ist Frau Deck in ihrem wohlverdienten Ruhestand. Ich hoffe, sie freut sich über ihre Rolle.

Noch weit von seinem Ruhestand entfernt ist Armin Gmeiner, dessen fiktives Romandebüt als Verlagsleiter eines Krimiverlags längst überfällig war. Ob Claudia ihn vor dem Druck des Bandes informiert hat, entzieht sich meiner Kenntnis. Falls sich dieser Palzki-Band als der letzte erweisen sollte, hat sie wohl vergessen, seine Genehmigung einzuholen.

Einen sehr speziellen Dank an den Sinsheimer Oberbürgermeister Jörg Albrecht, der sich bereit erklärt hat, diese gewichtige und letztendlich auch gefährliche Rolle in »Festakt« zu übernehmen. Keine Angst, liebe Leserinnen und Leser, die im Buch beschriebenen Charakterzüge des OBs stimmen in keinem Fall mit der Realität überein. Sie können Herrn Albrecht nach wie vor ohne jede Einschränkung vertrauen.

Das Gleiche gilt für den Dührener Ortsvorsteher Alexander Speer. Auch ihm gebührt ein besonderes Dankeschön für die fiktive Rolle, die er in dem vorliegenden Roman spielt. Seien Sie gewiss, in der Realität existieren weder das dicke Stromkabel noch das erwähnte Nachbargrundstück.

Herr Appenzeller vom Museum Lerchennest ist eine weitere Realfigur, die mit dem vorliegenden Band in das immer größer werdende Palzkiversum eingeht. Besuchen Sie doch einfach mal das Museum, ich verspreche Ihnen, es lohnt sich. http://www.lerchennest-museum.de/

Der weit über Sinsheims Grenzen bekannte Künstler Karl Schramm hat zwar nur eine indirekte Rolle in »Festakt«, dafür ist die experimentelle Musik nur ein kleiner Ausschnitt seines künstlerischen Oeuvres.

Ulla Huxel, die Joggerin, die eine Leiche fand, ist ebenfalls real. Das Losglück war ihr Hold, und so kann sie nun ihre Charakterzüge und Teile ihrer Biografie in diesem Buch nachlesen.

Günter Wallmen, der Arzt, dem nicht nur die Frauen vertrauen, ist seit dem Band 15 »Hambacher Frühling« unsterblich in die Annalen der Heilkunst eingegangen. Als auf Unfälle und Orthopädie spezialisierter Unfallchirurg im St.-Vincentius-Krankenhaus in Speyer und neuerdings Mitglied eines medizinischen Versorgungszentrums, arbeitet sein zweites Ich als Azubi bei

Dr. Metzger, dem gefürchtetsten Not-Notarzt der Kurpfalz und nun auch dem Kraichgau.

Apropos Dr. Metzger: Gerne weise ich darauf hin, dass diese Figur vom ersten bis zum letzten Wort erstunken und erfunden ist. Dennoch haben mich bis zum heutigen Tag unabhängig voneinander zwei Palzki-Fans angesprochen und an Eidesstatt behauptet, einen tatsächlich praktizierenden Arzt wie Metzger zu kennen. Ich möchte diese Aussagen nicht bewerten, doch falls ich eines Tages ärztliche Hilfe benötige, werde ich mich lieber an Günter Wallmen und seine realen Kollegen wenden.

BONUS 1 RATEKRIMI – PALZKI UND DER CHEFKOCH

Es hätte so ein schöner Tag werden können.

Der Juni endete mit einer grandiosen Hitzewelle, so heiß war schon seit Jahrzehnten kein Juni mehr gewesen. Leider brachten auch die ersten beiden Wochen des Folgemonats keine wesentliche Besserung: Die Wetterprognosen lagen auch für die nächsten Tage rekordverdächtig hoch. Unser Rasen sah aus wie die Sahara und selbst meine Frau Stefanie verzichtete aufgrund der extremen Wetterlage darauf, mir einen Auftrag zur Bewässerung des Gartens zu erteilen. Zu Hause hatte ich mir vor Jahren ein kleines privates Büro im Keller eingerichtet, das ich bisher mangels Büroarbeiten nur homöopathisch nutzte, das aber zurzeit aufgrund der angenehmen Raumkühle als Rückzugsort hervorragend geeignet war. Die Betonung lag auf dem Wörtchen »war«, da meine Frau die Vorzüge des Kellers ebenfalls entdeckte und dort seitdem ihre Bügelwäsche abarbeitete, natürlich mit dem entsprechenden Dampfdruckgerät.

Im Büro auf meiner Dienststelle war es fast nicht mehr auszuhalten. Das lag zum einen an meinem Chef KPD, wie wir den Dienststellenleiter Klaus P. Diefenbach nannten. Dies war ein Dauerzustand, den es unabhängig von der Wetterlage immer auszuhalten galt.

Zum anderen lag mein Büro ausgerechnet auf der Südseite und durch das beschattungslose Panoramafenster knallte die Sonne erbarmungslos auf mich nieder, selbst das Furnier der Schreibtischplatte bekam erste Brandblasen. Unser Chef hatte es natürlich besser: Für seine überdimensionierte Klimaanlage, die sein riesiges Großraumbüro auf gefühlt knapp über den Gefrierpunkt abkühlte, hatte er den Stromanschluss der Dienststelle verstärken lassen müssen. Nach Information des Hausmeisters benötigte unsere Dienststelle im Sommer mehr Strom als die Rheingalerie.

Bisher war ich alles andere als froh gewesen, wenn KPD mich in sein Büro bestellt hatte, da es immer mit etwas Unheilvollem verbunden war. Und so war es auch dieses Mal, glücklicherweise konnte ich mich so ein paar Minuten lang arktischen Temperaturen aussetzen, die es sonst nur in den Gefriertruhen der Supermärkte gab.

»Herr Palzki«, begrüßte mich KPD, der einen schicken Schurwollanzug und ein langärmliges Hemd trug. »In der Arrestzelle sitzt Georg Daun. Gehen Sie runter und überprüfen Sie sein Alibi. Das ist extrem wichtig für mich, machen Sie es deshalb sofort und danach melden Sie sich bei mir zum Rapport.«

Mir blieb nichts anderes übrig, als zur Arrestzelle ins Untergeschoss zu gehen. Temperaturmäßig war es nicht ganz so unangenehm wie oben in meinem aufgeheizten Büro. Georg Daun war Chefkoch und Inhaber des Ausflugslokals »Zum wilden Hirsch« in Edigheim. Daun konnte sich durchaus über eine steigende Beliebtheit seines Etablissements freuen, was an seiner exzellenten Kochkunst lag. KPD pflegte regelmäßig bei ihm zu speisen, aus diesem Grund hatte mein Chef mir die Vernehmung aufgedrückt. Georg Daun hatte nämlich mutmaßlich eine weitere Passion: Einbrüche in gehobenen Einfamilienhäusern. Erst der Zufall brachte es ans Tageslicht, dass die Besitzer der ausgeraubten Wohnungen zur Einbruchszeit stets im wilden Hirsch speisten. Der Verdacht fiel daraufhin schnell auf Daun, doch dieser präsentierte stets hieb- und stichfeste Alibis. Vor zwei Tagen kam es zum bisher letzten Einbruch dieser Art, der exakt in das gleiche Schema passte. Ich konfrontierte Daun mit diesem Fall. »Ich hoffe für Sie, dass Sie wieder ein erstklassiges Alibi haben. Sie können sicher sein, dass ich es äußerst penibel überprüfen werde.«

Der Chefkoch lächelte siegessicher. »Aber Herr Palzki, hat sich mein Alibi in der Vergangenheit ein einziges Mal als falsch erwiesen? Warum glauben Sie und Herr Diefenbach mir nicht, dass ich unmöglich Ihr gesuchter Täter sein kann.« Nach einem fetten Grinsen legte er los: »Zu der Zeit, als der Einbruch geschah, war ich auf dem Wochenmarkt und habe dort frischen Spargelsalat und Radieschen gekauft. Sie wissen ja, dass ich meine Ware tagesfrisch beziehe. Manchmal fehlt etwas, das besorge ich dann höchstpersönlich auf dem Markt, denn ich achte sehr auf Qualität.«

Ich starrte ihn provozierend an. »Können Sie mir Zeugen nennen, die Sie auf dem Wochenmarkt gesehen haben?«

»Aber Herr Palzki«, antwortete Daun. »Mich haben jede Menge Leute gesehen, ob die sich jedoch an mich erinnern, kann ich natürlich nicht sagen, das ist aber schließlich Ihre Aufgabe.«

Bisher war ich mit der ganzen Befragung alles andere als zufrieden. »Selbst die Marktbeschicker werden sich wahrscheinlich kaum daran erinnern können, an welchem Tag Sie dort etwas gekauft haben oder nicht.«

Daun sah mich frech an. »Das ist nicht mein Problem, Herr Palzki!«

Ich baute mich herausfordernd vor ihm auf. »Dieses Mal haben Sie es eindeutig zu weit getrieben, Herr Daun. Ihr Alibi ist auf jeden Fall falsch.«

Frage: Wo hat Georg Daun gelogen?

BONUS 2 RATEKRIMI – PALZKI UND DER GÄRTNERMEISTER

Es hätte so ein schöner Tag werden können.

Wir Beamte der Kriminalinspektion hatten es nicht leicht. Dies lag in erster Linie an dem Dienststellenleiter Klaus P. Diefenbach, der aufgrund seiner Initialen von uns nur KPD genannt wurde. Er behandelte seine »Untergebenen«, wie er uns Mitarbeiter stets nannte, auf äußerst arrogante Art und Weise respektlos. Kein Wunder, dass wir stets versuchten, ihm aus dem Weg zu gehen. Daher war für uns jedes Jahr zwischen April und Juni eine besonders erfreuliche Zeit: KPD nutzte sämtliche verfügbaren Brückentage für sogenannte Kurzerholungsreisen. Selbstverständlich allesamt ohne seine Frau, sonst wären es ja keine Erholungsreisen, wie er uns einmal während einer Weihnachtsfeier in nicht ganz nüchternem Zustand im Beisein seiner Gattin erzählte.

Das Prinzip der Brückentage legte er immer sehr großzügig aus. So gab es laut KPDs Meinung nach den Montagen an Ostern und Pfingsten jeweils gleich vier Brückentage am Stück. Analog dazu zählte auch dieses Jahr der 1. Mai zu einer Brückenwoche. Wir Beamte nannten diese himmlischen Zeiten Paradiestage, beziehungsweise Paradieswochen.

Doch ganz so weit war es leider noch nicht. Ausgerechnet heute, am letzten Freitag im April, nur zwei oder drei Dienststunden vor KPDs Maibrückenwoche, kam mein Chef zu mir ins Büro gestürmt. Ich hatte mich längst auf das Wochenende vorbereitet und meine Arbeitsutensilien weggeschlossen.

»Warum ist es auf Ihrem Schreibtisch so leer?«, pflaumte er mich an. »Habe ich zu viele Untergebene auf meiner Dienststelle? Sind Sie etwa nicht ausgelastet?«

Panik stieg in mir hoch und hastig antwortete ich: »Ich war gerade auf den Weg ins Archiv. Im Moment muss ich einen besonders kniffligen Fall lösen, das wird bestimmt die komplette nächste Woche dauern. Sie können unbesorgt in Ihren Kurzurlaub fahren.«

KPD nickte, er hatte meine Geschichte geschluckt. »Ich habe auch gerade meine letzten Ermittlungen abgeschlossen, Palzki«, erzählte er voller Stolz und drückte seine Brust heraus. »In diesem Fall habe ich sogar einem Unschuldigen die Untersuchungshaft erspart«, erzählte er weiter. »Der Verdächtige arbeitet zurzeit als Gärtnermeister auf der Bundesgartenschau in Heilbronn. Die Staatsanwaltschaft wirft ihm vor, der Haupttäter bei der großen Einbruchserie im Rhein-Pfalz-Kreis gewesen zu sein. Sie erinnern sich doch noch bestimmt an die ungeklärten Einbrüche im Jahr 2015?«

Ich musste einen Moment überlegen, dann fiel mir die Sache wieder ein. Zwischen Juni und August 2015 wurden in der Stadt mehrere Tageseinbrüche verübt, stets nach dem gleichen Schema und jedes Mal in Villen, in denen es viel zu stehlen gab. Die Schadenssummen waren immens, doch sosehr wir uns auch bemühten, die Einbrüche wurden nie aufgeklärt. Lediglich ein verwischter Fingerabdruck konnte damals gesichert werden. Der reichte aber nicht, um einen Täter zu überführen. Ich schaute KPD an. »Und warum war sich die Staatsanwaltschaft so sicher?«

KPD strahlte über beide Ohren. »Weil die Damen und Herren mal wieder wie so oft inkompetent waren, statt sich auf meine Expertise zu verlassen. Ich bin nun mal der gute Chef der Kriminalinspektion und auf meine Erfahrungen ist Verlass.« Er machte eine kurze Pause, dann sprach er stolz weiter. »Nur weil die damals gefundenen Teile des Fingerabdrucks übereinstimmen, sollte der Verdächtige in U-Haft. Aber nicht mit mir!« KPD hatte sich mal wieder in Rage geredet.

»Und wie konnten Sie dem Verdächtigen helfen?«

KPD grinste wie ein Gebrauchtwagenverkäufer nach dem Abschluss des Geschäfts seines Lebens. »Der einwandfrei Unschuldige war im Sommer 2015 als Gärtnermeister bei der Bundesgartenschau in Landau angestellt. Zu den Zeiten der Einbrüche hat er fast immer einwandfreie Alibis, da er öffentliche Führungen über das Gelände der Bundesgartenschau durchführte. Ich habe seinen Arbeitsvertrag mit der Buga sowie die Arbeitsnachweise akribisch kontrolliert. Ein Irrtum ist ausgeschlossen.«

Eigentlich könnte ich mich jetzt entspannt zurücklehnen und meinen Chef in das offene Messer laufen lassen, doch ich beschloss, ihm eine Chance zu geben. »Herr Diefenbach, falls es sich wirklich exakt so abgespielt hat, wie Sie es mir eben berichtet haben, dann hat der Mann Ihnen einen gewaltigen Bären aufgebunden.«

Frage: Was war Palzki aufgefallen?

BONUS 3 RATEKRIMI – PALZKI UND CHRISTOPH KOLUMBUS

Es hätte so ein schöner Tag werden können.

Die Fasnachtszeit zählte zu den stressigsten Wochen im Leben eines Polizeibeamten. Dies galt nicht nur für die Schutzpolizei, die regelmäßig kiloweise Führerscheine beschlagnahmte oder alkoholisierte Streithähne trennen musste, sondern auch für uns bedauernswerte Kriminalpolizisten. Zum einen lag das an immer erfindungsreicheren Ganoven, die die Zeit der Verkleidung und damit legalen Vermummung für allerhand ungesetzliches Tun nutzten, zum anderen an meinem Chef. Klaus P. Diefenbach, den wir wegen seiner Initialen nur KPD nannten, war eine Sache für sich. Als Dienststellenleiter konnte er sich so manchen Spleen leisten, bei dem man in der freien Wirtschaft sofort hochkant aus dem Unternehmen geflogen wäre. Einer seiner noch eher harmloseren Spleens waren seine spektakulären Verkleidungen anlässlich des jährlichen Polizeiballs, den er als Schirmherr im Mutterstadter Palatinum mitveranstaltete. Im letzten Jahr trat er als Napoleon Bonaparte auf und hielt sogar eine Büttenrede, in der der Feldherr eine große Rolle spielte. Etwas angesäuert war er allerdings, als wir ihn, zugegebenermaßen nicht mehr ganz nüchtern, am Ende der Veranstaltung in einen Polizeitransporter bringen wollten, um ihn zwecks Verbannung nach St. Helena zu verschiffen.

Mindestens zwei Wochen vor dem Polizeiball begann er während der Dienstzeit durch die Flure zu streifen, um allen seine neue Verkleidung vorzustellen. Heute war ich an der Reihe.

»Wie kommen Sie denn hier herein?«, fragte ich überrascht, als KPD in mein Büro trat. »Bettler und Hausierer haben in der Dienststelle keinen Zutritt.«

KPD hatte die Anspielung nicht verstanden. »Aber ich bin's doch, Ihr lieber und guter Chef.« Zur Verdeutlichung setzte er seinen seltsam geformten Hut ab.

»Ach ja, jetzt erkenne ich Sie«, frotzelte ich weiter. »Was macht Ihr Friseur eigentlich im Hauptberuf?«

»Das ist eine Perücke, Palzki«, erwiderte KPD. »Dieses Jahr bin ich Christoph Kolumbus, der Entdecker Amerikas.«

»Das ist aber falsch«, antwortete ich schlagfertig. »Die Wikinger waren 500 Jahre schneller.«

KPD wischte mein Argument mit einer Handbewegung zur Seite. »Mit Kolumbus begann die Besiedlung Amerikas und nur das zählt.« Die Ureinwohner erwähnte er nicht. KPD schritt mit herausgestreckter Brust in meinem Büro auf und ab. »Die historische Kleidung ist leider wenig komfortabel und recht schwer. Damit werde ich mich leider abfinden müssen. Dieses Jahr wird es auf dem Ball ein weiteres Highlight geben, Palzki: Ich habe rund ein Dutzend Beamte abkommandiert, um ein verkleinertes Modell der Santa Maria nachzubauen. Auf diesem Schiff halte ich dann meine Büttenrede. Von der Geburt Kolumbus in Genua, die allerdings etwas im Geheimnisvollen liegt, über die Entdeckung Bahamas im Oktober 1492. Bei seiner vierten und letzten Reise erkundete er die mittelamerikanische Festlandküste zwischen Honduras und Panama. Dort entdeckte er zufällig den Panamakanal, also die Seeverbindung zwischen Atlantik und dem Pazifik. Zu Lebzeiten hat es Kolumbus aber nicht mehr bis in den Pazifik geschafft.«

»Das wird bestimmt eine tolle Büttenrede«, sagte ich ironisch. Unter zwei Promille Alkoholspiegel dürfte sie tödlich sein, dachte ich gehässig. Außerdem freute ich mich darauf, wenn man meinen Chef nach seiner Rede auf einen ungeheuren Fehler aufmerksam machte. Vorfreude war doch immer noch die größte Freude.

Frage: Was war Palzki aufgefallen?

DIE NEUEN Lieblings-plätze

ISBN 978-3-8392-2628-5

ISBN 978-3-8392-2615-5

ISBN 978-3-8392-2620-9

ISBN 978-3-8392-2635-3

ISBN 978-3-8392-2618-6

ISBN 978-3-8392-2623-0

ISBN 978-3-8392-2630-8

ISBN 978-3-8392-2631-5

ISBN 978-3-8392-2632-2

ISBN 978-3-8392-2405-2

ISBN 978-3-8392-2622-3

ISBN 978-3-8392-2545-5

ISBN 978-3-8392-2629-2

ISBN 978-3-8392-2634-6

GMEINER KULTUR

WWW.GMEINER-VERLAG.DE
Mensch, Kultur, Region